KB202321

바가바드기타

Bhagavadgītā

원전 완역을 쉽게 읽는
바가바드기타

초판 1쇄 발행   2022년 3월 23일
초판 2쇄 발행   2024년 4월 5일
지은이   임근동
펴낸이   김진수
펴낸곳   사문난적

출판등록   2008년 2월 29일 제313-2008-00041호
주소   경기도 성남시 분당구 판교로 210번길 14
전화, 팩스   031-707-5344

ISBN   978-89-94122-51-9

바가바드기타

Bhagavadgītā

임근동 편역

사문난적

서문

　강원도 노추산 아래에서 조각가 한 분, 동양화가 한 분, 이렇게 두 분과 함께 이야기를 나눈 적이 있습니다. 제가 『바가바드기타』를 번역하고 있다는 것을 알고 있던 동양화가께서 이렇게 말했습니다. "저도 『바가바드기타』를 읽고 싶은데 좀 쉽게 번역을 해주시면 안 되나요?" 그러자 조각가분도 말씀하셨습니다. "맞아요, 쉽고 편하게 읽을 수 있는 『바가바드기타』가 있었으면 좋겠어요! 그런 책이면 저도 읽겠어요." 이 말을 듣고 저는 이렇게 대답했습니다. "지금은 『바가바드기타』의 최고 주석가인 샹까라와 라마누자의 주석 가운데 중요한 내용을 각주로 첨가하며 번역하고 있습니다. 이 작업이 끝나면 샹까라와 라마누자의 주석을 통해서 편하고 쉽게 읽을 수 있는 『바가바드기타』를 번역해서 책으로 만들어 볼 생각입니다."

　샹까라와 라마누자의 주석들 가운데 주요 내용을 각주로 달아 『바가바드기타』 역주서 형식으로 된 책의 번역과 교정작업을 마친 후 위에서 두 분께 말씀드린 대로 편하고 쉽게 읽을 수 있는 『바가바드기타』를 만들기 시작했습니다. 이 작업을 하는 데 있어 『바가바드기타』의 원문에 대한 번역은 이미 완성된 상태라 별문제가 없었습니다. 하지만 편하고 쉽게 읽을 수 있는 책을 만드는 일이 문제였습니다. 편하고 쉬운 책을 만들기 위해서 우선 직역을 설명을 곁들인 의역으로 바꾸기 시작했습니다. 이렇게 직역을 의역으로 고치다 보니 제가 『바가바드기타』를 번역하는 것이 아니라, 『바가바드기타』를 새롭게 쓰고 있다는 생각이 들었습니다.

『바가바드기타』는 경전입니다. 경전은 성인(聖人)이 지은 글입니다. 속세의 티끌 속에서 헤어나지 못하는 제가 성인의 작품인 『바가바드기타』를 새롭게 쓴다는 것은 있을 수 없는 일이라는 생각이 들었습니다. 그래서 처음부터 다시 작업을 시작했습니다. 경전은 직역이 원칙이라는 것은 10여 년 전 『우파니샤드』를 번역하면서 가지게 된 신념입니다. 직역에 풍부한 각주를 실어, 책을 읽는 분들이 각주의 도움을 얻어 직역을 나름대로 재해석할 수 있게 하는 번역이 열린 번역이며 좋은 번역입니다. 하지만 편하고 쉬운 책에 각주가 들어가는 것은 왠지 어울리지 않습니다. 그래서 8세기 경의 인물인 샹까라와 11세기 경의 인물인 라마누자의 주석들 가운데 『바가바드기타』의 본문을 이해하는 데 도움이 될 만한 내용을 ( ) 안에 넣어 본문에 첨가해 문맥의 흐름을 따라 읽어나갈 수 있게 했습니다.

이렇게 하다 보니 독자분이 괄호 안의 내용을 제외하고 읽으시면 『바가바드기타』의 본문만을 읽는 게 되고, 괄호 안의 내용을 함께 읽으시면 『바가바드기타』에 대한 샹까라 혹은 라마누자의 설명을 곁들여 읽으실 수 있는 책을 만들게 되었습니다. 괄호 안에 부득이한 경우를 제외하고는 저의 의견은 넣지 않았습니다. 『바가바드기타』의 주석자인 샹까라와 라마누자는 현인(賢人)을 넘어 성인(聖人)의 반열에 드는 인물들입니다. 제가 편하고 쉬운 책을 만든다는 평계로 두 분 성인의 자리에 함께 앉을 수는 없기 때문입니다.

『바가바드기타』의 원어에서 바가바드는 바가와뜨라는 낱말이 음운변화한 형태입니다. 바가와뜨는 바가를 가진 존재를 뜻합니다. 바가는 남성명사로 '태양, 달, 보호자, 운, 풍요, 명성, 행복, 탁월함, 사랑스러움, 사랑, 즐거움, 도덕, 힘, 지식, 지복(至福), 여덟 가지 초능력, 전능, 장엄, 위엄' 등을 의미하며, 와뜨는 소유를 의미하는 접미어입니다. 즉, '지복과 여덟 가지 초능력과 전능함' 등을 가지고 있는 성스러운 존재를 바가와뜨라고 합니다. 『위스누뿌라나』에 의하면 바가는 자재력(自在力), 법도, 명성, 영광, 지혜, 여읨(離欲) 이 여섯 가지 모두를 말합니다. 불경에서 바가와뜨는 '세존(世尊), 유덕(有德), 덕성취(德成就), 출유(出有), 출유괴(出有壞), 여래(如來), 불(佛), 불세존(佛世尊)' 등으로 한역이 되며, '박가범(薄伽梵), 파가파(婆伽婆)' 등으로 음차가 됩니다. 기타는 '노래하다'라는 의미를 지닌 어근 '가이'에서 파생된 여성명사로 '노래, 성가, 운율로 이루어진 종교적인 문헌' 등을 의미합니다. 기타는 불경에서 '가(歌), 가음(歌音), 음운(音韻)' 등으로 한역이 됩니다. 따라서 『바가바드기타』는 산문이 아닌 운문으로 되어 있으며 노래로 부를 수 있습니다. 『바가바드기타』의 운문은 8음절 4음보(8, 8, 8, 8)로 구성되는 슬로까라는 이름의 운율이 주를 이루고 있습니다. 슬로까라는 낱말에 들어 있는 문자 ㄹ은 자른다는 뜻이 있습니다. 그래서인지 슬로까 운율은 이 운율로 노래를 부르고 노래를 듣는 사람의 슬픔(쇼까)을 잘라내 없애는 운율입니다. 슬로까 운율은 현묘한 음을 가진 비나라고 하는 인도 전통 현악기의 반주에 아주 잘 어울리는 운율이기도 합니다. 『바가바드기타』를 우리말로 옮기는 것도 원어의 운율에 맞게 8음절 4음보의 우리말 운율로 옮겨 이 책을 읽으시는 분들의 슬픔을 없애 드려야 하지만, 이것은 제 능력을 벗어나는 것이라 단지 나름대로 내재율을 주면서 우리말로 옮겼습니다.

　인도 역사상 산스크리트 최고의 학자로 추앙받는 샹까라는 『바가바드기타』에 대한 자신의 주석에서 이렇게 말하고 있습니다. "『바가바드기타』의 가르침은 모든 베다에 담긴 의미의 정수가 모인 것으로 그 의미를 이해하기가 무척 어렵습니다." 산스크리트 학문에 있어서 가장 어렵고 난해한 것이 베다입니다. 베다의 정수가 담긴 이러한 『바가바드기타』를 편하고 쉽게 읽을 수 있게 만든다는 것은 처음부터 제 능력을 벗어나는 일이었는지도 모릅니다.

2021년 11월

오대산 누실(陋室)에서 편역자 올림

일러두기

1. 이 책은 1972년에 인도 뿌나(Poona)의 '반다르까르 동양연구소'(The Bhandarkar Oriental Research Institute)에서 간행된 『마하바라타』(The Mahābhārata) 제2권 교정 판본을 번역의 저본으로 삼고, 인도 고라크뿌르 (Gorakhapura)에서 간행된 『바가바드기타』 샹까라(Śaṁkara)의 주석본 산스크 리트어 힌디어 대역 재판본(Reprint, 1996)과 동일한 곳에서 간행된 라마누자 (Rāmānuja)의 주석본 산스크리트어 힌디어 대역 재판본(Reprint, 2017)을 번역 의 부본으로 삼았습니다.

2. 『바가바드기타』 원문의 번역은 샹까라와 라마누자의 산스크리트어 주석에 의 거하여 의미를 맞추고, 원어의 풍격과 원의를 잃지 않기 위해 직역을 원칙으로 하였습니다.

3. ( ) 안의 내용을 제외한 『바가바드기타』 본문의 해석에 있어서 슈리하리끄리 스나다스 고얀다까(Śrīharikṛṣṇadāsa Goyandakā) 이외의 인도에서 간행된 여러 힌디어 번역, 라다끄리스난(S. Radhakrishnan)의 영어 번역을 참고했습니다. 번 역을 마친 후 교정을 보면서 함석헌의 우리말 번역과 길희성의 우리말 번역을 참 고했습니다.

4. ( ) 안의 내용을 제외한 나머지 부분들은 『바가바드기타』 본문의 전체 내용을 직역한 것입니다. ( ) 안의 내용은 대부분 샹까라 그리고 라마누자의 산스크리 트어 주석에서 가져온 것입니다.

5. 산스크리트 원어의 발음은 소리 나는 대로 표기함을 원칙으로 하고, 일부 국내 에 통용되는 발음은 그 발음을 따랐습니다.

해제

시기

　『바가바드기타』(Bhagavadgītā)는 모두 18편으로 구성된
『마하바라타』의 제6편인 '비스마의 편'의 일부분입니다.
『리그베다』, 『싸마베다』, 『야주르베다』, 『아타르바베다』, 이
렇게 4개의 베다 이외의 제5의 베다서라고 불리는 『마하바
라타』의 시기를 홉킨스(Hopkins)는 기원전 300년에서 기
원전 100년 사이 혹은 기원전 4세기에서 기원후 4세기 사
이로 봅니다. 그리고 윈테르니츠(Winternitz)는 『마하바라
타』에 실린 개별적인 무용담과 전설 그리고 시들은 기원전
1,200년 이전인 베다 시기의 것으로 인정하지만, 이야기는
베다 시대에는 현존하지 않았던 것으로 파악합니다. 그에
의하면 『마하바라타』는 기원전 6세기에서 4세기 사이에는
서사시로 존재했으며, 기원전 4세기에서 기원후 4세기 사
이에 점진적으로 변화되어 오다가 기원후 4세기에 이르러
오늘날의 형태를 갖췄고, 그리고 그 이후에도 작은 변화와
삽입이 있었습니다. 『마하바라타』 자체의 내용에 따르면
말세인 깔리유가(Kaliyuga)는 이전에는 없었던 야간 기습을
『마하바라타』의 내용을 이루는 전쟁 중에 감행하면서 시작

되었다고 합니다. 인도에서 전쟁 중에 최초의 야간 기습이 이루어진 시간은 기원전 3,102년 2월 17일 목요일 자정입니다. 이에 따르면 『마하바라타』의 일부인 『바가바드기타』는 기원전 3,000년 이전의 사실을 바탕으로 만들어진 작품이라고 볼 수 있습니다.

저자

　『마하바라타』에 의하면 하쓰띠나뿌라(Hastināpura)국의 왕인 샨따누(Śāntanu)는 전생에 천국에서 갠지스강의 여신에게 애욕을 품어 창조의 신인 브라흐마(Brahmā)의 저주를 받아 인간 세상에 태어난 마하비샤(Mahābhiṣa)라는 이름의 왕입니다. 인간의 세상에서 갠지스강의 여신과 결혼하여 비스마(Bhīṣma)를 아들로 얻은 샨따누는 갠지스강의 여신이 떠난 뒤 어부의 딸인 싸뜨야와띠(Satyavatī)에게 마음을 빼앗겨 아들인 비스마의 도움으로 그녀와 결혼했습니다. 그러나 싸뜨야와띠에게는 이미 결혼 전 처녀 뱃사공이던 시절 빠라샤라(Parāśara)라는 이름의 대선인(大仙人)과 관계를 맺어 아들이 하나 있었습니다. 그 아들이 바로 『마하바라타』의 저자인 브야싸(Vyāsa) 선인(仙人)입니다. 이 아들은 태어나자마자 아버지가 숲으로 데려가 양육하여 선인이 되었습니다. 아들을 낳고 대선인의 은총에 의해서 다시 처녀의 몸을 되찾은 싸뜨야와띠는 인도의 단군이라 할 수 있는 바라따(Bharata)의 후손으로 하스띠나뿌라의 왕인 샨따누에게 시집을 가 왕비가 되어 위찌뜨라위르야(Vicitravīrya)와 찌뜨랑가다(Citrāṃgada)라는 이름의 두 아들을 낳았습니다. 그러나 이 두 아들 모두 자식을 낳지 않은 상태에서 세상을 떠나버리자 싸뜨야와띠는 자기가 왕국으로 시집오기 전에 낳은 아들인 브야싸를 불러들여 위찌뜨라위르야의 큰 부인과 작은 부인의 침실에 들어가게 해 아이를 낳게 했습니다. 브야싸는 피부의 색이 검고, 싸뜨야와띠가 섬에서 낳아 '섬에서 태어난 검둥이'라는 의미로 그 이름이 끄리스나 드와이빠야나(Kṛṣṇa Dvaipāyana)라고 지어졌습니다. 나중에 『리그베다』, 『싸마베다』, 『야주르베다』, 『아타르바베다』, 이렇게 네 가지 베다를 편집하여 편집자라는 의미에서 브야싸 혹은 베다의 편집자라는 의미에서 베다브야싸(Vedavyāsa)로 불리게 되었습니다.

브야싸는 너무나 무섭게 생겨서 위찌뜨라위르야의 큰 부인인 암비까(Ambikā)는 침실에 들어온 그의 모습을 보고는 눈을 감고 합방했습니다. 그래서 그녀에게서는 출생하면서부터 장님인 드리따라스뜨라(Dhṛtarāṣṭra)라는 이름의 아들이 태어났습니다. 장님은 왕위를 이을 수 없기에 싸뜨야와띠는 브야싸 선인에게 다시 명을 내려 위찌뜨라위르야의 둘째 부인인 암발리까(Ambālikā)와 관계를 맺어 아들을 낳게 했습니다. 드리따라스뜨라가 장님으로 태어난 연유를 알게 된 암발리까는 선인과 관계를 맺을 때 눈을 감지는 않았지만, 선인이 너무 무서워 관계를 맺으며 얼굴이 하얗게 질렸기 때문에 암발리까의 아들인 빤두(Pāṁḍu)는 피부가 창백한 하얀색으로 태어났습니다. 빤두는 창백한 하얀 색이라는 뜻입니다. 형인 드리따라스뜨라 대신에 왕위에 오른 빤두는 어느 날 사냥을 나가 수사슴으로 변신한 선인(仙人)이 암사슴과 한 몸이 되어 사랑을 나누는 순간 활을 쏘아 죽여 선인의 저주를 받아 자신의 아내와 사랑을 나누는 순간 죽을 운명을 가지게 되었습니다. 그래서 원래 빤두는 사슴의 저주 때문에 자식을 낳을 수 없었습니다. 그러나 그의 첫째 아내인 꾼띠(Kunti)에게는 빤두에게 시집오기 전 처녀 시절 친정 왕국에 손님으로 찾아온 두르와싸쓰(Durvāsas)라는 이름의 선인을 잘 모셔 선인이 준 선물인 신들을 불러 아들을 낳을 수 있는 신비한 주문이 있었습니다. 이러한 주문을 이용해 꾼띠는 도덕의 신인 야마(Yama)를 불러 첫째 아들인 유디스티라(Yudhiṣṭhira), 바람의 신인 와유(Vāyu)를 불러 둘째 아들인 비마(Bhīma), 신들의 왕인 인드라(Indra)를 불러 셋째 아들인 아르주나(Arjuna)를 낳고, 빤두의 둘째 부인인 마드리(Mādrī)에게도 주문의 신통력을 빌려주어 쌍둥이 신이며 신들의 의사인 아스비나우(Aśvinau)를 불러 나꿀라(Nakula)와 싸하데바(Sahadeva)를 낳게 했습니다. 이들 다섯 명의 형제들을 빤두의 아들이라는 의미에서 빤다바(Pāṇḍava)라고 부릅니다. 어느 봄날 빤두는 둘째 부인인 마드리와 사랑을 나누다 사슴의 저주에 의해 죽게 되고, 마드리는 빤두의 시신을 태우는 불에 몸을 던져 순장합니다. 이처럼 왕인 빤두가 선인의 저주를 받아 히말라야에서 죽자, 장님이라서 왕위를 동생인 빤두에게 양보하였던 드리따라스뜨라가 동생의 왕권을 차지하게 되었습니다. 드리따라스뜨라에게는 큰아들인 두르요다나(Duryodhana)를 비롯한 1백한 명의 아들이 있었습니다. 이 아들들을 그들의 먼 조상인 꾸루(Kuru)의 후손들이라는 의미에서 까우라바(Kaurava)라고 부릅니다. 빤두가 세상을 떠나자 히말라야 산속의 선인들이 빤두의 첫째 아내인 꾼띠와 꾼띠의 다섯 아들을 빤두의 왕국인 하쓰띠나뿌라로 데려다주었습니다. 빤두의 다섯 아들이 하쓰띠나뿌라로 들어오자 백성들이 자신의 왕인 빤두는 사슴의 저주에 의해 아들을 낳을 수가 없는데, 어떻게 이 다섯 명의 소년들이 빤두의 아들일 수가 있냐고 수군대었습니다. 그러자 하늘에서 "이들은 진정 빤두의 아들들이다!"라는 소리가 들려와 백성들이 빤두의 아들로 받아들였다고 합니다. 그래서 이 다섯 명의 아들들은 자신의 사촌들인 드리따라스뜨라의 백한 명의 아들들과 왕궁에서 함께 자라게 되었습니다. 하지만 왕궁에서 함께 성장하는 이들의 사이는 좋지가 않았고, 결국에는 왕국을 놓고 드리따라스뜨라의 아들들과 빤두의 아들들인 사촌들 사이에 전쟁이 벌어지게 되었습니다. 전쟁을 막기 위한 화해의 여러 노력 끝에 결국 전쟁을 피할 수 없게 되자, 드리따라스뜨라의 아들들인 까우라바의 편에 빤두의 아들들인 빤다바의 할아버지인 비스마, 스승인 드로나(Droṇa), 외삼촌 등이 가담합니다. 자신의 할아버지와 스승 그리고 외삼촌을 적으로 삼아 싸워야 하는 이 전쟁의 첫날, 전쟁이 시작되기 직전 전선에서 아르주나(Arjuna)와 아르주나의 전차를 모는 마부인 아르주나의 친구 끄리스나(Kṛṣṇa) 사이에 오가는 대화가 바로 『바가바드기타』입니다. 드리따라스뜨라의 아들들인 까우라바들과 빤두의 아들들인 빤다바들 사이에 전쟁이 일어나게 되자 브야싸 선인은 드리따라스뜨라의 마부인 싼자야(Sañjaya)에게 천리안의 신통을 주어 전쟁 상황을 궁전에 앉아 보면서 드리따라스뜨라에게 이야기를 해주게 합니다. 그래서 『바가바드기타』는 이렇게 시작합니다. "드리따라스뜨라가 말했습니다. 싼자야여, 정의의 들판인 꾸루끄셰뜨라에 싸우려 모여든 나의 아들들과 빤두의 아들들은 무얼 했느냐?" 이러한 대화는 먼 훗날 브야싸 선인의 제자인 와이샴빠야나(Vaiśampāyana)가 자신의 스승에게서 들은 이야기를 나중에 아르주나의 증손자이며 하쓰띠나뿌라의 왕인 자나메자야(Janamejaya)에게 들려주는 형식으로 되어있습니다. 이상의 사실로 미루어 브야싸는 『바가바드기타』의 직접적인 저자일 뿐만 아니라 작품이 생겨난 배경을 만들어 낸 등장인물이기도 합니다. 베단타학파

의 세 가지 소의경전(所依經典) 가운데 하나인 『브라흐마쑤
뜨라(Brahmasūtra)』의 저자이기도 한 브야싸를 바다라야나
(Bādarāyaṇa)라고도 부릅니다.

내용

  인도의 육파철학 가운데 하나인 베단타학파에는 『우파니
샤드』, 『바가바드기타』, 『브라흐마수트라』, 이렇게 세 가지 소
의경전(所依經典)이 있습니다. 베단타학파는 8세기경의 인물
인 샹까라(Śaṁkara)를 종주로 하는 불이론(不二論)적 베단타
학파와 11세기경의 인물인 라마누자(Rāmānuja)를 종주로
하는 한정불이론(限定不二論)적 베단타학파 이렇게 양대학파
가 있습니다. 따라서 『바가바드기타』의 주석서들 가운데 최고
의 권위를 가진 주석서는 샹까라의 주석서와 라마누자의 주
석서 이렇게 모두 두 가지입니다. 이 주석서들은 산스크리트
로 되어 있습니다. 원래 『마하바라타』의 일부분인 『바가바드
기타』는 18장으로 구성되어 있으며, 『마하바라타』에서는 이
들 18장에 대한 별도의 제목이 붙어 있지 않습니다. 따라서
『바가바드기타』의 각각의 장에는 제목이 없는 것이 원칙입니
다. 그러나 『바가바드기타』의 주석자들 가운데 최고의 권위를
가진 샹까라와 라마누자는 『바가바드기타』의 각각의 장에 제
목을 붙이고 있습니다.

먼저 샹까라와 라마누자에 의하면 제1장의 제목은 '아르주나의 낙담의 요가'입니다. 『요가수트라』에 따르면 요가는 '마음의 활동이 멈춤'과 '마음의 활동을 멈추게 하기'를 의미합니다. 마음의 활동이 멈춤은 여타의 마음 활동은 멈춘 상태에서 한 대상에 대한 집중된 마음의 활동이 존재하는 것, 그리고 일체 모든 마음의 활동이 멈춘 상태 이 모두를 포함합니다. 그리고 요가는 삼매(三昧)와 동의어로 사용됩니다. 『요가수트라』에 따르면 "자기 자신은 없는 듯이 오로지 대상만이 밝혀지는 명상이 삼매입니다." 즉 명상이 아주 깊게 진행되어 대상을 인식하는 주체인 자기 자신은 마치 없는 듯이 느껴지고 오로지 대상만이 인식되는 상태를 삼매라고 합니다. 제가 명상으로 번역한 낱말의 원어는 '드야나'입니다. 이 낱말은 일반적으로 '명상, 집중, 사려, 통찰' 등을 의미하며, 불경에서 '정(定), 사유(思惟), 정려(靜慮), 수정(修定)' 등으로 한역 되며, '선(禪), 선나(禪那), 선정(禪定), 선사(禪思)' 등으로 음차 됩니다. 선정이 깊게 무르익으면 도달하게 되는 무아의 상태가 삼매라고 할 수 있습니다.

샹까라와 라마누자에 의하면 제2장의 제목은 '온전하게 밝힘의 요가'입니다. 샹까라에 의하면 '온전하게 밝힘'은 궁극적인 의미를 지닌 사물을 분별하는 것입니다. 지혜(buddhi)는 윤회의 원인인 슬픔과 미혹 등의 결함을 없애는 직접적인 원인입니다. 요가는 이러한 지혜를 얻는 방편이며, 집착 없이 서로 반대되는 추위와 더위 그리고 고통과 기쁨 등을 버리고 절대자인 자재자를 경배하기 위한 행위의 실행인 '행위의 요가', 혹은 '삼매의 요가'입니다. 지혜를 갖추어, 자재자(自在者)의 은총을 원인으로 하는 인식을 얻어 행위의 속박을, 즉, 법과 비법이라는 이름의 행위가 바로 속박인 것을 물리칩니다. 선에 해당하는 법은 좋은 곳으로 윤회하게 하는 원인이고, 악에 해당하는 비법은 나쁜 곳으로 윤회하게 하는 원인입니다. 이처럼 법과 비법은 모두가 속박인 윤회의 원인이기 때문에 법이라는 행위와 비법이라는 행위 모두가 다 속박입니다. 라마누자에 의하면 지혜는 온전하게 밝히는 것입니다. '온전하게 밝힘'은 지혜를 통해 '아(我)의 본질'*을 확정하는 것입니다.

샹까라와 라마누자에 의하면 제3장의 제목은 '행위의 요가'입니다. 샹까라에 의하면 행위가 요가인 것이 행위의 요가입니다. 이번 생이나 다른 생에 행해진 제사를 비롯한 행

---

* 아(我)의 원어인 아뜨만은 '가다, 늘 가다' 등을 의미하는 어근 '아뜨' 혹은 '숨 쉬다, 살다, 능력이 있다, 가다' 등을 의미하는 어근 '안'에서 파생된 낱말입니다. 아뜨만은 남성명사로 '영혼, 생기, 자아, 우주적인 영혼, 브라흐만, 본질, 몸, 자신, 마음, 사고력, 형상, 아들, 태양, 불, 바람' 등을 의미합니다. 아뜨만은 불경에서 '아(我), 아자(我者), 기(己), 자(自), 성(性), 자성(自性), 신(身), 자신(自身), 체(體), 체성(體性), 기체(己體), 자체(自體), 신(神), 신식(神識)' 등으로 한역됩니다. 아뜨만은 우리나라에서 많은 경우 자아(自我)로 번역되고 있습니다.

위들은 모여 쌓인 악업을 소멸하는 원인이 됩니다. 그래서 행위는 마음을 정화하여 지혜를 생겨나게 하기에 지혜의 성취를 위한 원인이 됩니다. 이러한 행위들을 실행하지 않음으로써 '무위의 상태', 즉, '행위가 없는 상태'인 '행위의 공성(空性)'을 얻는 것이 아닙니다. 이러한 무위의 상태는 '지혜의 요가'를 통해 얻는 성취로 '움직임이 없는 아(我)의 본모습'에 안주하는 것입니다. 행위의 요가는 무위의 상태로 특징지어지는 지혜의 요가를 이루게 하는 방편입니다. '모든 것을 내던져 버림'은 지혜가 없이 단지 행위만을 버리는 것입니다. 이러한 '모든 것을 내던져 버림'을 통해서는 지혜의 요가로써 얻어지는 성취인 '무위의 상태'로 특징지어지는 성취를 얻지 못합니다. 모든 무지한 생명체들의 행위는 자연에서* 생겨난 진성(眞性), 동성(動性), 암성(闇性)이라는 세 가지 성질들에 의해 종속되어 행해지기 때문에 그 누구도 그 어느 때라도 한 찰나나마 행위 하지 않으며 지낼 수가 없습니다. 자재자를 위한 행위를 행하며 사람은 본마음인 진성의** 정화를 통해서 지고(至高)인 해탈을 얻습니다.

---

* 자연(自然)은 모든 물질의 근본 원인입니다. 그래서 근본 자연이라고 부르기도 하며, 물질계를 만드는 모든 원인 가운데 으뜸이 되기 때문에 으뜸(勝因)이라 부르기도 합니다. 자연이 변화하여 생겨난 지성, 자의식(自意識), 마음, 우주를 구성하는 오대원소 모두가 물질입니다. 자연은 물질을 만들어내는 진성, 동성, 암성이라는 세 가지 성질이 자신의 특질인 빛, 움직임, 멈춤 등을 드러내지 않은 평형상태입니다. 성질에 대한 자세한 내용은 제14장에 대한 해제 부분 그리고 자연에 대한 자세한 내용은 제15장에 대한 해제 부분을 보시기 바랍니다.

그러나 성질들에 의해 동요되지 않는 지혜로운 자들은 스스로 움직임이 없기에 행위의 요가가 어울리지 않습니다. 라마누자에 의하면 지각기관의 대상에 교란된 지성을 가진 자들은 행위의 요가가 어울립니다. 모든 사람은 자연에서 생겨난 진성, 동성, 암성에 의해, 즉, 이전의 행위의 성질에 따라 늘어난 성질들에 종속되어 스스로 알맞은 행위를 지향해 활동합니다. 따라서 행위의 요가를 통해 과거에 쌓인 죄를 멸하고, 진성을 비롯한 성질들을 장악하여, '무구(無垢)한 내적기관'을* 통해서 지혜의 요가를 이루어야 합니다. '아(我)에 대한 관조'에 몰두하는 마음으로 지각기관들을 통제하여 집착 없이 행위의 요가를 실행하는 자는 부주의할 가능성이 없기에 지혜에 충실한 자보다 뛰어납니다. 행위를 함에 있어서 '행위 하지 않는 자'로서의 아(我)의 상태에 대한 음미

** 진성(眞性)의 특질은 빛입니다. 빛이 특질인 진성, 움직임이 특질인 동성, 멈춤이 특질인 암성, 이렇게 세 성질의 특질들이 발현되지 않은 세 가지 성질들의 평형상태가 자연 또는 근본 자연입니다. 자연 안에 있는 세 가지 성질들 가운데 빛을 특질로 가진 진성이 제일 먼저 자신의 특질을 발현한 상태가 자연의 첫 번째 변화입니다. 이것은 진성이 많은 상태이기에 진성이라고도 부릅니다. 진성의 특질인 빛의 작용이 지성입니다. 따라서 이것을 지성이라고 부르기도 하며, 이것이 우리의 본마음이기에 마음이라고도 부릅니다.

* 기관은 내적기관과 외적기관이 있습니다. 내적기관은 우리의 본마음인 지성(心), 자의식(自意識), 그리고 감각기관인 지각기관과 연결되며 시비를 구별하는 마음(意) 이렇게 셋입니다. 외적기관은 다섯 개의 지각기관(伍知根)과 다섯 개의 행위기관(伍作根)이 있습니다. 지각기관은 냄새를 지각하는 코(鼻), 맛을 지각하는 혀(舌), 형태를 지각하는 눈(眼), 촉감을 지각하는 피부(身), 소리를 지각하는 귀(耳) 이렇게 다섯입니다. 행위기관은 잡는 기관인 손, 이동기관인 발, 언어기관인 입, 배설기관인 항문, 생식기관인 생식기 이렇게 다섯입니다. 많은 경우 기관은 다섯 개의 지각기관만을 의미하기도 합니다.

가 '아(我)의 실상(實相)에 대한 인식'을 통해 연결됩니다. 따라서 '아(我)에 대한 지혜'는 행위의 요가에 포함되기 때문에, 행위의 요가가 지혜의 요가보다 더 좋은 것입니다. 행위의 요가에는 아(我)의 '행위 하지 않는 자로서의 상태에 대한 관상(觀想)'을 통해 아(我)의 본성에 대한 음미가 포함되기 때문에 행위의 요가가 쉬우며 실수하게 되지 않습니다. 따라서 지혜에 대한 충실함에 적합한 자에게도 지혜의 요가보다는 행위의 요가가 더 낫습니다. 사람은 행위의 요가를 통해 지고인 아(我)를 얻습니다. '모든 것의 자재자(自在者)'이며, '모든 존재 내의 아(我)로서 존재하는 것'인 끄리스나에게 모든 행위를 '아(我)에 대한 마음으로' 내맡기고 바라는 바 없이 내 것이랄 거 없이 고뇌를 여의고 전쟁을 비롯한 모든 지시된 행위를 행해야 합니다. 아(我)는 '끄리스나의 몸의 상태'이기에 '끄리스나에 의해 움직여지는 아(我)의 본 모습에 대한 음미'를 통해서 '모든 행위는 바로 끄리스나에 의해서 행해지는 것들이다'라고 여기어 '지고의 인아(人我)'인 끄리스나에게 그 행위들을 온전히 바쳐야 합니다. 오로지 끄리스나에 대한 숭배들 만을 행하고 그 결과를 바라지 말아야 합니다. 그리하여 그 행위에 대해 '나의 것이라는 것이 없는 상태'가 되어 고뇌를 여의고 전쟁을 비롯한 것을 행해야 합니다. 행위들에 대해 '나의 것이라는 것이 없는 상태'가 되어 무시이래(無始以來)로 행한 끝없는 죄악의 쌓임에 의해서 만들어진 '나는 어떻게 될 것인가?'라는 이런 내면의 고뇌를 벗어나 '행위들을 통해 공경된 지고의 인아가 바로 속박에서 풀어 주리라!'라고 염(念)하며 기쁘게 행위의 요가를 행해야 합니다.

샹까라와 라마누자에 의하면 제4장의 제목은 '지혜와 행위와 온전히 모두 내버림의 요가'입니다. 샹까라에 의하면 행위 안에서 무위(無爲)를, 그리고 무위 안에서 행위를 보는 것이 지혜입니다. '올바로 보는 것'인 지혜는 슬픔과 미혹 등의 잘못을 베어 없애는 칼입니다. 요가는 올바로 보는 것을 얻는 방편인 행위의 실행입니다. 행위는 행해지는 것인 행동 그 자체이며, 몸과 관련된 것, 말과 관련된 것, 마음과 관련된 것, 이렇게 세 가지가 행위입니다. 즉, 몸이 움직이는 것, 말하는 것, 마음이 움직이는 것이 행위입니다. 무위는 행위가 없는 것입니다. 행위에 대해서 무위, 즉, 행위가 없는 것을 '아(我)와의 연결성'에 의해서 보게 됩니다. 그리고 아(我)로 상정된 몸과 기관의 활동이 멈춘 것인 무위에 대해 "나는 아무것도 하지 않으며 잠자코 편안히 앉아 있다"라고 이렇게 행위처럼 자의식과 연결됨으로 인해서 무위속에서 행위를 보게 됩니다. 행위에 대한 집착을 버리는 것은 행위에 대한 자각과 결과에 대한 탐착을 버리는 것입니다. 이렇게 탐착을 버리는 지혜로운 자에 의해서 행해진 행위는 궁극적인 의미에서 무위입니다. 왜냐하면, 그는 활동이 없는 존재인 아(我)에 대한 지견을 갖춘 상태이기 때문입니다. 라마누자에 의하면 무위는 아(我)에 대한 지혜입니다. 행해지는 행위 안에서 아(我)에 대한 지혜를 보고, 무위인 아(我)에 대한 지혜 안에서 행위를 보는 것은 다음과 같은 사실을 의미합니다. 즉, 행해지는 행위를 아(我)의 있는 그대로의 실상에 대한 탐구를 통해서 지혜의 형태로 보고, 그리고 지혜가 행위에 포함된 상태를 통해서 지혜를 행위의 형태로 보는 것입니다. 행해지는 행위 안에서 행위자가 된 아(我)의 있는 그대로의 실상에 대한 탐구를 통해서 이렇게 보는 것이 가능합니다. 이처럼 행위가 아(我)의 있는 그대로의 실상에 대한 탐구에 내재된 것을 보는 자는 해탈의 자격을 가진 자이며 모든 행위를 행한 자입니다. 아(我)를 대상으로 하는 지혜에 의해 마음이 안정된 상태를 통해서 '아(我)와는 다른 것에 대한 집착이 사라진 자', 따라서 소유에서 확연히 벗어난 자로서 제사를 완성하기 위해서 활동하는 사람에게 있어서는 속박의 '원인이 되는 것'인 '옛 행위'가 남김없이 사라집니다. 지혜를 얻게 되면 몸 등을 아(我)라고 자각하는 형태이며, 이에 의해서 만들어진 '나의 것이라는 의식' 등이 머무는 곳인 미혹에 이르지 않습니다. 신과 인간을 비롯한 형태의 각각 개별적인 모든 존재를 자신의 아(我) 안에서 보게 됩니다. 왜냐하면, 자연과의 접촉이라는 결함에서 벗어난 아(我)의 본모습은 같은 것이기에 자연을 벗어난 자신과 다른 존재들의 동일함이 '지혜의 단일한 형태성'에 의해서 생겨납니다. 이름과 형태를 벗어난 아(我)라는 사물은 지고의 존재와 본모습이 동일합니다. 따라서 자연을 벗어난 모든 '아(我)라는 사물'은 서로 동일하며, '지고의 자재자'와도 동일합니다. 샹까라에 의하면 지혜는 모든 행위가 씨앗이 없는 상태가 되는데 원인이 됩니다. 몸을 얻게 한 행위는 이미 결과가 시작된 행위이기에 몸은 결과를 겪어야만 사라집니다. 따라서 지혜를 얻기 전에 행한 것으로 결과가 시작되지 않은 행위들, 지혜와 더불어 행한 행위들, 그리고 지난 수많은 생에 행한 모든 행위를 지혜가 재로 만듭니다. 그리고 행위의 요가와 삼매의 요가를 통해 오랜 시간 동안 정화되어 능력을 갖춘, 해탈을 원하는 자는 스스로 아(我) 안에서 지혜를 얻습니다. 라마누자에 의하면 아(我)의 실상(實相)에 대한 지혜의 형태인 불은 '생명의 아(我)'에 깃든 무시이래(無始以來)로 만들어진 수많은 행위가 쌓인 것을 재로 만듭니다. 아(我)에 대한 지혜처럼 정화하는 다른 사물은 없습니다. 그러므로 아(我)에 대한 지혜는 모든 죄를 멸합니다. 행위들을 온전히 내던진 자는 행위가 지혜의 형태에 도달한 자입니다.

샹까라와 라마누자에 의하면 제5장의 제목은 '행위와 온전히 모두 내버림의 요가'입니다. 상까라에 의하면 행위들을 온전히 내던져 버리는 것은 경전에 언급된 행위의 실행을 포기하는 것입니다. 즉 행위를 버리는 것입니다. '온전히 내던져 버리는 것'과 '행위의 요가'는 지혜가 생겨나는 원인이 되는 것이기 때문에 둘 다 해탈인 지극한 행복을 만들어내는 것입니다. 라마누자에 의하면 행위들을 온전히 내던져 버리는 것은 지혜의 요가입니다. 지혜의 요가를 위한 능력을 지닌 자에게 있어서는 행위의 요가와 지혜의 요가는 서로 다른 것을 필요로 하지 않으며 지극한 행복을 만들어내는 것입니다. 하지만 이 둘 중에서 행위를 온전히 내던져 버리는 것인 지혜의 요가보다는 행위의 요가가 더 나은 것입니다. 행위의 요가를 하는 자는 행위의 요가 안에 내재 된 '아(我)에 대한 경험'에 만족하여 그 무엇도 원하지 않고, 그 무엇도 싫어하지 않습니다. 그래서 추위와 더위 그리고 고통과 기쁨과 같이 서로 대립이 되는 이항대립(二項對立)을 견디는 자입니다. 이러한 자가 항상 지혜에 충실한 자이며 항상 온전히 내던져 버리는 자라고 알아야 합니다. 이러한 자는 행하기 쉬운 행위의 요가에 충실함으로써 속박에서 편안히 벗어납니다. 온전히 내던져 버림인 지혜의 요가는 행위의 요가가 없이는 얻을 수가 없습니다. 그러나 행위의 요가에 전념한 자인 무니(牟尼), '아(我)를 명상하는 성향을 가진 자'는 짧은 시간에 브라흐만에 도달합니다. 즉 아(我)를 얻습니다. 그러나 지혜의 요가에 전념한 자는 아주 힘들게 지혜의 요가를 성취합니다. 지혜의 요가는 힘들게 이루어지는 것이라서 오랜 시간이 지나서 아(我)를 얻습니다. 행위의 요가에 전념한 자는 지고의 인아에 대한 숭배의 형태인 경전에 언급된 청정한 행위에 몰두하여 마음이 확연히 청정한 자가 됩니다. 자신이 반복하여 익힌 행위에 마음이 몰두하기 때문에 쉽게 '자신을 다스린 자', '마음을 다스린 자'가 됩니다. 그래서 '지각기관을 이긴 자'가 됩니다. 그리고 아(我)의 실상에 대한 추구에 충실한 상태를 통해서 '모든 존재의 아(我)가 자신의 아(我)가 된 자'가 됩니다. 자신의 아(我)가 신을 비롯한 모든 존재의 아(我)가 된 자가 '모든 존재의 아(我)가 자신의 아(我)가 된 자'입니다. 아(我)의 실상을 추구하는 자에게 있어서는 신 등등의 아(我)와 자신의 아(我)가 한 모습이기 때문입니다. 신 등등의 차이는 자연이 변화한 특별한 형태의 상태입니다. 그러나 자연과 별개인 것은 신을 비롯한 모든 몸에 있어서 '지혜의 동일한 모습의 상태'로 인해서 같은 모습입니다. 이렇게 된 자는 행위를 행하면서도 '아(我)라는 자각'이 '아(我)가 아닌 것'에 관계되지 않습니다. 그래서 얼른 아(我)를 얻습니다.

상까라에 의하면 제6장의 제목은 '명상의 요가'입니다. 라마누자에 의하면 제6장의 제목은 '아(我)를 위한 자제의 요가'입니다. 요가는 '마음을 삼매에 들게 하는 것'이며, 명상의 요가는 『바가바드기타』의 제6장 10절에서 17절에 걸쳐 나타난 명상법을 말합니다. 샹까라의 의미에 따라 제6장 10절에서 17절에 이르는 내용을 보면 다음과 같습니다. "명상하는 자는 산에 있는 동굴 등 한적하고 고요한 곳에 홀로 머물러 마음과 몸을 제어하고, 바라는 바 없이, 가진 것 없이, 지성과 자의식과 마음으로 이루어진 내적기관을 늘 삼매에 들게 해야 합니다. 청정한 장소에 길상초(吉祥草), 검은 영양의 털가죽, 천을 차례로 아래에서 위로 덮어 너무 높지도 낮지도 않게 자신의 자리를 안정되게 잘 마련하여, 그 자리에 앉아, 생각과 기관의 움직임을 제어하고 마음을 하나로 모아, 내적기관의 정화를 위해서 요가 삼매에 들어가야 합니다. 몸과 머리와 목을 바르고 움직이지 않게 유지한 상태에서 안정하고, 자신의 코끝을 응시하는 듯이 하고, 방향들을 바라보지 않으며, 마음이 아주 평온한 자, 두려움이 사라진 자, 스승에 대한 봉사와 걸식 등등 범행자(梵行者)의 계율에* 머무는 자, 지고의 자재자인 끄리스나에게 마음을 둔 자, 끄리스나를 지고로 여기는 자가 되어 마음을 잘 제어하고, 삼

---

* 범행(梵行)의 원어는 브라흐마짜르야입니다. 브라흐마짜르야는 브라흐마(梵)를 '행하는 것'(行)을 의미합니다. 여기서 브라흐마는 베다를 뜻합니다. 즉, 브라흐마짜르야는 '베다의 학습을 행하는 것'을 나타내며, 중성명사로 인생의 첫 번째 시기인 '베다의 학습기, 즉 학생의 시기'를 뜻합니다. 베다의 학습기인 학생 시기의 생활은 스승에게 봉사하고, 걸식을 하며, 이성과의 교제가 철저히 금지되는 고행자의 삶을 살아야 합니다.

매에 들어 앉아야 합니다. 마음을 확실히 제어한 요가수행자는 늘 이처럼 자신을 삼매에 들게 하며 끄리스나에게 종속되어 있는 지고의 열반이며 해탈인 평온함 즉 적정(寂靜)에 도달합니다. 배의 이 분의 일은 먹은 음식, 그리고 사 분의 일은 마신 물로 채우고, 나머지 사 분의 일은 숨이 통하게 비어야 합니다. 너무 잠이 많은 자, 그리고 지나치게 깨어 있는 자에게 요가는 없습니다. 적절히 먹고 거니는 자, 행위들과 관련하여 적절히 활동하는 자, 적절히 잠자고 깨어 있는 자에게는 모든 윤회의 고통을 없애는 것인 요가가 있습니다." 이와 관련한 빤데야 라마의 설명에 의하면 엉덩이 위에서 목 아래까지가 몸입니다. 허리나 배를 앞뒤로 혹은 오른쪽 왼쪽으로 어디로도 숙이지 말아야 합니다. 즉, 척추를 바로 세워야 합니다. 목을 어느 곳으로도 숙이지 말고, 머리를 이리저리 돌리지 말아야 합니다. 이처럼 몸과 목과 머리 셋을 끈 하나에 매달아 놓은 듯한 상태에서 조금도 흔들리거나 움직이지 않게 하는 것이 '머리와 목과 머리를 바르고 움직이지 않게 간직하는 것'입니다. 명상의 요가를 성취하는 데 있어서 잠, 게으름, 동요, 그리고 추위와 더위 등등 서로 대립적인 것이 장애로 작용합니다. 몸과 목과 머리를 바르게 하고 눈을 뜸으로써 잠과 게으름이 침입하지 못합니다. 코끝에 시선을 응시하여 이리저리 다른 사물을 바라보지 않음으로서 외부의 동요가 생겨나지 않습니다. 자세가 견고해짐으로써 추위와 더위 등의 서로 대립적인 것이 장애가 되지 않습니다. 따라서 명상의 요가를 성취하기 위해서 이처럼 자세를 취하여 앉는 것이 유용합니다. 라마누자에 의하면 '자신의 아(我)'와 '다른 존재들의 자연을 벗어난 본모습'들은 '하나인 지혜의 형태성'으로 인해 동일한 것입니다. '불균등한 것'은 자연에 포함된 상태이기 때문입니다. 자연을 벗어난 것들인 아(我)들에 대해 '하나인 지혜의 형태성'을 통해서 '모든 곳에서 동일하게 보는 자'인 '마음이 요가의 삼매에 든 자'는 자신의 아(我)를 모든 존재에 있는 것으로, 그리고 모든 존재를 자신의 아(我) 안에 있는 것으로 봅니다. 즉 자신의 아(我)를 모든 존재의 아(我)와 동일한 형태로 그리고 모든 존재 안에 있는 아(我)를 자신의 아(我)와 동일한 형태들로 봅니다. 아(我)라는 사물의 동일한 상태로 인해서 하나의 아(我)를 보게 되면 모든 아(我)라는 사물을 본 것이 됩니다. 요가의 상태에서 '움츠러들지 않은 지혜의 유일한 형태성'에 의해서, 자연에서 생겨난 차이를 온전히 내버림으로써 단일성에 머물러 아주 확고하게 *끄리스나*를 체험하는 요가수행자는 마음이 활동할 때에도 이리저리 지내면서도 *끄리스나* 안에서 지내게 됩니다. 자신의 아(我)와 모든 존재를 보면서 바로 *끄리스나*를 봅니다. 마음이 잘 제어가 되지 않은 자, 즉 마음을 이기지 못한 자는 큰 힘을 들여도 요가를 얻지 못합니다. 그러나 제대로 마음을 복종시킨 자는 '끄리스나에 대한 숭배의 형태'인 '지혜가 내재 된 행위'를 통해서 마음을 이긴 자가 되어 노력하여 동일한 것을 바라보는 형태인 요가를 얻을 수 있습니다.

상까라와 라마누자에 의하면 제7장의 제목은 '지혜와 예지의 요가'입니다. 상까라에 의하면 지혜는 경전에 언급된 사물에 대해 온전히 아는 것입니다. 예지(叡智)는 경전을 통해 알게 된 것들의 자기경험, 자기경험화입니다. 지혜를 위한 잠재인상(業行)이* 쌓여 모인 곳이 되는 많은 생의 끝에 완숙한 지혜를 얻은 자는 개별적인 아(我)이며 와아쑤데바인 끄리스나를 "와아쑤데바가 모든 것"이라며 직접 체득하게 됩니다. 이처럼 모든 것의 아(我)인 끄리스나를 체득한 '위대한 아(我)'와 동등한 자나 그보다 더한 자는 없습니다. 행복과 고통의 원인을 얻게 되면 좋아함과 싫어함이 생겨납니다. 이러한 좋아함과 싫어함은 모든 존재의 '수승한 지혜'(般若)를 장악하여 지고의 사물인 아(我)의 본질에 대한 지혜가 생겨나는 것을 가로막는 미혹을 만들어냅니다. 생겨

---

* 업행(業行)으로 불경에서 번역되는 잠재인상은 행위가 만들어 내어 무의식 속에 새겨진 인상입니다. 행위는 몸의 움직임, 마음의 움직임, 입의 움직임인 말하는 것, 이렇게 세 가지입니다. 우리가 몸을 움직여 동작하고, 마음을 움직여 생각하고, 입을 움직여 말을 하고 난 다음에 그러한 동작과 생각과 말이 사라져 없어지는 것이 아니라, 우리의 마음속 깊은 곳 무의식 안에 잠재인상인 행업으로 변화되어 남아 있게 됩니다. 이러한 잠재인상이 기억으로 변화되어 무의식에서 떠올라 우리의 현재 생각을 이룹니다. 이처럼 기억으로 변화되는 잠재인상을 습기(習氣, vāsanā)라고 부릅니다.

나는 모든 존재는 미혹에 장악되어 태어납니다. 라마누자에 의하면 아(我)의 본 모습을 대상으로 하는 것이 지혜입니다. 자연과는 다른 종류의 형태를 대상으로 하는 것이 예지입니다. 이러한 예지는 분리된 형태를 대상으로 하는 지혜입니다. 끄리스나는 '모든 버려야 할 것에 대해 적인 상태'이기에, 그리고 끄리스나는 '무한하고, 더할 바 없고, 무수하고, 복이며, 장점이 모인 것이며, 무한한 대위력의 상태'이기에 끄리스나는 끄리스나 이외의 모든 '의식이 있는 사물과 의식이 없는 사물'들과는 분리된 것입니다. 이처럼 '분리된 것을 대상으로 하는 지혜'가 예지입니다. 지혜는 끄리스나의 본모습을 대상으로 하는 지혜입니다. 세속적인 모든 사람은 성질로 이루어진 상태를 대상으로 하는 '악의 습기(習氣)'인 자신의 자연과 항상 연결됩니다. 이러한 자들은 자신의 습기에 따른 성질로 이루어진 그 각각의 대상을 원하는 것인 욕망에 따르기에 '끄리스나의 본모습을 대상으로 하는 지혜'가 빼앗긴 자들입니다. 이전의 각각의 생들에서 '성질들로 이루어진 것'인, '기쁨과 고통을 비롯한 서로 대립적인 것'에 대해 그 대상을 좋아하고 싫어하는 것에 거듭 익숙해지면, 다시 태어날 때 그 습기(習氣)에 의해서 바로 그 '서로 대립적인 것'이라고 이름하는 것이 '좋아함과 싫어함이라는 대상의 상태'로 자리 잡아 존재들에게 미혹이 생겨납니다. 이러한 미혹에 의해서 존재들은 그 대상을 좋아하고 싫어하는 본성을 가진 존재들이 됩니다. 그러나 지혜로운 자는 끄리스나와의 결합과 분리만이 유일한 기쁨이요 고통이 되는 본성을 가진 자들입니다.

샹까라에 의하면 제8장의 제목은 '해탈하게 하는 브라흐만의 요가'입니다. 라마누자에 의하면 제8장의 제목은 '불멸인 브라흐만의 요가'입니다. 샹까라에 의하면 불멸은 지고의 아(我)입니다. 본성은 각각의 몸에 존재하는 지고의 브라흐만의 개별적인 아(我)의 상태입니다. 몸을 터전으로 삼아 개별적인 아(我)의 상태로 머물러 있는, 결국은 궁극의 의미인 브라흐만인 사물이 본성입니다. 라마누자에 의하면 불멸은 합성형태인 '농지를 아는 자'입니다.* 멸하지 않기 때문에 불멸입니다. 지고의 불멸은 자연을 벗어난 아(我)의 본모습입니다. 베다를 아는 자들이 지고의 경지라는 낱말로 지칭하는 불멸은 자연과의 접촉을 벗어나 본모습으로 자리 잡은 아(我)를 의미합니다. 이처럼 본모습으로 자리 잡은 아(我)를 얻은 다음에는 다시 윤회 속으로 되돌아오지 않습니다.

샹까라와 라마누자에 의하면 제9장의 제목은 '왕의 지혜,

---

* 『바가바드기타』 제13장 1절과 2절에 의하면 이 몸이 '농지'이며 이것을 아는 자를 '농지를 아는 자'라고 합니다. 그리고 끄리스나가 모든 '농지'들에 있어서 또한 '농지를 아는 자'입니다. '농지'와 '농지를 아는 자'에 대한 지혜가 바로 지혜입니다. 해제 제13장에 대한 부분에 농지와 농지를 아는 자에 대한 자세한 설명이 있습니다.

왕의 비밀의 요가'입니다. 샹까라에 의하면 '브라흐만에 대한 앎'이 모든 앎 가운데 더할 바 없이 빛나는 것이기에 왕입니다. 감추어야 할 것들 가운데 왕입니다. 브라흐만에* 대한 지혜는 가장 탁월한 것입니다. 기쁨을 비롯한 것처럼 직접 경험되는 것입니다. 끄리스나가 바로 브라흐만의 본모습인 세존입니다. 끄리스나는 심장에 깃든 아(我)입니다. 세존을 대상으로 하는 지혜인 제사가 '지혜의 제사'입니다. 이러한 지혜는 "바로 하나인 것이 지고의 브라흐만이다."라고 궁극의 대상을 관조하는 것입니다. 이것이 자재자인 끄리스나를 단일한 것으로 경배하며 섬기는 것입니다. 끄리스나의 지고의 상태에 의해 이 모든 세상은 펼쳐진 것입니다. 이러한 지고의 상태의 본모습은 지각기관을 통해 파악되는 대상이 아니기에 '드러나지 않은 형상'입니다. 아(我)인 끄리스나에 의해서 창조의 신인 브라흐마에서부터 초목에 이르기까지의 모든 존재는 '아(我)를 가진 것'으로 유지되는 것들이기에 끄리스나에게 머물

---

* 브라흐만(梵)은 '자라다, 증가하다, 큰 소리를 내다' 등을 의미하는 어근 '브리흐'에서 파생된 낱말입니다. 브라흐만은 중성명사로 '예배, 성스러운 삶, 찬가, 기도, 성서, 주문(呪文), 옴(ॐ), 베다, 신학, 사제계급, 절대자, 지고의 존재, 우주의 궁극적인 실재, 순수' 등을 의미하며, 남성명사로는 '기도하는 사람, 사제(司祭), 성스러운 지식, 사제계급, 절대자, 창조자' 등을 의미합니다. 브라흐만은 불경에서 '진정(眞淨), 묘정(妙淨), 청정(淸淨), 정결(淨潔), 청결(淸潔), 적정(寂靜), 범천(梵天), 범천왕(梵天王), 범왕(梵王), 대범천왕(大梵天王), 범주(梵主), 범존(梵尊)' 등으로 한역이 되고 '범(梵), 범의(梵矣), 범마(梵摩)' 등으로 음차가 됩니다. 저는 브라흐만이 중성명사로 지고의 존재인 우주의 궁극적인 실재를 의미하면 브라흐만이란 우리말 표기를 하고, 우주의 창조자인 범천(梵天)을 의미하면 브라흐마란 우리말 표기를 합니다.

러 있는 것들이라고 말해집니다. 끄리스나는 이러한 존재들의 아(我)이기 때문에 어리석은 자들에게는 이러한 존재들 안에 끄리스나가 머문 것처럼 보입니다. 그러나 끄리스나에게는 형상을 가진 존재처럼 결합의 상태가 없습니다. 끄리스나는 항상 순수하고 항상 깨닫고 항상 해탈한 본질, 모든 중생들의 아(我), 모든 존재들의 위대한 자재자, 자신의 아(我)입니다. 분별하지 못하는 어리석은 자는 이러한 끄리스나의 지고의 상태, 즉, 지고의 아(我)의 본질을 몰라 인간의 몸을 통해 활동하는 끄리스나를 무시합니다. 라마누자에 의하면 가장 감추어야 할 지혜는 신애(信愛)의 형태인 숭배라는 이름의 지혜입니다. 이 지혜가 윤회의 속박에서 벗어나게 하는 것입니다. 존재들의 대자재자(大自在者)이며, 모든 것을 아는 자이며, 생각이 진실이 되는 자이며, 모든 세상의 유일한 원인인 끄리스나가 지극한 자비심에 의해서 모두에게 온전한 의지처를 주기 위해 인간의 몸에 의지한 것을, 자신이 저지른 죄악의 행위 때문에 어리석은 자들은 일반적인 사람과 마찬가지로 여깁니다. 한없는 자비와 관대함과 온유함과 자애로움 등등 때문에 인간의 상태에 의지한 모습인 지고의 자재자인 끄리스나의 이 지고의 상태를 모르는 자들은 끄리스나가 단지 인간의 상태에 의지한 것을 가지고, 끄리스나를 다른 자와 같은 종류로 여기고 끄리스나를 무시합니다.

샹까라와 라마누자에 의하면 제10장의 제목은 '힘의 펼침의 요가'입니다. 라마누자에 의하면 '힘의 펼침'은 자재력(自在力)입니다. 모든 것의 생겨남과 유지됨과 활동의 형태가 끄리스나에게 바탕을 두고 이루어지는 것이 끄리스나의 '힘의 펼침', 즉 자재력입니다.

샹까라에 의하면 제11장의 제목은 '우주의 모습을 봄'이며, 라마누자에 의하면 제11장의 제목은 '우주의 모습을 봄의 요가'입니다. 샹까라에 의하면 끄리스나는 모든 모습이며, 우주의 모습을 지닌 것입니다. 우주의 형태인 지고의 자재자입니다. 이러한 모습은 자재(自在)한 모습으로 지혜와 자재력(自在力)과 능력과 힘과 원기와 위광(威光)을 갖춘 위스누의 모습입니다. 우주는 끄리스나에 의해 충만하고 편재되어 있습니다. 이러한 끄리스나가 우주의 창조주인 브라흐마의 아버지이며, 우주인 일체(一切)입니다. 라마누자에 의하면 끄리스나는 모든 것의 통치자의 상태, 보호자의 상태, 창조자의 상태, 멸하는 자의 상태, 양육하는 자의 상태, 복덕의 출처의 상태, 가장 최고의 상태, 다른 모든 것과는 종류가 다른 상태로 자리 잡은 형태인 자재한 모습입니다. 과거 현재 미래인 삼시(三時)에 현존하는 모든 세상의 의지처의 상태이기 때문에 공간과 시간에 의해서 한정될 수 없는 것입니다. '의식이 있는 것'과 '의식이 없는 것'이 섞여 있는 모든 세상은 '아(我)의 상태인 끄리스나'에 의해 충만합니다. 이러한 끄리스나가 끄리스나 자신 이외의 모든 것의 최초 원인입니다.

  상까라와 라마누자에 의하면 제12장의 제목은 '신애의 요가'입니다. 상까라에 의하면 마음은 생각을 본질로 하는 것이고, 지성은 결정을 특징으로 하는 것입니다. 이 둘을 끄리스나에게 바친, '모든 것을 온전히 내버린 자'가 끄리스나에게 마음과 지성을 바친 자입니다. 마음을 모든 것에서 회수하여 하나의 바탕에 거듭거듭 머물게 하는 것이 '반복된 수련'이며, 그로 인해서 나타나는 깊은 명상의 형태가 요가입니다. 반복된 수련이 없이도 단지 끄리스나를 위해 행위들을 행하면서도 본마음인 진성의 청정과 요가의 지혜를 얻어서 성취를 이룹니다. 최상의 신애는 지고의 의미에 대한 지혜의 형태입니다. 라마누자에 의하면 끄리스나를 위한 행위는 사원을 만드는 것, 사원에 정원을 꾸미는 것, 등불을 놓는 것, 사원 등을 청소하는 것, 물을 뿌리어 정화하는 것, 칠하는 것, 꽃을 가져다 놓는 것, 공양하는 것, 향유 등을 바르는 것, 계속 반복하여 이름을 찬양하는 것, 예경의 의미로 시계의 바늘이 도는 방향처럼 오른쪽으로 빙 도는 것, 절하는 것, 찬송하는 것 등입니다. '지극한 사랑의 상태'로 끄리스나를 위한 이러한 행위를 하면서도 반복된 수련의 요가에 의해서 생겨나는 것인, 끄리스나 안에서 안정된 마음을 얻습니다. 신애의 요가는 끄리스나의 덕을 추구하여 만들어진 것인, 끄리스나 하나만을 사랑하는 형태입니다. 신애의 요가의 부분에 해당이 되는 형태인 위에서 언급한 끄리스나를 위한 행위를 할 수가 없다면, 지고의 신애를 생겨나게 하는 것이며, 아(我)의 본질을 추구하는 형태인 불멸의 요가에 의지하여 모든 행위의 결과를 버리는 것을 행해야 합니다. 결과에 대한 바람이 없이 끄리스나에 대한 숭배의 형태로 실행한 행위를 통해서 아(我)에 대한 지혜를 얻게 됩니다. 그리고 이 지혜에 의해서 무명(無明)을 비롯한 모든 덮개가 물러나면 '오로지 끄리스나 하나만이 남은 본모습의 상태'인 '개별적인 아(我)'를 직접 보게 됩니다. 그러면 끄리스나에 대한 지극한 신애가 저절로 생겨납니다. 끄리스나를 신애 하는 자는 이처럼 행위의 요가를 통해서 끄리스나를 사랑하는 자입니다. 샹까라에 의하면 자재자이며, 모든 것을 아는 자이고, 지고의 스승인 끄리스나에게 자신의 모든 마음을 바친 자로서 보고, 듣고, 만지는 모든 것이 바로 세존인 끄리스나라는 인식에 지성이 사로잡힌 자가 끄리스나를 신애 하는 자입니다. 이러한 자는 '끄리스나의 상태'인 '지고의 아(我)의 상태'에 적합하게 됩니다.

샹까라에 의하면 제13장의 제목은 '농지와 농지를 아는 자의 요가'이며, 라마누자에 의하면 제13장의 제목은 '농지와 농지를 아는 자의 구분의 요가'입니다. 샹까라에 의하면 농지(農地)는 '상처로부터 보호하기 때문에', '소멸하는 것이기 때문에', 농지처럼 행위의 결과가 생기는 것이기 때문에 농지라고 합니다. 모든 변형된 것들에 편재하기 때문에 미세한 것들인 오유(伍唯), 오유의 원인이며 '나는 이라는 인식형태'인 자의식(自意識), 자의식의 원인이며 '결정의 형태'인 지성, 지성의 원인이며 발현되지 않은 '자재자의 힘'인 환력(幻力)이고 바로 자연인 '나타나지 않은 것', 귀를 비롯한 다섯 개의 지각기관 그리고 입과 손을 비롯한 다섯 개의 행위기관들인 열 개의 기관들, 생각 등을 본질로 하는 것으로 열한 번째 기관인 마음, 그리고 다섯 기관의 대상들인 오대원소들, 기쁨의 원인이 되는 사물을 전에 얻은 자가 다시 그러한 사물을 기쁨의 원인이라 여겨 얻어 가지기를 원하는 내적기관의 특질인 바람, 고통의 원인이 되는 사물을 경험한 자가 다시 그러한 사물을 얻는 것을 싫어하는 것인 싫어함, 순조로움인 명정(明淨)이며 진성을 본질로 하는 것인 기쁨, 거슬림을 본질로 하는 것인 고통, 몸과 기관의 결합체인 취집(聚集), 몸과 기관의 결합체인 취집에 나타나는 내적기관의 활동이며 쇳덩어리가 불에 의해 달구어지는 것처럼 '정신인 아(我)의 영상인 정기(精氣)가 들어 온 것'인 의식(意識), 피로한 몸과 기관들을 지탱하는 것인 지탱(支撑),

바로 이러한 것들이 농지입니다. '농지를 아는 자'는 창조의 신인 브라흐마에서 시작하여 풀 더미에 이르기까지의 수많은 영역의 제한과는 별개의 것, 제한의 모든 차이를 물리친 것, '있음과 없음이라는 등의 단어를 통한 인식에 의해서 파악되지 않는 것'입니다. 이러한 것을 아는 자는 몸이 농지인 것을 아는 자, 즉, 발에서부터 머리까지 지각을 통해 대상화하거나, 자연스럽게 혹은 가르침을 통해 경험하여 대상화하는 자이며, 구분하여 아는 자가 농지를 아는 자입니다. '농지'와 '농지를 아는 자'인 자재자의 실상 이외의 다른 것은 지혜의 대상이 아니라서 '농지'와 '농지를 아는 자'를 대상으로 하는 지혜가 올바른 지혜입니다. 농지는 대상이고, '농지를 아는 자'는 대상을 인식하는 자입니다. 이렇게 본질이 다른 두 개가 서로의 그 특질을 부가(附加)하는 형태가 연결입니다. 이 연결은 밧줄과 조개껍질 등에 그 특질에 대한 분별지가 없음으로 인해서 뱀과 은 등등을 부가하는 연결과 같은 것입니다. 즉, 이 연결은 '농지'와 '농지를 아는 자'의 본모습에 대한 분별이 없음을 원인으로 하는 것으로 '농지'와 '농지를 아는 자'에 대한 부가가 본모습인 연결입니다. 이 연결은 그릇된 앎의 형태입니다. 경전의 가르침을 따라서 '농지'와 '농지를 아는 자'의 특성과 차이를 온전히 알아 '문자 풀'에서 섬유의 줄기를 뽑아내듯이 '농지'에서 '농지를 아는 자'를 분리하여 '한정에 의한 모든 특별함이 사라져 버린 것'을 '브라흐만의 본모습'으로 보고, 그리고 '농지'를 환력(幻力)에 의해서 만들어진 코끼리와 꿈에서 본 사물과 신기루 등등처럼 '없는 것'인데도 '있는 것'처럼 거짓으로 나타나는 것이라고 마음을 확정한 자의 그릇된 앎은 올바른 앎에 의해 가로막혀 사라집니다. 이러한 자는 출생의 원인이 사라지기에 다시 태어나지 않습니다. 출생의 원인은 무명(無明)이 원인이 되어 만들어지는 것인 '농지와 농지를 아는 자의 연결'입니다. 아(我)인 '농지를 아는 자'를 행위 하지 않는 것인 '모든 한정이 제거된 것'으로 보는 자가 지고의 사물을 보는 자입니다. 끄리스나는 '농지와 농지를 아는 자인 자연의 두 힘을 가진 자', 자재자입니다. 이러한 끄리스나는 '무명(無明)과 욕망과 행위와 제한의 본모습에 순응하는 것'인 '농지를 아는 자'를 '농지'와 연결합니다. 라마누자에 의하면 농지는 향유자(享有者)인 아(我)와 다른 것으로 아(我)의 '향유의 농지'입니다. 신과 인간 등등의 모든 농지에 있어서 유일하게 아는 자의 상태의 모습을 가진 것인 '농지를 아는 자' 또한 끄리스나라고 알아야 합니다. 끄리스나가 아(我)인 것이라고 알아야 합니다. 그리고 '농지' 또한 끄리스나라고 알아야 합니다. '농지'와 '농지를 아는 자'에 대한 분별을 대상으로 하는 지혜, 끄리스나가 아(我)인 것임을 대상으로 하는 지혜, 바로 이러한 지혜가 받아들일 만한 것입니다.

상까라와 라마누자에 의하면 제14장의 제목은 '세 성질에 대한 분위(分位)의 요가'입니다. 인도의 육파철학 가운데 하나인 쌍캬철학에 따르면 성질은 진성, 동성, 암성, 이렇게 세 가지이며 성질들이 자신의 특질을 드러내지 않은 평형상태가 자연입니다. 쌍캬철학의 주요 문헌인『쌍캬까리까』의 열두 번째와 열세 번째 본송(本頌)에 의하면 성질들은 진성, 동성, 암성, 이렇게 세 가지가 있으며, 이들 가운데 진성은 즐거움을 본질로 하고 빛을 위한 것이며, 가볍고 빛나는 것입니다. 동성은 괴로움을 본질로 하고 활동을 위한 것이며, 자극하고 움직이는 것입니다. 마지막으로 동성은 낙담을 본질로 하고 제한을 위한 것으로 무겁고 덮는 것입니다. 이러한 성질들은 다른 것이 다른 것을 제압하고, 다른 것이 다른 것을 의지하며, 다른 것이 다른 것을 만들어내고, 다른 것이 다른 것에 섞이는 성향들이 있습니다. 그러나『바가바드기타』에 의하면 진성은 무구(無垢)한 것이라 빛을 비추는 것, 평안한 것입니다. 진성은 기쁨에 대한 애착과 지혜에 대한 애착으로 속박합니다. 동성은 애염(愛染)을 본질로 하는 것이며, 갈망과 집착에서 생겨난 것입니다. 그리고 동성은 행위에 대한 애착으로 물들여 속박합니다. 암성은 무지에서 생겨난 것으로 미혹하게 하는 것입니다. 이러한 암성은 부주의와 게으름과 잠들을 통해 속박합니다. 진성은 기쁨에 묶어두고 동성은 행위에 묶어둡니다. 그리고 암성은 지혜를 덮어 부주의에 묶어둡니다. 동성과 암성을 눌러 진성이, 진성과 암성을 눌러 동성이, 그리고 진성과 동성을 눌러 암성이 생겨납니다. 빛인 지혜가 생겨날 때, 그때는 진성 또한 늘어난 것입니다. 탐욕, 활동, 행위들의 시작, 평안하지 않음, 희구, 이러한 것들이 동성이 늘어나면 생겨납니다. 빛이 없음, 활동이 없음, 부주의, 미혹, 이러한 것들이 암성이 늘어나면 생겨납니다. 진성이 한껏 늘어났을 때 세상을 떠나게 되면, 최상의 것을 아는 자들의 청정(淸淨)한 세상들을 얻습니다. 동성이 한껏 늘어났을 때 세상을 떠나게 되면 행위에 애착하는 자들 가운데 태어납니다. 암성이 한껏 늘어났을 때 세상을 떠난 자는 어리석은 존재들의 자궁들 안에 태어납니다. 선한 행위의 결과는 진성적이고 무구(無垢)한 것입니다. 동성의 결과는 고통입니다. 암성의 결과는 무지입니다. 진성에서 지혜가 그리고 동성에서 탐욕이 생겨납니다. 암성에서 부주의와 미혹과 무지가 생겨납니다. 진성에 머문 자들은 위로 갑니다. 동성적인 자들은 중간에 머뭅니다. 천한 성질인 암성의 작용에 머문 암성적인 자들은 아래로 갑니다. 성질들 말고는 다른 행위자가 없다는 것을 보고, 그리고 성질들 너머의 것을 아는 자는 끄리스나의 상태에 도달합니다. 몸을 생겨나게 하는 것들인 이 세 성질을 넘어가서, 태어남과 죽음과 늙음의 고통에서 벗어나 불사를 누리게 됩니다. 샹까라에 의하면 진성은 수정구슬처럼 '무구(無垢)한 것'이기에 빛을 비추는 것, 편안한 것입니다. 이러한 진성이 기쁨에 대한 애착을 통해

'나는 기쁜 자다'라고 대상인 기쁨을 대상을 가진 존재인 자신에게 연결하는 것은 허위입니다. 이 허위는 무명(無明)입니다. 진성이 대상과 대상을 가진 존재를 분별하지 못하는 형태의 무명을 통해 자기의 아(我)가 아닌 기쁨에 아(我)를 연결하여 기쁜 자, 기쁘지 않은 자처럼 됩니다. 지혜에 대한 애착에 의한 것도 마찬가집니다. 지혜도 기쁨과 동행 하는 것이기 때문에 지성의 특질이지 아(我)의 특질이 아닙니다. 아(我)의 특질에 애착과 속박은 생겨나지 않기 때문입니다. 동성은 붉은 색의 연한 토질의 석회암을 비롯한 것처럼 '물들게 하는 것'이기 때문에 '애염을 본질로 하는 것'입니다. 행위에 대한 애착은 이 세상의 것과 이 세상의 것이 아닌 것들을 위한 행위들에 대한 집착연결, 즉, 전념입니다. 동성은 이러한 행위에 대한 애착으로 속박합니다. 동성과 암성 둘을 눌러 자신의 본성을 획득한 진성은 지혜와 기쁨을 비롯한 자신의 작용을 시작합니다. 동성이 진성과 암성 둘을 눌러 늘어나면, 행위와 갈망을 비롯한 자신의 작용을 시작합니다. 암성이 진성과 동성 둘을 눌러 늘어나면, 지혜를 덮는 것 등을 비롯한 자신의 작용을 시작합니다. 빛은 진성의 결과이고, 활동은 동성의 결과이고, 미혹은 암성의 결과입니다. 빛을 본질로 하는 진성적인 성질은 분별성을 만들어 내어 기쁨에 연결하여 속박하기 때문에 성질을 벗어나지 못한 자는 빛을 싫어합니다. 동성적인 것인 활동은 고통을 본질로 하는 것입니다. 이러한 동성에 작용되어 자신의 본래 상태에서 벗어나 괴로움이 생기기 때문에 성질을 벗어나지 못한 자는 활동을 싫어합니다. 암성적인 인식이 생겨나서 자신이 어리석다고 여기기 때문에 성질을 벗어나지 못한 자는 미혹을 싫어합니다. 이러한 '세 가지 성질을 본질로 하는 것'이며 끄리스나의 환력(幻力)이고 자연인 것이 모든 존재의 원인입니다. 이것은 모든 결과보다 '광대한 것'이기 때문에 '큰 것'(大)이고, 자신의 변화들을 '유지하고 양육하는 것'(바라나)이기 때문에 브라흐마입니다. 라마누자에 의하면 진성, 동성, 암성, 이렇게 세 성질은 자연의 본모습과 관련된 특별한 본성입니다. 이러한 성질들은 오로지 빛을 비롯한 작용을 통해서 표명되는 것들입니다. 성질들은 자연의 상태에서는 나타나지 않으며, 자연의 변화들인 '큰 것'을 비롯한 것들에서 비로소 나타납니다. 신과 인간 등등의 몸은 '큰 것'에서 시작하여 오대원소에 이르기까지의 것들에 의해 생겨난 것입니다. 이러한 신과 인간 등등의 몸과 관계된 이 '몸을 가진 자', 몸의 소유주, 즉 아(我)인 불멸은 그 스스로가 성질과 관계되기에는 부적합한 것입니다. 그러나 성질들이 '몸을 가진 자'인 이러한 불멸을 몸에 '현존하는 상태인 한정'으로서 매어 놓습니다.

샹까라와 라마누자에 의하면 제15장의 제목은 '최상의 인아의 요가'입니다. 『바가바드기타』에서 아르주나는 끄리스나를 '최상의 인아'라고 부르고 있으며, *끄리스나*는 아르주나에게 스스로 자신이 '최상의 인아'라고 말합니다. '최상의 인아'에서 인아(人我)의 원어는 뿌루샤입니다. 사람을 의미하기도 하는 뿌루샤는 샹캬철학의 25개의 실재 가운데 하나입니다. 샹캬철학은 뿌루샤를 포함한 25개의 실재에 대한 올바른 앎을 얻으면 해탈한다고 말합니다. 25개의 실재는 자연 혹은 근본자연(1), 지성(1), 자의식(1), 오유(5), 다섯 개의 지각기관(5), 다섯 개의 행위기관(5), 마음(1), 오대원소(5), 인아(1), 이렇게 1+1+1+5+5+5+1+5+1=25입니다. 샹캬철학의 주요문헌인 『쌍캬까리까』의 세 번째 본송은 이들 25개의 실재에 대해서 다음처럼 말하고 있습니다. "근본 자연은 다른 것에서 변화된 것이 아닙니다. 큰 것을 비롯한 일곱 개는 자연이기도 하고 변이이기도 합니다. 열여섯 개는 변화이기만 합니다. 인아(人我)는 자연도 아니고 변화도 아닙니다." 어원에 따르면 '만들어내는 것이 자연입니다.' 즉, 다른 것의 원인이 되는 것이 자연입니다. 따라서 최초의 원인을 일반적인 자연과 구별하기 위해 '근본 자연'이라 부르기도 합니다. '근본 자연'과 으뜸(勝因)은 동의어입니다. 모든 원인 가운데 궁극적인 원인으로서 으뜸이 되기에 '자연 혹은 근본 자연'을 으뜸이라 부르기도 합니다. 자연은 진성, 동성, 암성, 이렇게 세 가지 성질들이 자신의 특질을 드러내지 않고 평형을 이루고 있는 상태입니다. 진성의 특질은 빛, 가벼움, 해맑음, 기쁨, 평온함 등이며 흰색으로 상징됩니다. 동성의 특질은 움직임, 괴로움 등이며 붉은색으로 상징됩니다. 암성의 특질은 멈춤, 무거움, 덮음, 미혹 등이며 검은색으로 상징됩니다. 자연은 이러한 성질들이 자신의 특질을 드러내지 않고 있는 상태입니다. 따라서 빛도 없고 어둠도 없고 움직임도 없고 멈춤도 없고 가벼움도 없고 무거움도 없고 기쁨도 없고 고통도 없는 상태입니다. 이 상태를 무어라 말로 표현할 길이 없습니다. 『노자』에서 말하는 "도라 할 수 있는 도는 바른 도가 아닙니다. 이름이라 할 수 있는 것은 바른 이름이 아닙니다. 어둡고 어두운 가운데 아주 묘한 곳의 문이 있습니다(道可道 非常道 名加名 非常名 玄之又玄衆妙之門)" 라고 말하듯이 깊고 깊은 명상을 통해서만이 아주 묘한 것인 자연의 상태를 파악할 수 있습니다. 자연에 잠재되어 있던 세 가지 성질들 가운데 진성이 제일 먼저 자신의 특질을 드러내어 자연이 처음 변화한 한 상태를 진성이라고 부릅니다. 샹캬철학에서는 진성을 '큰 것'인 대(大), 지성, 마음이라 부르기도 합니다. 첫 번째 태어난 아들과 딸을 큰아들 큰딸이라고 부르듯이 진성은 자연에서 첫 번째로 생겨난 것이기에 '큰 것'인 대(大)라고 하며, 진성의 특질은 빛이며 빛은 밝히는 것이고 어둠을 밝히면 어둠 속에 있던 사물을 알게 되기에 지성이라고 하며, 바로 이것이 우리의 본마음이기에 마음이라고도 부릅니다. 『쌍캬까리까』의 스물두 번째 본송은 근본인 자연에서 '큰 것'이 생겨나고, '큰 것'에서 자의식이 생겨나고, 자의식에서 마음과 다섯 가지 지각기관, 다섯 가지 행위기관, 그리고 오유(伍唯)가 생겨나고, 오유에서 오대원소가 생겨나는 것을 다음처럼 말하고 있습니다. "자연에서 '큰 것'이, '큰 것'에서 자의식이, 자의식에서 열여섯 개로 된 무리가, 그 열여섯 개로 된 무리 가운데 다섯 개에서 다섯 개의 원소들이 생겨납니다." 자연(自然, 自性), 으뜸(勝因), 브라흐만(梵), '드러나지 않은 것'(不顯現, 非變異), '많은 것을 간직하고 포함한 것'(衆持), 환력(幻力, 幻, 幻化)은 동의어입니다. 자연으로부터 '큰 것'(大)이 생겨납니다. '큰 것', 지성(覺), 유신성(有神聖), 지혜(智, 智慧), 밝힘, 앎(慧), 반야(般若), 마음은 동의어입니다. 그리고 그 '큰 것'에서 자의식(我見, 我執, 自意識, 自我意識)이 생겨납니다. 자의식, '원소의 시초'(大初), '변형된 것', '힘 있는 것'(炎熾), 아만(我慢)은 동의어입니다. 이 자의식에서 오유와 열한 개의 기관, 이렇게 열여섯 개로 된 무리가 생겨납니다. 예를 들면 소리 그 자체인 성유(聲唯), 촉감 그 자체인 촉유(觸唯), 형태 그 자체인 색유(色唯), 맛 그 자체인 미유(味唯), 냄새 그 자체인 향유(香唯) 이렇게 오유(伍唯)가 자의식에서 생겨납니다. 유(唯)는 미세(微細)와 동의어입니다. 그 외에 열한 개의 기관들, 귀(耳), 피부(皮), 눈(眼), 혀(舌), 코(鼻), 이렇게 다섯 개의 지각기관(伍知根), 입, 손, 발, 배설기관, 생식기관, 이렇게 다섯 개의 행위기관(伍作根), 그리고 열한 번째의 것인 마음이 자의식에서 생겨납니다. 샹캬철학에서는 자연에서 처음으로 생겨난 '큰 것'이며, 진성인 지성도 마음이라 부르고, 자의식에서 생겨난 기관 가운데 하나인 마음도 마음이라고 부릅니다. 아마도 우리의 지성이며 본마음인 이 마음, 다섯 개의 지각기관과 다섯 개의 행위기관과 연결되어 좋아하고 싫어하는 저 마음도 결국은 모두가 마음이기에 동일한 용어를 사용하는 것 같습니다. 이렇게 열여섯 개의 무리가 자의식에서 생겨납니다. 이 열여섯 개의 무리 가운데 다섯 개인 오유(伍唯)로부터 오대원소들이 생겨납니다. 이를테면, 성유(聲唯)에서 허공(空)이, 촉유(觸唯)에서 바람(風)이, 색유(色唯)에서 불(火)이, 미유(味唯)에서 물(水)이, 향유(香唯)에서 흙(地)이 생겨납니다. 이렇게 다섯 개의 극미(極微)인 오유에서 다섯 개의 오대원소가 생겨납니다. 이상의 사실을 간단히 정리하면 다음과 같습니다.

자연(自然, 性, 本性, 自性), 근본 자연, 으뜸(勝因), 브라흐마(梵), '드러나지 않은 것'(不顯現, 非變異), '많은 것을 간직하고 포함한 것'(衆持), 미망력(幻, 幻化, 幻力) → 큰 것(大), 진성(眞性), 지성(覺), 마음, 유신성(有神聖), 지혜(智, 智慧), 밝힘, 앎(慧), 반야(般若) → 자의식(我見, 我執, 自意識, 自我意識), '원소의 시초'(大初), '변형된 것', '힘 있는 것'(炎熾), 아만(我慢) →

→ 마음 (진성이 많은 상태)

→ 다섯 가지 지각기관(伍知根)(진성이 많은 상태)

→ 다섯 가지 행위기관(伍作根)(동성이 많은 상태)

→ 오유(伍唯)(암성이 많은 상태) →

→ 오대원소(伍大元素)

　소리(聲唯) → 허공(空)

　촉감(觸唯) → 바람(風)

　형태(色唯) → 불(火)

　맛(味唯) → 물(水)

　냄새(香唯) → 흙(地)

　위에서 언급되는 다섯 가지 지각기관, 다섯 가지 행위기관, 오유인 소리와 촉감과 형태와 맛과 냄새는 오대원소의 원인이 되는 것들입니다. 따라서 오대원소로 이루어진 우리 몸의 귀를 비롯한 지각기관과 손을 비롯한 행위기관 그리고 오대원소로 이루어진 이 세상의 사물들이 만들어내는 소리와 촉감과 형태와 맛과 냄새가 아닙니다. 지금 보고 계시는 이 책의 형태는 오대원소 가운데 흙의 성분이 주를 이루어 만들어진 형태입니다. 따라서 이 책의 형태는 오유 가운데 하나인 형태가 아닙니다. 이 책을 만지는 촉감도 마찬가집니다. 오유는 오대원소와는 무관한 오로지 소리인 것, 오로지 촉감인 것, 오로지 형태인 것, 오로지 맛인 것, 오로지 냄새인 것입니다. 그래서 오로지라는 의미에서 유(唯)라고 부릅니다. 이러한 오유는 깊은 명상을 통해서 파악되는 것입니다. 앞에서 살펴본 24개의 실재 가운데 최초의 원인인 자연과 자연의 최종 변화상태인 오대원소 이렇게 6개의 실재를 제외한 18개의 실재, 즉, 지성, 자의식, 마음, 다섯 가지 지각기관, 다섯 가지 행위기관, 오유, 이렇게 18개의 실재들로 이루어진 몸을 미세신(微細身)이라고 합니다. 이 미세신이 바로 윤회의 주체입니다. 그리고 오대원소로 이루어진 몸을 조대신(粗大身)이라고 합니다. 이 조대신은 허공, 바람, 불, 물, 흙, 이렇게 오대원소로 이루어진 것으로 깃들어있던 인아(人我)와 윤회의 주체인 미세신이 떠나면 허공은 허공으로, 바람은 바람으로, 불은 불로, 물은 물로, 흙은 흙으로 되돌아가 사라집니다. 정신, 자아 혹은 영혼이라고도 말할 수 있는 인아(人我)는 위에서 말씀드린 24개의 실재와는 전혀 다른 것입니다. 즉, 성질과는 무관한 존재입니다. 음과 양이 모여 하늘(乾), 땅(坤), 불(離), 물(坎) 등을 이루며 변화하듯이 진성, 동성, 암성, 이렇게 세 성질로 이루어진 24개의 실재는 변화하여 삼라만상을 이룹니다. 인아는 24개의 실재와는 전혀 다른 것이기 때문에 불변입니다. 윤회는 24개의 실재 가운데 18개의 실재들로 이루어진 미세신이 하는 것입니다. 인아는 24개의 실재와는 전혀 다른 것이기에 윤회하지 않습니다. 해탈은 고통의 속박에서 완전히 벗어나는 것입니다. 고통은 동성의 특질입니다. 인아는 24개의 실재와는 전혀 다른 존재, 즉, 세 가지 성질을 벗어나 있는 존재라 고통이 아예 없기에 본래부터 해탈한 상태입니다. 진성, 동성, 암성이라는 세 가지 성질들이 더러운 것, 즉 때(垢)입니다. 성질들을 벗어난 인아는 때가 없기에 이구청정(離垢淸淨) 순수한 상태입니다. 『쌍캬까리까』의 서른일곱 번째 본송은 인아에 대해서 이렇게 말하고 있습니다. "지성이 성취케 하므로 인아의 모든 맛봄(樂受)이 있습니다. 그리고 또한 바로 그 지성이 으뜸과 인아의 미세한 차이를 구별 짓습니다." 으뜸인 자연이 제일 처음 변화한 상태인 우리의 본마음인 진성, 즉 지성을 통해서 인아는 24개의 실재를 인식합니다. 그리고 우리의 본마음인 진성, 즉 지성이 인아와 '으뜸인 자연'의 차이를 파악합니다. 이러한 파악의 궁극적인 주체는 인아입니다. 따라서 인아는 깨달은 상태입니다. 변화는 세 가지 성질들의 작용에 의해서 생겨납니다. 따라서 세 가지 성질을 벗어난 인아는 변화하지 않는 항상한 존재입니다. 이처럼 인아는 본질적으로 항상 해탈하고, 항상 순수하고, 항상 깨달은 상태입니다.

『바가바드기타』는 인아를 '멸하는 인아', '멸하지 않는 인아', '최상의 인아', 이렇게 셋으로 구분하고 있습니다. 멸하는 인아는 라마누자에 의하면 생명입니다. 이 생명은 '멸하는 본성을 가진 정신이 없는 것과 접촉한 것'으로 창조주인 브라흐마에서 시작하여 초목에 이르기까지의 모든 존재입니다. 멸하지 않는 인아는 '정신이 없는 것과의 접촉을 벗어난 것'으로서 자신의 모습으로 자리 잡은 '해탈한 아(我)'입니다. 이러한 멸하지 않는 인아는 정신이 없는 것과의 접촉이 없어서 '정신이 없는 것의 특별한 변화'인 브라흐마 등등의 몸에 공유된 것이 아닙니다. 그래서 '꼭대기에 머문 것'이라고 말합니다. 한편 샹까라에 의하면 멸하는 인아는 변화에 의해서 생겨난 모든 존재입니다. 그리고 멸하지 않는 인아는 세존인 끄리스나의 '환력(幻力)의 힘'입니다. 환력의 힘인 이 멸하지 않는 인아가 멸하는 인아를 생겨나게 합니다. 수많은 윤회하는 중생에게 있어서 욕망과 행위 등이 만들어낸 잠재인상(業行)의 바탕이 바로 이 멸하지 않는 인아입니다. 업행(業行)으로 불경에서 번역되는 잠재인상은 행위가 만들어 내어 무의식 속에 새겨진 인상입니다. 행위는 몸의 움직임, 마음의 움직임, 입의 움직임인 말하는 것, 이렇게 세 가지입니다. 우리가 몸을 움직여 동작하고, 마음을 움직여 생각하고, 입을 움직여 말을 하고 난 다음에 그러한 동작과 생각과 말이 사라져 없어지는 것이 아니라, 우리의 마음속 깊은 곳 무의식 안에 잠재인상인 행업으로 변화되어 남아 있게 됩니다. 이러한 잠재인상이 기억으로 변화되어 무의식에서 떠올라 우리의 현재 생각을 이룹니다. 이처럼 기억으로 변화되는 잠재인상을 습기(習氣)라고 부릅니다. 샹까라는 이러한 잠재인상의 바탕이 세존인 끄리스나의 환력이며 멸하지 않는 인아라고 말하고 있습니다. 윤회의 씨앗은 끝이 없는 것이기 때문에 이 인아는 멸하지 않습니다. 그래서 '멸하지 않는 인아'라고 부릅니다. 최상의 인아는 삼계에 들어와 지키고 유지 시키는 자이며 불멸인 자재자로서 '지고의 아(我)'라고도 말해지는 것입니다. 이 최상의 인아는 '멸하는 인아'와 '멸하지 않는 인아' 이 두 인아와는 다릅니다. 샹까라에 의하면 몸을 비롯한 무명(無明)에 의해서 만들어진 아(我) 보다 높은 아(我)이기 때문에, 그리고 모든 존재들의 '개별적인 정신'이기 때문에 (베다의 정수(精髓)인) 베단따들에서 '지고의 아(我)'라고 말해지는 이 '최상의 인아'는 '멸하는 인아' 그리고 '멸하지 않는 인아'와는 완전히 다른 것입니다. 이 최상의 인아는 자신의 정신력인 신력(神力)에 의해서 땅과 허공과 하늘이라고 이름하는 것인 삼계(三界)에 들어와 오로지 자기 모습의 진실한 상태를 통해 삼계를 지탱합니다. 이 최상의 인아는 멸(滅)이 없는 것이기 때문에 불멸(不滅)입니다. 이 최상의 인아는 모든 것을 아는 자이며, 나라야나라 이름하는 자이며, '다스리는 자성(自性)을 가진 자'인 자재자입니다. 한편 라마누자에 의하면 최상의 인아는 '멸하는 것'이라는 낱말로 지시된 속박된 인아와 '멸하지 않는 것'이라는 낱말로 지시된 해탈한 인아, 이 둘과는 다른 것으로 '지고의 아(我)'라고 일컬어지는 것입니다. 삼계는 '정신이 없는 것', 그 정신이 없는 것과 접촉한 '정신이 있는 것', 그리고 '해탈한 것', 이렇게 셋을 의미합니다. 올바른 앎의 도구를 통해 알게 되는 이러한 셋에 '아(我)의 상태'로서 들어가 유지하기 때문에 최상의 인아는 다른 것입니다. 최상의 인아가 무엇인지 안다는 것은 샹까라에 의하면 '"이것은 나다!"라고 아는 것입니다. 지금 이 글을 읽고 계신 분 자신이 바로 최상의 인아라고 아는 것을 뜻합니다. 라마누자에 의하면 최상의 인아인 *끄리스나*는 '본질이 불멸인 것' 그리고 '편재, 유지양육, 자재력 등을 갖춘 것'입니다. 따라서 이러한 *끄리스나*를 '멸하는 인아'와 '멸하지 않는 인아' 이 둘과는 다른 종류라고 아는 것이 최상의 인아를 아는 것입니다. 샹까라에 의하면 인아의 어원은 그에 의해서 모든 것이 충만하기에, 혹은 몸에 깃들기 때문에 인아(人我)라고 합니다.

샹까라와 라마누자에 의하면 제16장의 제목은 '신의 자질과 아쑤라의 자질에 대한 구분의 요가'입니다.

샹까라와 라마누자에 의하면 제17장의 제목은 '믿음의 세가지 구분에 대한 요가'입니다. 『바가바드기타』에 의하면 믿음은 본성에서 생겨난 것이며, 진성적인 것, 동성적인 것, 암성적인 것, 이렇게 세 가지가 있습니다. 진성적인 자들은 신들을, 동성적인 자들은 야차와 나찰을 공경합니다. 암성적인 사람들은 이 세상에서 떠나간 자들과 귀신의 무리를 공경합니다.

    샹까라와 라마누자에 의하면 제18장의 제목은 '해탈과 온전히 내던져 버림의 요가'입니다. 『바가바드기타』에 의하면 욕망을 충족시키기 위한 행위들을 내던져 버림이 온전히 내던져 버림입니다. 육신을 가진 자가 행위들을 남김없이 버린다는 것은 불가능합니다. 그래서 행위의 결과를 버리는 자를 버리는 자라고 말합니다. 샹까라에 의하면 행위의 결과를 버리는 자는 일상적으로 매일 행해야 하는 행위들을 행하면서 행위의 결과에 대한 기대만을 온전히 내던져 버리는 자입니다. 일상적으로 매일 행해야 하는 행위는 우리의 본마음인 진성을 정화하여 지혜를 생겨나게 하는 것이고, 그 지혜에 충실하게 하는 원인이 되는 것입니다. 아울러 해탈을 이루게 하는 것입니다. 세존인 끄리스나에 대한 신애에 의해서 해탈이라는 결과가 분명히 생겨난다는 것을 이해해야 합니다. 해탈은 끄리스나에 이르는 것입니다. 라마누자에 의하면 '행위의 결과를 버리는 자'는 '행위의 결과와 행위자라는 생각과 행위에 대한 애착을 버리는 자'입니다. 해탈은 윤회에서 벗어나는 것의 실상입니다. 요가는 해탈의 방편이 되는 것으로 세존인 끄리스나에 대한 숭배입니다. 세존이며 최상의 인아인 와아쑤데바 즉 끄리스나가 지고의 브라흐만이라는 낱말로 일컬어지는 것입니다. 끄리스나가 바로 모든 세상의 유일한 원인이며, 모든 세상의 바탕입니다. 끄리스나가 바로 모든 것을 움직이게 하는 자입니다. 베다의 모든 행위는 이러한 끄리스나에 대한 숭배입니다. 베다의 각각의 행위들을 통해서 숭배된 끄리스나는 인간이 평생의 삶을 통해서 추구해야 할 목표인 '도리와 재산과 욕망과 해탈'이라는 형태의 결과를 줍니다.

라마누자에 의하면 『바가바드기타』의 제1장부터 제6장에이르기까지의 '여섯 장으로 구성된 부분'은 『바가바드기타』의 초편을 이루고, 제7장부터 제12장까지의 여섯 장으로 구성된 부분은 중편을 이루며, 제13장부터 마지막 장인 제18장까지의 여섯 장으로 구성된 부분은 종편을 이룹니다.

라마누자에 의하면 초편에서는 우리가 얻어야 할 지고의 존재인 지고의 브라흐만이며 와아쑤데바 세존인 끄리스나를 얻는 방편인 '신애의 형태'인 '세존에 대한 숭배'의 부분이 되는 '개별적인 아'(個我)의 실상(實相)에 대한 관조와 이 관조는 지혜의 요가와 행위의 요가의 형태인 두 개의 성취를 통해서 이루어진다는 사실이 표명되고 있습니다. 중편에서는 우리가 얻어야 할 지고의 존재인 세존의 본질의 실상과 그 실상의 대위력(大偉力)에 대한 인식을 전제로 하는 절대적이고 지극한 신애의 요가의 성취, 그리고 지극한 자재력을 바라는 자들과 오로지 아(我)만을 바라는 자들 모두에게 있어서 신애의 요가는 그 모든 것을 이루게 하는 방편이 된다는 사실이 표명되고 있습니다. 마지막으로 종편에서는 자연과 인아, 자연과 인아의 접촉의 형태인 '현상계의 출현', 자재자의 실상, 행위와 지혜와 신애의 본모습, 행위와 지혜와 신애를 얻는 형태들이 표명되고 있습니다. 그리고 또한 종장에서는 앞서 초장과 중장에서 언급된 내용들을 다시 명확히 하고 있습니다.

상까라는 『바가바드기타』의 주석 서두에서 『바가바드기타』에 대해서 다음처럼 말하고 있습니다. 세존께서는 이 세상을 창조하신 다음에 세상의 유지를 위해서 마리찌 등을 비롯한 중생주(衆生主)들을 만들고는 그들에게 베다에 언급된 '나아가는 형태의 법도'를 갖추게 하셨습니다. 그리곤 싸나까와 싸난다나를 비롯한 다른 이들을 출생케 하시고는 그들에게 지혜와 이욕(離欲)을 특징으로 하는 것인 베다에 언급된 '물러나는 형태의 법도'를 갖추게 하셨습니다. 법도란 것은 세상을 유지하기 위한 원인이며, 생명체들의 번영과 해탈의 직접적인 원인이 되는 것입니다. 이러한 법도는 사제계급인 브라흐마나를 비롯한 카스트 구성원들과 복을 바라는 자들에 의해서 준수되는 것입니다. 오랜 시간이 지남으로 인해서 법도를 준수하는 이들에게 욕망이 생겨나 분별의식을 쇠하게 하는 원인인 비법(非法)에 의해 법도가 짓눌리고 비법이 기승하게 되었습니다. 그러자 세상을 유지하고 보호하려 대지의 브라흐만인 사제계급 브라흐마나의 본질을 수호하기 위해서 최초의 창조자이신, 나라야나라고 이름하는 위스누께서 데바끼를 어머니로 그리고 와쑤데바를 아버지로 삼아 몸을 나투어 끄리스나로 현신하였습니다. 베다의 법도는 브라흐마나의 본질을 수호함으로써 지켜지는 것입니다. 왜냐하면, 카스트들의 구별은 사제계급인 브라흐마나의 본질에 좌우되는 것이기 때문입니다. 지혜와 자재함과 능력과 힘과 원기와 위광을 늘 갖추고 계신 세존 끄리스나께서는 태어나지 않은 분이시며, 불변이시며, 존재들을 다스리는 분이시며, 본질이 항상 청정한 상태이고 항상 깨달은 상태이고 항상 해탈한 상태입니다. 그러나 세 가지 성질로 이루어진 근본자연인 자신의 위스누적인 환력(幻力)에 의지해서 몸을 가진 듯이 생겨난 것처럼 보이며, 세상에 은총을 베푸는 듯 보입니다. 세존께서는 스스로는 그 어떤 의도도 가지지 않으시나, 중생들에게 자비를 베푸시기 위해서 베다의 두 법도를 슬픔과 미혹의 대해(大海)에 잠긴 아르주나에게 교시하셨습니다. 수많은 덕을 갖춘 자가 지니고 준수하는 법도는 넓어질 것이기 때문입니다. 바로 이처럼 교시된 법도를 모든 것을 아시는 세존이신 베다브야싸께서 기타(노래)라고 이름하는 것으로, 7백 개의 슬로까 운율들로 엮었습니다. 이처럼 이루어진 '기타의 교법'은 모든 베다에 담긴 의미의 정수가 모인 것으로 그 의미를 이해하기가 무척 어렵습니다. 이러한 기타의 교법은 지복(至福), 즉 '원인과 더불어 윤회의 절대적인 멈춤'에 목적을 두고 있습니다. 이것은 '모든 행위를 온전히 모두 내버림'이 전제가 되는 '아(我)에 대한 지혜에 충실함의 형태'인 법도를 통해서 이루어집니다. '나아가는 형태의 법도'는 번영과 카스트제도와 인생의 단계를 목표로 삼아 규정된 것으로 신 등을 비롯한 지위를 얻는 원인이 되지만, '자재자에게 바치는 지성(知性)'을 통해서 결과에 대한 기대가 없이 준수됨으로써 진성을 정화합니다. 그리고 진성이 정화된 자에게 지혜에 충실할 자격을 획득하게 하여 지혜가 생겨나는 원인이 됨으로써 '나아가는 형태의 법도'는 지복의 원인이 됩니다. '기타의 교법'은 지복을 목적으로 삼는 '나아가는 형태의 법도'와 '물러나는 형태의 법도' 이 두 가지 법도와 와아쑤데바로 알려진 지고의 브라흐만이라고 이름 지어진 '지고의 사물의 본질'을 드러내고 있습니다. 이러한『바가바드기타』의 교법을 앎으로써 모든 '인간의 목표'의 성취가 이루어집니다.

인간의 목표는, 인간이 평생의 삶을 통해서 이루어야 할 목적으로, 넷이 있습니다. 첫째는 '법도, 혹은 도리', 둘째는 재산, 셋째는 욕망, 넷째는 해탈입니다. 첫 번째 목표인 '법도 혹은 도리'는 인생의 첫 번째 시기인 학생의 시기에 추구하는 것으로 베다의 학습을 통해서 이루어집니다. 두 번째 목표인 재산은 학생의 시기를 마치고 결혼하여 인생의 두 번째 시기인 가정생활의 시기 동안에 추구되는 것으로 첫 번째 목표인 '법도 혹은 도리'를 바탕으로 이루어집니다. 세 번째 목표인 욕망 역시 인생의 두 번째 시기인 가정생활을 하는 동안에 법도 혹은 도리에 바탕을 두고 이룬 재산의 상태에 알맞게 추구되는 것입니다. 마지막 네 번째 목표인 해탈은 인생의 세 번째 시기인 가정을 버리고 숲으로 출가하는 시기에 첫 번째 목표인 법도 혹은 도리에 따라 세 번째 목표인 욕망을 버림으로써 이루어지기 시작하여, 인생의 네 번째 시기인 '모든 것을 모두 내버리는 시기'에 법도 혹은 도리마저 버림으로써 완성됩니다. 인생을 백 년으로 삼으면 첫 번째 시기는 대략 25세까지, 두 번째 시기는 대략 25세부터 50세에 이르기까지, 세 번째 시기는 대략 50세에서 75세에 이르기까지, 그리고 법도마저 버리어 해탈을 이루는 네 번째 시기인 '모든 것을 모두 내버리는 시기'는 대략 75세에서 100세에 이르기까지입니다. 이 네 번째 시기는 『논어』의 위정(爲政)편에서 공자께서 "일흔 살이 되어서는 마음이 내키는 대로 따라도 법도를 넘어섬이 없었다(七十而從心所欲 不踰矩)"라고 하신 말씀과 일맥이 상통합니다.

인간의 네 가지 목표 가운데 첫 번째인 '법도 혹은 도리'는 인생의 목표 가운데 두 번째인 재산, 그리고 세 번째인 욕망을 이루는 지침이 되며, 네 번째 목표인 해탈을 위한 길에 들어서는 데도 지침이 됩니다. 인간이 대체로 50세까지 이루는 목표인 재산과 이를 바탕으로 추구하는 욕망은 세상 속으로 나아가는 것입니다. 따라서 베다에 언급된 세상으로 '나아가는 형태의 법도'는 결국 재산과 이를 토대로 한 욕망을 추구하는 데 지침이 되는 법도입니다. 그리고 50세 이후에 인간이 집중적으로 추구하는 목표인 해탈은 욕망을 벗어나 세상으로부터 물러나는 것입니다. 따라서 베다에 언급된 세상에서 '물러나는 형태의 법도'는 결국 해탈을 추구하는 데 지침이 되는 법도입니다. 『바가바드기타』의 가르침은 바로 이러한 두 가지 법도를 통해서 '인간의 목표'를 성취케 하는 것이라고 샹까라는 말하고 있습니다.

샹까라에 의하면 어근 '끄리스'는 '긁어내다, 끌어내다'라는 의미가 있습니다. 신애(信愛) 하는 자의 죄를 비롯한 잘못을 끌어 당겨내기 때문에 끄리스나입니다. 『바가바드기타』에서 끄리스나는 흐리쉬께샤, 구다께샤, 께샤바, 고빈다, 마두쑤다나, 자나르다나, 마다바, 바르스네야, 와아쑤데바, 이렇게 다양한 이름으로 호칭이 되고 있습니다. 이러한 이름들 가운데 흐리쉬께샤는 지각기관의 지배자를 뜻합니다. 구다께샤는 '나태, 잠'의 지배자를 뜻합니다. 께샤바는 '훌륭한 머리칼을 가진 자'를 뜻합니다. 고빈다는 '소치기, 목동들의 우두머리' 등을 뜻합니다. 마두는 위스누가 살해한 악신의 이름이며, 쑤다나는 살해자라는 뜻입니다. 따라서 마두쑤다나는 위스누의 화신인 끄리스나의 별칭이 됩니다. 자나르다나는 '창조물, 천한 자, 사람'을 '멸하는 자, 없애는 자'를 뜻합니다. 마다바의 어원은 부의 여신인 락스미의 남편입니다. 우주를 보호하고 유지 육성하는 신인 위스누가 부의 여신인 락스미의 배우자입니다. 그리고 끄리스나는 위스누의 화신이기에 마다바는 끄리스나의 다른 이름이 됩니다. 또는 마다바는 마두의 후손들인 야다바족을 의미하며, 끄리스나는 야다바족이기에 마다바는 끄리스나를 의미합니다. 바르스네야는 브리스니의 자손이란 뜻입니다. 와아쑤데바는 와쑤데바의 아들을 뜻하며, 끄리스나의 별칭입니다.

차례

아르주나의 낙담의 요가

(하쓰띠나뿌라국의 장님 왕인) 드리따라스뜨라가 (자신의 마부에게) 말했습니다.

싼자야여, 정의의 지역인 꾸루끄셰뜨라에 싸우려 모여든 나의 아들들과 (나의 동생인) 빤두의 아들들은 어찌했느냐? 1

싼자야가 말했습니다.

그때 (큰 아드님인) 왕 두르요다나는 전열을 갖춘 (당신의 동생이신) 빤두의 아들들의 군대를 보고는 스승께 다가가 말했습니다. 2

스승이시여, 빤두의 아들들의 이 거대한 군사가 당신의 지혜로운 제자인 드루빠다의 아들에 의해 전열을 이룬 것을 보십시오! 3

여기에는 영웅들이, 큰 활을 쏘는 자들이, 싸움에 있어 (빤두의 둘째 아들인) 비마와 (빤두의 셋째 아들인) 아르주나와 같은 자들이 있습니다. (끄리스나의 마부인) 유유다나가, (빤두의 아들들인 빤다바들이 13년간 유배 생활을 할 때 마지막 한해 자신들의 신분을 속이고 지낸 마뜨쓰야국의 국왕인) 위라따가, 그리고 큰 전차를 타는 (빤짤라국의 왕) 드루빠다가 있습니다. **4**

(쩨디국의 왕) 드리스따께뚜가, (야다바족의 왕자인) 쩨끼따나가, 용기가 있는 까쉬국의 왕이 있습니다. (꾼띠보자국의 왕) 뿌루지뜨가, (꾼띠국의 왕이며, 빤다바의 어머니 꾼띠의 양아버지인) 꾼띠보자가, 사람 가운데 최고인 (쉬비족의 왕) 샤이브야가 있습니다. **5**

(우따마우자쓰의 형제이며, 아르주나가 탄 전차의 왼쪽을 지키는 임무를 수행하는) 용맹한 유다만유가, (아르주나가 탄 전차의 왼쪽을 지키는 임무를 수행하는) 용기가 있는 우따마우자쓰가, (끄리스나의 누이이며, 아르주나의 아내인) 쑤바드라의 (아비만유라는 이름의) 아들이, (빤짤라국의 왕인 드루빠다의 딸이며, 빤두의 다섯 아들의 공동의 아내인) 드라우빠디의 아들들이 있습니다. 모두가 큰 전차를 타는 자들입니다. **6**

그러나 (부모에 의해 몸이 태어나고, 스승을 통한 입문의례에 의해 - '따뜨/싸/비/뚜르/와/레/니/얌'(태양의 그 최고의 것을) 이렇게 팔음절 일음보, '바르/고/데/바/쓰야/디/마/히'(우리 빛나는 신의 빛을 명상하노니) 이렇게 팔음절 일음보, '디/요/요/나하/쁘라/쪼/다/야뜨'(그 지혜를 우리에게 불러일으키소서!) 이렇게 팔음절 일음보, 즉 진언(眞言)인 만뜨라 전체가 삼음보 이십사음절인 태양신을 찬양할 때 사용하는 운율인 가야뜨리 운율로 되어있는, 태양신의 찬가이며 가야뜨리 만뜨라인 싸비뜨리 찬가를 어머니로 삼고 스승을 아버지로 삼아 정신이 태어난 자들인) 재생자들 가운데 으뜸인 분이시여, 우리에게도 뛰어난 자들이 있으니 그들을 살펴보십시오. 내 군대의 장수들인 그들을 당신께 알려드리기 위해 말씀드리겠습니다. **7**

바로 당신이, (갠지스강의 여신과 하쓰띠나뿌라국의 왕인 샨따누 사이에 태어난 아들이며, 저주를 받아 인간 세상에 태어난 여덟 명의 바쑤신들의 정수가 모여 생겨난 인물이며, 갠지스강의 여신이 떠난 뒤 어부의 딸 싸뜨야와띠에게 마음을 빼앗긴 자신의 아버지를 위해 왕위 계승을 포기하고 평생을 독신으로 살기로 맹세하여 마음대로 죽을 수 있는 은총을 자신의 아버지에게서 받았으며, 바로 우리의 아버님이신 드리따라스뜨라의 백한 명의 아들들인 우리들 까우라바들과 우리의 작은 아버지인 빤두의 다섯 명의 아들들인 빤다바들의 할아버지인) 비스마가, (꾼띠가 빤두에게 시집오기 전 처녀 시절에 두르와싸쓰 선인에게서 신을 불러서 신의 아들을 낳게 하는 신비한 주문을 선물로 받자 호기심에 시험 삼아 태양의 신인 쑤르야를 불러 낳고, 처녀의 몸으로 아들을 낳게 되자 꾼띠가 두려움에 광주리에 담아 강에 띄워 버리자, 우리 아버님의 마부인 아디라타가 강물에 흘러내려 오던 아기를 발견하여, 아디라타의 아내인 라다의 손에 자라나고, 나의 도움으로 앙가국의 왕이 된) 까르나가, 전쟁의 승리자인 (샤라드바뜨선인과 천녀(天女)인 자나빠디 사이에 태어난 아들이며, 스승님의 처남인) 끄리빠가, 마찬가지로 (스승님의 외아들인) 아스와뜨타마가, (나의 둘째 동생인) 위까르나가, 그리고 (바히까국왕인 쏘마다따의 아들) 싸우마다띠가 있습니다. 8

나를 위해 목숨을 내놓은 다른 많은 용사들이 있습니다. 갖가지 무기를 가진 자들로 모두가 전쟁에 능숙한 자들입니다. 9

(할아버님이신) 비스마께서 지키시는 우리의 이 군대는 만만치 않습니다. 그러나 (작은 아버지인 빤두의 셋째 아들) 비마가 지키는 저들의 저 군대는 만만합니다. 10

그러니 모든 전선들에서 각자 알맞은 자리를 확고히 지키며, 여러분 모두는 바로 비스마를 보호해야 합니다! 11

위엄을 갖춘, 꾸루족의 노장인 할아버지는 사자후(獅子吼)

를 높이 울려 그를 기쁘게 하며 소라 나팔을 불었습니다. **12**

그에 이어서 소라 나팔들이, 큰 북들이, 둥글고 긴 북들이, 장구들이, 소머리처럼 생긴 긴 나팔들이 갑자기 울렸습니다. 그 소리는 무시무시했습니다. **13**

그러자, 흰 말들에 매인 큰 전차에 자리 잡은 (마두의 후손들인 야다바족에 속하는 끄리스나인) 마다바와 (빤두의 셋째 아들 아르주나인) 빤다바는 성스러운 두 소라 나팔을 불었습니다. **14**

(지각기관의 지배자인 끄리스나) 흐리쉬께샤는 (소라 나팔인) 빤짜잔야를, 이겨 재산을 얻은 자(인 아르주나)는 (소라 나팔인) 데바다따를, 무시무시한 일을 하는 자이며 (이리처럼 음식을 많이 먹어서) 이리의 배를 가진 자(라고 불리는 비마)는 큰 소라 나팔인 빠운드라를 불었습니다. **15**

(빤두의 첫째 부인인) 꾼띠의 아들이자 왕인 유디스티라는 (소라 나팔인) 아난따위자야를, (빤두의 넷째 아들인) 나꿀라와 (빤두의 다섯째 아들인) 싸하데바는 (자신의 소라 나팔들인) 쑤고샤와 마니뿌스빠까를 불었습니다. **16**

큰 활을 가진 까쉬국의 왕이, 큰 전차를 타는 (빤짤라국왕 드루빠다의 딸로 태어나서 결혼 후 부의 신인 꾸베라의 신하이며 약샤(夜叉)인 쓰투나까르나의 남성을 얻어 아들로 성이 변한) 쉬칸디가, (드루빠다의 또 다른 아들인) 드리스따디윰나가, 위라따가, 패배하지 않는 자인 싸뜨야끼가. **17**

대지의 보호자시여! 드루빠다가, 드라우빠디의 아들들이, (끄리스나의 누이이며, 아르주나의 아내인) 쑤바드라의 긴 팔을 가진 아들이, 모두가 각각 소라 나팔을 불었습니다. **18**

그 무서운 소리는 하늘과 땅을 가득 울리며 드리따라스뜨라의 아들들의 심장들을 갈가리 찢었습니다. **19**

이제 무기를 사용할 때가 되자 원숭이 깃발을 가진 (빤두의 아들 아르주나인) 빤다바는 전열을 이룬 드리따라스뜨라의 아들들을 바라보며 활을 들고는, **20**

대지의 보호자시여! 그때 (지각기관의 지배자인 끄리스나) 흐리쉬께싸에게 이렇게 말했습니다. 퇴락이 없는 분이시여, 나의 전차를 양군 사이에 세워주십시오! **21**

이 전쟁에 임하여 제가 어떤 자들과 싸워야 하는지, 싸우기 위해 자리 잡은 자들을 제가 일단 잘 살펴보려고 합니다. **22**

드리따라스뜨라의 어리석은 아들의 전쟁에서 이익을 바라, 싸우려 여기 기꺼이 함께 모인 자들을 제가 잘 살펴보려 합니다. 23

(위스바미뜨라 선인의 딸인 샤꾼딸라와 두스얀따 왕의 아들로, 어린 시절 호랑이를 강아지처럼 데리고 놀던 용맹한 인물, 인도의 단군) 바라따의 자손이시여, ('나태, 잠'의 지배자 아르주나인) 구다께샤에게서 이런 말을 들은 (지각기관의 지배자인 끄리스나) 흐리쉬께샤는 최상의 전차를 양군 사이에 세우고는, 24

땅들의 모든 지배자들이 있는 가운데 (할아버지인) 비스마와 (스승인) 드로나의 바로 앞에서 이렇게 말했습니다. (꾼띠인) 쁘리타의 아들이여, 모여 있는 이 꾸루족들을 보라! 25

쁘리타의 아들은 그곳에 서 있는 아버지들, 할아버지들, 스승들, 외삼촌들, 형제들, 아들들, 손자들, 그리고 친구들을 보았습니다. 26

꾼띠의 아들인 그는 양쪽 군대에 있는 장인(丈人)들을, 벗들을, 서 있는 모든 친지들을 주의 깊게 살펴보고는, 27

지극한 연민에 사로잡혀 낙담하며 이렇게 말했습니다. 끄

리스나여, 싸우려고 자리 잡은 나의 이 친척을 보니, **28**

내 몸들이 맥없이 풀리고 입이 바짝 말라 갑니다! 내 몸이 떨리고 모골이 송연해집니다! **29**

(불의 신인 아그니에게서 선물로 받은 활인) 간디바가 손에서 떨어지고 살갗이 타들어 갑니다! 마음이 빙빙 도는 듯하고 서 있지도 못하겠습니다! **30**

(멋진 머리칼을 가진 끄리스나) 께샤바여, (승리의 조짐과는 반대되는 불길한 조짐인) 거슬리는 조짐들이 보입니다. 싸움터에서 자신의 친척을 죽여 행복하리라고 저는 보지 않습니다! **31**

끄리스나여, 나는 승리를, 왕국을, 행복한 것들을 바라지 않습니다! ('소 혹은 대지'를 얻은 자인 끄리스나) 고빈다여, 왕국으로, 즐길 거리들로 우리가 무얼 하겠습니까? 아니, 살아남은들 무얼 하겠습니까? **32**

이들을 위해 왕국을, 즐길 것들을, 행복한 것들을 우리가 바란 것인데, 그런 그들이 생명과 재산들을 내던지고 싸움터에 서 있습니다! **33**

스승들, 아버지들, 아들들, 할아버지들, 외삼촌들, 장인들, 손자들, 처남들, 그리고 관계가 있는 이들입니다! **34**

(악신인 마두를 죽인 자인 *끄리스나*) 마두쑤다나여, (인간의 세상인 지상의 세계, 천상의 음악가인 간다르바의 세상인 허공의 세계, 신들의 세상인 천상의 세계, 이러한) 삼계(三界)의 왕국을 위해서도, 죽임을 당한다 해도, 나는 저들을 죽이고 싶지 않습니다. 하물며 땅을 위해 어찌 그러겠습니까? **35**

(천한 자를 없애는 자인 *끄리스나*) 자나르다나여, 드리따라스뜨라의 아들들을 살해하여 우리에게 무슨 기쁨이 있겠습니까? 이 포악무도한 자들을 죽인들 우리에게 죄악만이 깃들 것입니다. **36**

그러므로 친지들과 더불어 드리따라스뜨라의 아들들을 우리가 죽이는 것은 온당치 않습니다. (마두의 후손들인 야다바족에 속하는 *끄리스나*인) 마다바여, 자기 집안을 죽이고서 우리가 어떻게 행복해질 수 있겠습니까? **37**

탐욕에 마음이 빼앗긴 이 자들이 가문을 몰락케 하여 생기는 죄과와 친구를 배반하는 죄악을 비록 못 본다 하여도, **38**

(천한 자를 없애는 자인 *끄리스나*) 자나르다나여, 가문을 몰락케 하여 생기는 죄과를 확연히 아는 우리가 어찌 이 죄에서 벗어날 것을 몰라라 하겠습니까? **39**

가문이 몰락하면 유구한 가문의 법도들이 사라지고, 법도가 멸하면 모든 가문에 법도에 어긋난 것이 기승을 부립니다. **40**

*끄리스나*여, 법도에 어긋난 것이 기승을 부림으로써 가문의 여자들이 타락하고, (브리스니의 자손인 *끄리스나*) 바르스네야여, 여자들이 타락하여 (카스트인) 종성의 혼합이 생겨납니다. **41**

그들의 조상들은 제사의 떡과 물이 끊기어 추락하기 때문에, 혼합은 가문을 해치는 자들과 가문에 있어 나락을 위한 것입니다. **42**

가문을 해치는 자들의, 종성의 혼합을 만들어 내는 이 죄과들로 인해 유구한 출생의 법도들과 가문의 법도들이 무너집니다. **43**

(천한 자를 없애는 자인 *끄리스나*) 자나르다나여, 가문의 법도가 무너진 사람들의 거처는 반드시 나락에 정해진다고 우린 전해 들었습니다. **44**

왕국과 안락에 대한 탐욕 때문에 친척을 죽이려 일어나다니! 아, 안타깝게도 우린 큰 죄를 저지를 작정을 한 겁니다! **45**

만일 무기를 손에 든 드리따라스뜨라의 아들들이, 싸움에 저항치 않고 무기가 없는 나를 죽인다면, 그게 내겐 더 평안할 것입니다! **46**

아르주나는 전쟁터에서 이처럼 말하고는 마음이 슬픔에 잠겨 화살과 함께 활을 버리고 전차 뒷자리에 주저앉았습니다. **47**

이상은 브야싸의 십만 개로 이루어진 결집서인 성스러운 마하바라타의 비스마 편에 있어서 성스러운 바가바드기타인 우파니샤드들 가운데 브라흐만에 대한 지혜이며 요가의 경전인 성스러운 끄리스나와 아르주나의 대화에서 '아르주나의 낙담의 요가'라고 이름하는 첫 번째 장이다.

온전하게 밝힘의 요가

제

2

장

싼자야가 말했습니다.

그렇게 연민에 잠겨 눈물이 가득하고, 어찌할 바를 모르는 눈길로 절망하는 그에게 (악신인 마두를 죽인 자인 끄리스나) 마두쑤다나는 이렇게 말했습니다. **1**

성스러운 세존께서 말했습니다.

아르주나여, 어찌하여 난국에 그대에게 이러한 낙담이 임하였는가? 고귀한 이가 바랄 것이 아니고, 천국을 위한 것도 아니고, 오명을 가져오는 것이! **2**

쁘리타의 아들이여, 나약해지지 마라. 이는 그대에게 어울리지 않으니, 하찮은 약한 마음을 버리고 일어서라. 적을 괴롭히는 자여! **3**

아르주나가 말했습니다.

(악신인 마두를 죽인 자인 끄리스나) 마두쑤다나여, 내 어찌 화살들을 가지고 (할아버지인) 비스마와 (스승인) 드로나에 대항해 전쟁에서 싸울 수 있겠습니까? 마땅히 공경해야 할 두 분입니다. 적을 멸하는 자여! **4**

존귀하신 어른들을 해치지 않고 이 세상에서 구걸이라도 해먹는 것이 차라리 낫습니다. 어른들을 해치면 재물과 욕망들에 불과한, 피범벅인 즐거움들을 여기서 누리게 될 것입니다. **5**

우린 어떤 것이 우리에게 더 나은지, 우리가 이길 것인지, 아님, 저들이 우릴 이길 것인지도 모릅니다. 죽이고서까지 우리가 살고 싶지는 않은 자들인 드리따라스뜨라의 아들들이 앞에 버티고 서 있습니다. **6**

애련(哀憐)이라는 병에 제 심정이 다쳐, 도리에 대해 마음이 미혹하여 당신께 여쭙니다. 보다 나은 확실한 게 있다면, 그걸 제게 말해 주십시오. 저는 당신의 제자입니다. 당신께 의지한 저를 가르쳐 주십시오! **7**

지상에서 적이 없는 풍요한 왕국을, 아울러 신들의 왕권을 얻는다 해도 (본마음인 지성, 자의식(自意識), 그리고 감각기관인 지각기관과 연결되며 시비를 구별하는 마음 이렇게 셋으로 이루어진 내적기관, 냄새를 지각하는 코, 맛을 지각하는 혀, 형태를 지각하는 눈, 촉감을 지각하는 피부, 소리를 지각하는 귀 이렇게 다섯 개의 지각기관, 잡는 기관인 손, 이동기관인 발, 언어기관인 입, 배설기관인 항문, 생식기관인 생식기 이렇게 다섯 개의 행위기관들, 많은 경우에 이러한 기관들 가운데 지각기관을 의미하는) 기관들을 메말리는 저의 슬픔은 물리칠 길이 보이지 않습니다. **8**

싼자야가 말했습니다.

적을 괴롭히는 분이시여, ('나태, 잠'의 지배자 아르주나인) 구다께샤는 (지각기관의 지배자인 끄리스나) 흐리쉬께샤에게 이렇게 이야기하고, "나는 싸우지 않겠습니다!"라고 ('소 혹은 대지'를 얻은 자인 끄리스나) 고빈다에게 말한 다음 잠자코 있었습니다. **9**

바라따의 후손이시여, 양군 사이에서 절망하고 있는 그에게 흐리쉬께샤는 비웃듯이 이렇게 말했습니다. **10**

성스러운 세존께서 말했습니다.

그대는 슬퍼할 일이 없는 것을 애달파하며, 지혜로운 말들을 하는구나! 현명한 사람들은 떠나 가버린 생명들과 떠나지 않은 생명들에 대해 애달파하지 않는다. 11

나는 그 어느 때도 없지 않았다. 그대도, 이 백성의 지배자들도 없지 않았다. 우리 모두는 이 이후에도 없지 않을 것이다. 12

(몸을 가진 아(我)인) '몸을 가진 것'의 유년, 청년, 노년의 시기가 이 몸에 있듯이, 그렇게 다른 몸의 얻음이 있다. (지혜가 있는 자인 마음이) 견고한 자는 이에 대해 당혹하지 않는다. 13

꾼띠의 아들이여, 추위와 더위와 기쁨과 고통을 주는 것들은 (소리를 비롯한 지각기관의 대상들과 귀를 비롯한 지각기관인) 요소와의 접촉들이며, 오고 가는 것들로 항상하지 않은 것들이다. 바라따의 후손이여, 그것들을 견뎌라! 14

사람 중에 황소여, 이것들은 기쁨과 고통에 대해 동일하게 여기는 견고한 사람을 뒤흔들지 못하나니, 그는 (불사(不死)의 상태인 해탈, 즉) 불사성(不死性)에 어울린다. 15

실재하지 않는 것의 있음은 없고, 실재하는 것의 없음은 없

다. 본질을 보는 자들에 의해 이 둘 모두의 결말은 간파되었다. 16

그로 인해 (본질이 정신이 아닌 물질계의) 이 모든 것이 펼쳐지게 된 (아(我)의 본질이며 정신인) 그것은 멸하지 않는 것임을 알아라. 쇠하지 않는 (브라흐만이며 아(我)인) 이것을 그 누구도 멸할 수 없다. 17

항상한 것으로 육신을 가진 것이고, 멸하지 않는 것이며, 헤아릴 수 없는 것이 소유한 이 몸들은 끝이 있는 것들이라 일컬어진다. 그러니 바라따의 후손이여, 싸우라! 18

(아(我)인) 이것을 죽이는 자라고 아는 자, (아(我)인) 이것을 죽은 것으로 여기는 자, 이 둘 모두는 제대로 아는 것이 아니다. (아(我)인) 이것은 죽이지 않고, 죽지 않는다. 19

그 어느 때도 (모든 몸에 들어가 있는 아(我)인) 이것은 생겨나지도 죽지도 않는다. 생겨나고 다시 생겨나고 하는 것이 아니다. 출생이 없는 것, 항상한 것, 영구한 것, (새로 늘어나는 것이 없기에) 옛것인 이것은 몸이 죽임을 당해도 죽지 않는다. 20

쁘리타의 아들이여, (신과 인간과 축생과 식물의 몸들에 자리 잡은 아(我)인 이것을 멸하지 않는 것, 항상한 것, 출생이 없는 것, 쇠하지 않는 것이라고 아는 자, 그런 사람이 어찌 누구를 죽이게 할 것이며, 누구를 죽이겠는가? **21**

사람이 낡은 옷들을 버리고 다른 새 옷들을 입듯이, 그렇게, (몸을 가진 아(我)인) '몸을 가진 것'은 낡은 몸들을 버리고 다른 새로운 것들을 얻는다. **22**

무기들이 (자신의 아(我)인) 이것을 자르지 못하고, 정화하는 불이 이것을 태우지 못한다. 또한 물이 이것을 적시지 못하고, 바람이 이것을 말리지 못한다. **23**

(아(我)인) 이것은 자를 수 없는 것, 이것은 태울 수 없는 것, 적실 수 없고 말릴 수 없는 것이다. 이것은 항상하고, 모든 것에 들어가 있고, (모든 것에 들어가 있기에) 안정되고, (안정되기에) 움직이지 않고, 영속하는 것이다. **24**

(아(我)인) 이것은 (모든 지각기관의 대상이 아니며 앎의 도구들을 통해서 드러나지 않아서) 드러나지 않은 것, 이것은 (드러나지 않은 것이고 지각기관의 대상이 아니기에) 생각할 수 없는 것, 이것은 (부분이 없는 것이기에) 변화되지 않는 것이라 말해진다. 그러므로 이것을 이리 알아, 그대는 애달파 할 게 없다. **25**

이제 또한 (아(我)인) 이것을 항상 생겨나는 거라거나 항상 죽는 거라 여길지라도, 그렇다 해도, 긴 팔을 가진 자여, 그대는 이리 슬퍼할 게 없다. **26**

왜냐하면, 태어난 것의 죽음은 정해진 것이고, 죽은 것의 태어남도 정해진 것이기 때문이다. 그러므로 물리칠 수 없는 것에 대해 그대는 슬퍼할 게 없다. **27**

바라따의 후손이여, 중생들은 (태어나기 이전에는 안 보이던 것들이기에) 드러나지 않은 것을 시초로 하는 것들, (태어나서 죽기 전까지는 보이는 것들이기에) 드러난 것을 중간으로 하는 것들, (죽은 다음에는 다시 보이지 않는 것들이기에) 드러나지 않은 것을 종말로 하는 것들이니, 이에 대해 비탄할 것이 무엇이냐? (보이고, 보이지 않고, 멸하는 것인 무상한 중생들에 대해서는 비탄할 게 없다). **28**

어떤 자는 (아(我)인) 이것을 놀란 듯이 보고, 다른 자는 놀란 듯이 말한다. 또 다른 자는 놀란 듯이 이것을 듣는다. 그러나 듣고도 그 누구도 이것을 알지 못한다. **29**

몸을 가진 것, 항상한 것, 죽일 수 없는 이것은 모든 것의 몸에 있나니, 바라따의 후손이여, 그러니, 그대는 모든 중생들에

대해 슬퍼할 게 없다. **30**

자신의 도리를 잘 살피면 흔들릴 바 없나니, 왕공무사 계급에 있어 도리에 따른 전쟁보다 좋은 건 달리 없기 때문이다. **31**

열린 천국의 문이 우연히 이르렀다, 쁘리타의 아들이여, 이러한 전쟁을 (공덕이 있는) 행복한 왕공무사 계급들이 얻는다. **32**

이제 만일 그대가 도리에 따른 이 전쟁을 안 한다면, 그로 인해 자신의 도리와 명예를 잃고 죄를 얻으리라. **33**

그리고 또한, 중생들은 그대의 변함없는 불명예에 대해 말할 것이다. 존경받던 이에게 불명예는 죽음보다 더한 것이다. **34**

그대가 두려워 싸움에서 물러섰다고, 큰 전차를 타는 자들은 생각할 것이다. 그들에게 대단한 존재로 여겨지던 그대는 하찮은 상태에 이를 것이다. **35**

그리고 그대에게 (적인) 이롭지 않은 자들은 그대의 능력을 헐뜯으며 하지 못할 많은 말들을 할 것이다. 이보다 더 괴로운 게 무엇이 있겠는가? **36**

죽어 천국을 얻을 것이다. 아님, 이겨 대지를 누릴 것이다. 그러니, 꾼띠의 아들이여, 마음을 다잡아 싸움을 위해 일어서라! **37**

기쁨과 고통을, 얻음과 잃음을, 승리와 패배를 동일한 것으로 여기고, 그리하여 싸움을 위해 몰두하라. 이러면 죄를 얻지 않으리라. **38**

그대에게 설해진 이 지혜는 (궁극적인 사물을 분별하는 것을 대상으로 하는 것인) '온전하게 밝힘'에 관한 것이다, 그러나 이제 이 (행위의 요가인) 요가에 관한 것을 들어라. 쁘리타의 아들이여, 이 (행위의 요가에 대한) 지혜를 갖추어 그대는 행위의 속박을 물리치리라. **39**

(해탈의 길이며, 행위의 요가인) 여기에는 시작한 일의 실패가 없다, 반대로 되는 것도 없다, 이 (요가의) 교법의 아주 작은 것이라 할지라도 (생사(生死) 등으로 특징지어지는 윤회의) 큰 두려움에서 구해낸다. **40**

꾸루족을 기쁘게 하는 자여, (결정인) 확정판단을 본질로 하는 지성은 (지복 해탈의 길인) 여기서 (해탈을 원하는 자의 모든 행동을 해탈이라는 하나의 결과를 향하게 하기에) 하나이며, (욕망에 합치되는 행위를 대상으로 하는 지성들인) 확정판단을 하지 못하는 자들의 지성들은 여러 갈래이고 끝이 없다. **41**

분별하여 바라보지 못하는 자들은 (앞으로 언급할 듣기에 즐거운 말인) 꽃핀 듯 화려한 이런 말을 한다. 쁘리타의 아들이여, 베다의 말들에 애착하는 자들은 (천국을 얻는 것 등등의 결과를 가져오는 행위들 외에는) 다른 것은 없다고 말하는 자들이다. **42**

(욕망에 마음이 기울어) 욕망이 본질인 자들이며 천국이 최고인 자들은 '출생이 행위의 결과인 것'을 주는 것을, 향락과 권세에 관한 특별한 활동이 많은 것을 말한다(환락과 부귀를 얻기 위한 수단이 되는 특별한 활동들이 많이 언급되는 이런 말을 하는 어리석은 자들은 윤회 속에서 돌아다닌다). **43**

그에 의해 마음이 사로잡힌 자들이며 환락과 권세에 집착하는 자들의 확정판단을 본질로 하는 지성은 삼매에 안주하지 않는다(특별한 활동이 많은 말에 마음이 사로잡힌 자들, 즉, 분별지가 덮여버린 자들의 확정판단을 본질로 하는 지성은 '온전하게 밝힘'에 관한 것이든 요가에 관한 것이든 지성과 자의식과 마음으로 이루어진 내적기관에 생겨나지 않는다. 향락과 부귀의 대상에 의해 아(我)에 대한 인식이 손상된 자들의 마음에는 아(我)의 본성을 결정하는 인식을 전제로 하는 지성이, 해탈의 방법이 되는 행위를 대상으로 하는 지성이 그 어느 때도 생겨나지 않는다). **44**

베다들은 (진성, 동성, 암성인) 세 가지 성질로 이루어진 (세상의) 것을 대상으로 하는 것이다. 아르주나여, 그대는 세 가지 성질로 이루어진 것과는 무관한 자, (기쁨과 고통의 원인이 되는, 서로 대립 되는 사물인) 이항대립이 없는 자, 항상 (해탈을 가져오는 본마음인) 진성에 머무는 자, 얻고 간직함이 없는 자, (부주의하지 않은 자, 아(我)의 본질을 추구하는 데 몰두하는 자인) 아(我)를 지닌 자가 되어라. **45**

온통 넘실거리는 못에 물이 원하는 만큼 다 있듯이, (궁극적인 사물의 본질을) 잘 아는 (사제계급인) 브라흐마나에게는 모든 베다들에 있는 것들이 그렇게 다 있다. **46**

(지혜의 성취에 대해가 아니라) 행위에 대한 것만이 그대의 권리이다. (행위의) 결과들에 대해서는 결코 아니니, '행위의 결과'의 원인이 되지 마라. 무위(無爲)에 대한 그대의 애착은 없어야 한다(결과가 있는 것은 속박의 형태인 것이고, 결과가 없는 것은 해탈의 원인이 되는 것이다). **47**

이겨 재산을 얻은 자여, 애착을 버리고 요가에 머물러 행위들을 행하라. 이루고 이루지 못함에 대해 동일하여 (마음을 전체적으로 동일하게 유지하는 것인) 평등함을 요가라고 말한다. **48**

이겨 재산을 얻은 자여, (결과를 추구하여 행한) 행위는 (평등한 지혜를 갖춘) 지혜의 요가(의 행위)보다 아주 열등한 것이다. 지혜 가운데 피난처를 구하라, 결과를 추구하는 자들은 가엾은 자들이다(주요한 결과를 버림을 대상으로 하고, 부차적인 결과를 얻고 못 얻음에 대해 평등함을 대상으로 하는 것이 지혜의 요가다. 지혜의 요가와 연결된 행위는 윤회와 관련된 모든 고통을 벗어나서 해탈을 얻게 한다. 다른 행위는 무한한 고통의 형태인 윤회다. 따라서 행위를 행함에 있어서 지혜안에서 피난처를 구해야 한다. 결과에 대한 집착 등에 의해서 행위를 하는 자들은 비참한 자, 즉, 윤회하는 자들이다). **49**

(평등을 대상으로 하는) 지혜를 갖춘 자는 선행과 악행 둘 다를 여기서 버린다(선행의 결과는 천국을 비롯한 좋은 곳에 좋은 상태로 환생함이고, 악행의 결과는 나쁜 곳에 나쁜 상태로 환생함이다. 환생은 윤회이니, 결국 선행과 악행은 둘 모두가 다 윤회의 원인이다. 따라서 해탈을 위해서는 이 세상에서 윤회의 두 원인을 모두 없애야 한다). (선행과 악행은 무시이래(無始以來)로 쌓여온 것이며, 끝없는 속박의 원인이 되는 것들이다). 그러니, (평등한 지혜의) 요가를 위해 애쓰라. 요가는 행위들에 통달함이다(요가는 자신

의 의무의 형태인 행위들을 행하는 자에게 있어서 얻음과 얻지 못함에 대한 평등한 지혜다. 이것은 자재자(自在者)에게 바친 마음에서 생겨난 것이다. 이러한 평등한 지혜에 의해서 행위들에 통달한 상태가 통달함이다. '속박이 본성인 것'들인 행위들이 평등한 지혜에 의해서 본성으로부터 물러난다. 바로 이러한 것이 통달함이다). **50**

(평등한) 지혜를 갖춘 현명한 자들은 행위에서 생겨난 결과를 버리고, 생의 속박을 홀연히 벗어나 평안한 경지에 이른다. **51**

그대의 지성이 미혹의 수렁을 벗어 넘어설 그때, 들은 것과 들을 것에 대해 그대는 완전히 무심한 상태에 이를 것이다. **52**

들어서 여러 갈래가 된 너의 지성이 안정되어 삼매에 움직임 없이 머물게 될 때 그대는 (평등이라는 형태의) 요가를 얻을 것이다(내게서 들음으로써 특별한 상태가 된 지성, 모든 다른 것과는 종류가 다르고, 항상하고, 더할 바 없이 미세한 것을 대상으로 하는, 움직임이 없는 하나의 형태인 지성이 집착이 없는 행위를 실행하여 티끌이 사라진 마음에 안정되게 머물 때, 아(我)에 대한 관조인 요가를 얻는다). **53**

아르주나가 말했습니다.

(멋진 머리칼을 가진 끄리스나) 께샤바여, 삼매에 머문 ("내가 지고의 브라흐만 이다."라는 수승한 지혜를 가진 자, 즉) 확고한 수승한 지혜를 가진 자의 말은 어떠합니까? 마음이 확고한 자는 무엇을 말합니까? 어떻게 앉습니까? 어떻게 움직입니까? **54**

성스러운 세존께서 말씀하셨습니다.

쁘리타의 아들이여, 마음에 깃든 모든 욕망들을 확연히 저버릴 때, 그때, (아(我) 안에서 아(我) 하나에 의존하는 마음으로 만족하는 자, 즉) 아(我) 안에서 아(我)로 만족하는 자를 일컬어 확고한 수승한 지혜를 가진 자라 말한다. **55**

고통들 속에서 마음이 어지럽지 않은 자, 기쁨들에 대한 열망이 없어진 자, (얻지 못한 것들에 대한 희구인) 탐애와 (좋아하는 것을 잃고, 싫어하는 것을 얻게 되는 원인을 보고 생겨난 고통인) 두려움과 노여움이 사라진 자를 일컬어 (확고한 수승한 지혜를 가진 자인) 마음이 확고한 자, (모든 것을 확실하게 내던져 버린 자인 무니(牟尼), 아(我)에 대한 명상에 몰두하는 자인) 적묵자(寂默者)라 말한다. **56**

모든 곳에 바라는 바 없으며, 길하거나 길하지 않은 그 각각의 것을 얻어 좋아하지도 싫어하지도 않는 자, 그의 수승한

지혜는 확고하다. **57**

거북이가 몸의 부분들을 그렇게 하듯이, (지각기관들이 지각의 대상을 접촉하려 작동하는 때에) 지각기관들을 지각의 대상들에서 전체적으로 거두어들이는 자, 그의 수승한 지혜는 확고하다. **58**

(대상을 취하지 않고 어려운 고행에 머무는 몸을 가진 어리석은 자인) 단식하는 몸을 가진 자의 대상들은 (대상들에 대한 탐애(貪愛)인) 맛을 제외한 채 멀리 물러간다. 이러한 자의 맛은 지고를 보고서야 물러간다(이러한 수행자를 물들게 하는 형태인 미세한 탐애는 지고인 궁극적인 사물의 본질, 즉, 브라흐만을 "내가 바로 그것이다."라고 이렇게 보아야 물러간다. 브라흐만은 아(我)의 본모습이다). **59**

꾼띠의 아들이여, 거칠게 휘젓는 것인 지각기관들은 애써 노력하는 현명한 사람의 (분별을 갖춘) 마음도 강제로 앗아 간다. **60**

그 모든 것들을 잘 제어하고 집중하여 '내가 지고인 자'가 되어 앉아라. 지각기관들을 장악한 자, 그의 수승한 지혜는 확고하기 때문이다. **61**

대상들을 생각하는 사람에게는 그것들에 대한 애착이 생겨난다. 애착에서 갈망이 일어난다. 갈망에서 분노가 발생한다. **62**

분노에서 (해야 할 일과 하지 말아야 할 일에 대한 무분별인) 미혹이, 미혹에서 기억의 손상이, 기억의 붕괴에서 지성의 파괴가 생겨난다. 지성의 파괴로 인해 파멸한다. **63**

(마음인) 아(我)를 다스려 따르게 하는 자는 탐애와 증오를 벗어나고 아(我)에 종속된 (귀를 비롯한) 지각기관들로 대상들을 누리며 해맑음에 이른다. **64**

해맑아지면 모든 고통들의 사라짐이 그에게 생겨난다. 해맑은 마음을 가진 자에게 속히 지성이 온전히 자리 잡기 때문이다. **65**

집중하지 않는 자에게 지성은 없다. 집중하지 않는 자에게는 (아(我)에 대한 지혜가 들어와 자리 잡음인) 관상(觀想)도 없다! (아(我)에 대한 지혜가 들어와 자리 잡게 하지 않는 자인) 관상하지 않는 자에게는 평온은 없다. 평온하지 않은 자에게 어찌행복이 있겠는가? **66**

움직이는 지각기관들을 뒤따르는 마음은 물에서 바람이 배에 그러하듯이 그의 수승한 지혜를 앗아 간다(지각기관의 대상에 대한 망상에 작용하는 마음은 아(我)와 아(我)가 아닌 것에 대한 분별에서 생겨난 수승한 지혜를 없앤다. 물에서 가려고 하는 길에서 벗어나 다른 길로 바람이 배를 몰듯이 그렇게 마음은 아(我)를 대상으로 삼는 것인 수승한 지혜를 소리를 비롯한 대상을 대상으로 삼게 만든다). **67**

그러니 긴 팔을 가진 자여! 지각기관의 (소리를 비롯한) 대상에 대해 지각기관이 전체적으로 억제된 자의 (아(我)에 대한) 수승한 지혜는 확고하다. **68**

온전하게 제어하는 자는 모든 중생들의 밤에 깨어 있다. 중생들이 깨어 있는 그곳은 바라보는 적묵자(寂默者)에게는 밤이다(밤은 궁극적인 사물의 본질이다. 궁극적인 사물의 본질에 대한 지혜가 없는 자들에게는 인식되지 않는 것이기에 밤이다. 궁극적인 사물인 아(我)를 대상으로 하는 지성은 모든 중생들에게 밤처럼 드러나지 않는 것이다. 지각기관을 온전하게 제어하는 자, 해맑은 마음을 가진 자는 아(我)를 대상으로 하는 그러한 지성에 대해 깨어 있다. 즉, 아(我)를 관조하고 있다. 소리를 비롯한 것들을 대상으로 하는 지성에 대해 모든 중생들은 깨어 있다. 그러나 아(我)를 바라보는 적묵자인 무니에게 있어서는 소리를 비롯한 것들을 대상으로 하

는 그러한 지성은 밤처럼 드러나지 않는다). **69**

온통 가득하고 움직임 없이 안정된 바다로 물이 들어가듯이 모든 욕망들이 들어가는 자, 그가 평온을 얻는다. 욕망을 추구하는 자는 아니다(온통 가득하고 움직임 없이 안정된 바다의 상태를 변화시킴 없이 모든 곳에서 온 물들이 바다로 들어가듯, 그처럼 모든 욕망들이 대상에 접해도 물이 바다를 변화시키지 않듯이 사람을 장악하여 변화시키지 않으며 아(我)에 잠겨갈 때, 그는 평온, 즉, 해탈을 얻는다. 욕망을 추구하는 자, 즉, 욕망들인 대상들을 추구하는 자는 해탈을 얻지 못한다). **70**

모든 욕망들을 버리고 희구 없이 행하는 사람, 나의 것이 없는 자, 나라는 것이 없는 자, 그러한 자가 (모든 윤회의 고통이 사라진 것을 특징으로 하는 열반(涅槃)이라는 이름의) 평온에 이른다. **71**

이것이 브라흐만에 이른 상태다. 쁘리타의 아들이여, 이것을 얻어 미혹되지 않나니, 이것에 머물러 (마지막 나이) 마지막 시간에라도 (브라흐만의 적정(寂靜)이며 해탈인) 브라흐만의 열반에 이른다(항상한 아(我)에 대한 지혜가 선행하는, 행위에 대한 집착이 없는 이 상태는 확고한 지혜를 특징으로 하는 것으로 브라흐만에 도달하게 하는 것이다. 행위의 이러한 상태를 얻어 미혹되지 않는다. 즉, 다시 윤회를 얻지 않는다. 이러한 상태에서는 생의 마지막 시간에 머물러도 브라흐만의 열반, 열반 그 자체인 브라흐만에 이른다. 즉, 단일하게 이어지는 행복인 아(我)를 얻는다). **72**

　이상은 브야싸의 십만 개로 이루어진 결집서인 성스러운 마하바라타의 비스마 편에 있어서 성스러운 바가바드기타인 우파니샤드들 가운데 브라흐만에 대한 지혜이며 요가의 경전인 성스러운 *끄리스나와 아르주나의 대화*에서 '온전하게 밝힘의 요가'라고 이름하는 두 번째 장이다.

행위의 요가

아르주나가 말했습니다.

(천한 자를 없애는 자인 끄리스나) 자나르다나여, 행위보다 지혜가 더 나은 거라는 것이 당신의 생각이라면, (멋진 머리칼을 가진 끄리스나) 께샤바여, 그럼 어찌하여 나를 잔혹한 행위에 묶어 놓습니까? 1

엇갈리는 말로 나의 지성을 혼란케 하시는 듯합니다! 내가 행복을 얻을 수 있는 것, 그런 것 하나를 결정해 말해 주십시오(지혜에 충실함은 아(我)에 대한 관조의 방편이 되는 것이며, 모든 지각기관의 작용을 멈추는 형태입니다. 행위는 이러한 지혜에 충실함과는 반대됩니다. 그러한 행위를 행하라는 것은 엇갈리는 말입니다). 2

성스러운 세존께서 말씀하셨습니다.

죄 없는 자여, (아(我) 하나만을 대상으로 하는 지혜를 가진 자인) 온전하게 밝히는 자들에게는 (지혜가 바로 요가인) 지혜의 요가로, (행위자인) 요가수행자들에게는 (행위가 요가인) 행위의 요가로, 나에 의해 예전에 두 가지 (실천할 바에 대해 충실함인) 상태가 이 세상에 제시되었다! 3

행위들을 시작하지 않음으로 인해 사람이 (행위가 없는 상태인) 무위의 상태를 얻는 것은 아니다. 아울러, (지혜가 없이 단지 행위만을 버리는 것인) 모든 것을 내던져 버림으로 인해 온전히 (지혜의 요가로써 얻어지는 성취인 무위의 상태로 특징지어지는 지혜의) 성취에 이르는 것도 아니다. 4

그 누구도 그 어느 때라도 한 찰나나마 행위 하지 않으며 지낼 수는 없기 때문이다. 모두는 자연에서 생겨난 (진성, 동성, 암성이라는) 성질들에 의해 어쩔 수 없이 행위 하기 마련이다. 5

(손을 비롯한) 행위기관들을 잘 제어하고 마음으로 (귀를 비롯한) 지각기관의 대상들을 되새기며 앉아 있는 자, 그는 우매한 마음을 가진 자로 (생각과 행동이 각각 다르기에) 위선적인 행위를 하는 자라 말해진다. 6

그러나 아르주나여, 지각기관들을 (아(我)에 대한 관조에 몰두하는) 마음으로 통제하여 집착 없이 (입과 손을 비롯한) 행위기관들을 통해 행위의 요가를 실행하는 자는 (지혜에 충실한 위선적인 행위를 하는 자보다) 탁월하다. **7**

그대는 정해진 행위를 행하라. 행위는 (지혜에 대한 충실함인) 무위보다 낫기 때문이다. 무위로 인해 그대의 (몸의 유지인) 몸의 여정 또한 이루지 못하리라. **8**

이 세상에 있어서 제사를 위한 행위가 아닌 다른 것은 행위가 속박이다. 꾼띠의 아들이여, 그것을 위한 행위를 (결과에 대한) 애착 없이 온전히 행하라. **9**

창조주는 예전에 제사와 함께 백성들을 만든 다음 말했다. "이것으로 너희들은 번성하라! 이것은 너희들에게 좋아하고 원하는 것을 짜주는 것이 되리라!" **10**

"너희들은 이것으로 신들을 번영하게 하라, 그 신들은 너희들을 번영하게 하리라. 그대들은 서로가 번영하게 하며 지고의 행복을 얻으리라!" **11**

"제사에 의해 번영한 신들은 분명히 너희에게 좋아하는 누

릴 것들을 주리라. 그들에게 받은 것들을 되돌려 주지 않고 누리는 자, 그는 도둑이다." **12**

제사 지내고 남은 것을 먹는 경건한 자들은 모든 죄악에서 벗어나리라. 자신을 위해 요리하는 자들, 그 죄인들은 죄를 먹게 되리라. **13**

중생들은 곡식에서 생겨난다. 비구름에서 곡식이 생겨나는 것이고, 제사에서 비구름이 생겨난다. 제사는 (제주(祭主)와 제관(祭官)의 활동인) 행위에서 생겨나는 것이다. **14**

행위는 (베다인) 브라흐만에서 생겨남을 알아라. (베다라고 이름하는) 브라흐만은 (지고의 아(我)인) 불멸에서 생겨나는 것이다. 그러므로 (지고의 아(我)라고 이름하는 불멸에서 사람의 날숨처럼 생겨난 것임으로 인해서 모든 사물을 드러내는 것이기에) 모든 것에 편재하는 브라흐만은 항상 제사에 자리 잡은 것이다. **15**

이처럼 (자재자인 지고의 인아(人我)에 의해서) 움직이는 바퀴를 이곳에서 따르지 않는 자, 쁘리타의 아들이여, 그는 죄악의 삶을 사는 자, 지각기관을 즐기는 자로 헛되이 사는 것이다. **16**

아(我)를 좋아하는, 아(我)에 만족하는, 그리고 아(我) 안에서 환희하는 사람이 되어야 한다. 이러한 자에게는 (항상 스스로 아(我)의 본모습이 관조됨으로써 아(我)의 관조를 위해) 해야 할 바가 없다. 17

이곳에서 그에게는 행한 것에도 의미가 없고, 행하지 않은 것에도 그 어떤 의미가 없다. 또한 이러한 자에게는 모든 존재들에 대해 그 아무것도 의존할 바가 없다(그는 바로 해탈한 자이기 때문이다). 18

그러므로 해야 할 행위를 집착 없이 항상 온전히 행하라. 사람은 집착 없이 행위를 행하며 지고에 이르기 때문이다(집착 없이 자재자를 위해 행위를 온전히 행하며 사람은 본마음인 진성의 정화를 통해 지고인 해탈을 얻는다). 19

(위데하국의 왕이며 현자인) 자나까를 비롯한 이들은 행위를 통해 온전한 성취에 깃들었다, 세상의 보호를 위해서라도 헤아려 살펴 행위를 함이 마땅하다. 20

가장 뛰어난 자가 행하는 것마다 다른 사람은 행한다, 그가 규준으로 삼는 것을 세상은 뒤따라 행한다. 21

쁘리타의 아들이여, 내게는 삼계(三界)에서 행해야 할 바가 그 아무것도 없다, 이루어야 할 것을 이루지 못한 것이 없다, 하여도 나는 행위에 종사한다. **22**

만일 내가 한시라도 게으름 없이 행위에 종사하지 않는다면, 쁘리타의 아들이여, 사람들은 온통 나의 길을 따를 것이기 때문이다. **23**

만일 내가 행위 하지 않는다면, 이 세상들은 몰락할 것이다. 또한, 나는 혼란하게 하는 자가 되고, 이 백성들을 해치는 자가 될 것이다. **24**

바라따의 후손이여, ("이 행위의 결과는 내 것이 되리라!"라며) 행위에 집착한 (아(我)에 대한 것을 알지 못하는 자들인) 무지한 자들이 하듯이, (아(我)를 아는 자인) 앎이 있는 자는 세상의 보호를 위해 집착 없이 그렇게 행해야 한다. **25**

행위에 집착한 무지한 자들의 지성에 ("행위의 요가 이외에도 달리 아(我)에 대한 관조가 있다"라고) 혼란을 일으키지 말아야 한다. 앎이 있는 자는 전심하여 온전히 행하며 (아(我)에 대해 모든 것을 알지 못하는 자들이) 모든 행위를 좋아하게 해야 한다. **26**

행위들은 모두 다 (진성과 동성과 암성이라는 성질들의 평형상 태인) 자연의 성질들에 의해서 행해지는 것들이다. (내가 아닌 사물인 자연에 대해 '나는' 이라고 자각을 하는 것인) 나라는 생각에 미혹된 마음을 가진 자는 "행위자가 나다"라고 여긴다. 27

긴 팔을 가진 자여, (진성을 비롯한) 성질과 (그 각각의) 행위의 분위(分位)의 본질에 대해 아는 자는 성질들은 성질들에 대해 활동하는 것이라 여기어 집착하지 않는다. 28

자연의 성질에 미혹된 자들은 성질의 행위들에 집착한다. 온전하게 아는 자는 온전하게 알지 못하는 미욱한 그들을 뒤흔들지 말아야 한다. 29

그대는 나에게 모든 행위를 (수백의 성전(聖典)들에 확립된, 아(我)의 본 모습을 대상으로 하는 지혜인) '아(我)에 대한 마음'으로 모두 내맡기고, 바라는 바 없이 내 것이랄 거 없이 고뇌를 여의고 싸우라! 30

믿음을 가지고 흠잡지 않으며 나의 이러한 의견을 항상 따라 행하는 사람들, 그들 역시 행위들에서 벗어난다. 31

그러나 이러한 나의 의견에 대해 흠잡으면서 따라 행하지

않는 사람들, 모든 지식에 미혹된 그들을 파멸에 이른 얼빠진 자들이라고 알아라. **32**

지혜로운 자 또한 자신의 본성에 따라 행한다. 중생들은 본성을 향하니, 금하는 것이 무슨 소용이 있겠는가? **33**

(귀를 비롯한) 지각기관의 좋아함과 싫어함은 지각기관의 (소리를 비롯한) 대상에 따라 결정되는 것이니, 그 둘에 지배되지 마라. 왜냐하면, 그 둘은 자신의 길을 방해하는 것이기 때문이다. **34**

장점이 없어도 자신의 도리는 잘 행한 다른 자의 도리보다 나은 것이다. 자신의 도리 안에서 죽는 게 낫다. 다른 자의 도리는 두려움을 가져오는 것이다(자신의 도리인 행위의 요가를 행하는 자에게는 한 생에 결과를 얻지 못하고 죽는 것도 좋은 것이다. 왜냐하면, 죽음에 뒤이어지는 출생에서 어려움 없이 행위의 요가를 시작하는 게 가능하기 때문이다. 자연과 상합(相合)한 자에게 있어서 다른 자의 도리인 지혜의 요가는 방일함의 원인이 되는 것이기에 두려움을 가져오는 것이다). **35**

아르주나가 말했습니다.

무엇에 얽매어 사람은 죄를 행합니까? (우리스니의 자손인 끄리스나) 와르스네야여, 원하지 않으면서도 강제로 일을 떠맡은 듯이 왜 그럽니까? (지혜의 요가를 행하는 사람은 스스로가 대상들을 경험하기를 원하지 않음에도 불구하고 무엇에 얽매어 대상의 경험이라는 죄악에 묶인 듯이 행동합니까?). **36**

성스러운 세존께서 말씀하셨습니다.

동성에서 생겨난 욕망인 이것, 분노인 이것, 크게 먹는 것, 큰 죄인인 이것을 여기서 (지혜의 요가를 거역하는) 적으로 알아라! **37**

불이 연기에 덮이고, 거울이 때에 덮이듯이, 그리고 모태가 양막에 덮여 있듯이, 그렇게 (중생의 무리인) 이것은 (욕망인) 그것으로 덮여 있다. **38**

지혜로운 자의 지혜는 이 항상한 적에 의해, 꾼띠의 아들이여, 욕망의 형태인 충족시키기 어려운 불에 의해 덮여 있다. **39**

(귀를 비롯한) 기관들, 마음, 지성이 (욕망인) 이것의 (의지처인) 처소라고 말해진다. (욕망인) 이것은 (의지처들인) 이것들을 통해 지혜를 덮어 (몸에 깃든 아(我)인) '몸을 가진 것'을 미

혹시킨다. **40**

　그러니, 바라따 족의 황소여, 그대는 먼저 기관들을 제어하여 지혜와 예지를 멸하게 하는, 죄악을 행하는 (욕망인) 이것을 없애라. **41**

　기관들이 우세한 것들이라고 말한다. 기관들보다 우세한 것은 마음, 마음보다 우세한 것은 지성, 지성보다 우세한 것은 (아(我)인) 그것이라고! **42**

　긴 팔을 가진 자여, 이처럼 지성보다 우세한 것을 알아, 아(我)로서 (지성인) 아(我)를 잘 항복시켜 욕망의 형태인 이 대적하기 힘든 적을 물리치라! **43**

　이상은 브야싸의 십만 개로 이루어진 결집서인 성스러운 마하바라타의 비스마 편에 있어서 성스러운 바가바드기타인 우파니샤드들 가운데 브라흐만에 대한 지혜이며 요가의 경전인 성스러운 끄리스나와 아르주나의 대화에서 '행위의 요가'라고 이름하는 세 번째 장이다.

지혜와 행위와
온전히 모두 내버림의 요가

성스러운 세존께서 말씀하셨습니다.

이 불멸의 요가를 내가 (태양인) 위와쓰와뜨에게 말하였고,
(태양인) 위와쓰와뜨는 (자신의 아들이며, 최초의 인간인) 마누에
게 말했으며, 마누는 (자신의 아들이며, 최초의 왕인) 이끄스와
꾸에게 말했다. 1

이러한 전승으로 얻어진 것을 (왕 또는 선인(仙人)이 된 왕들
인) 왕선(王仙)들이 알았다. 적을 괴롭게 하는 자여, 아주 오랜
시간에 의해 이 요가는 이 세상에서 사라졌다. 2

너는 나를 신애(信愛)하는 자이며 친구이기에 오늘 내가 너
에게 이런 옛 요가를 말해주었다. 이것은 최고의 신비이다. 3

아르주나가 말했습니다.

(창조의 시초에 생겨난 태양인) 위와쓰와뜨가 태어난 것이 먼저고, 당신이 태어난 것은 나중인데, 당신께서 태초에 말씀하셨다는 것을 제가 어찌 이해해야 합니까? **4**

성스러운 세존께서 말씀하셨습니다.

아르주나여, 나와 그대의 많은 생이 지나갔다. 적을 괴롭히는 자여, 나는 그 모든 것들을 알지만 그대는 모른다. **5**

생겨난 자가 아니면서, 쇠하지 않는 본질이요. 존재들의 지배자이면서, 자기의 (진성과 동성과 암성의 평형상태인) 자연에 머물러 자신의 환력(幻力)으로 나는 태어난다. **6**

바라따의 후손이여, 법도가 쇠락할 때마다, 법도가 아닌 것이 기승할 때마다, 그때마다 나는 자신을 만들어낸다. **7**

착한 자들을 구원하기 위해, 악행을 저지르는 자들을 멸하기 위해, 법도를 세우기 위해, 시대 시대마다 나는 나타난다. **8**

아르주나여, 이처럼 신성한 나의 탄생과 행위를 사실대로 아는 자는 육신을 떠난 다음 다시 태어남에 이르지 않고, 나에게 이른다. **9**

애염(愛染)과 두려움과 노여움이 사라진 자들, 나로서 충만한 자들, 나에게 의지하는 자들, (지고의 아(我)를 대상으로 삼는 지혜가 바로 고행인) 지혜의 고행으로 정화된 많은 자가 나의 상태에 (즉, 자재자의 상태인 해탈에) 이르렀다. **10**

내게 다가오는 그대로 나는 그들을 받아들인다. 쁘리타의 아들이여, 사람들은 전체적으로 나의 길을 따른다. **11**

이곳에서 행위들의 성취를 바라는 자들은 신들을 섬긴다. 왜냐하면, 행위에서 생겨난 성취가 인간 세상에서 속히 이루어지기 때문이다. **12**

성질과 행위를 나누어 내가 네 개의 (카스트인) 종성을 만들었다. 그것을 만든 자이지만, 만들지 않는 자이며, 불멸이라고 나를 알아라(성질은 진성, 동성, 암성이다. 진성이 수승한 진성적인 브라흐마나의 행위는 마음의 제어, 감관의 제어, 고행 등이다. 진성이 부수적이고 동성이 주가 되는 존재인 끄샤뜨리야의 행위는 용맹과 위력 등이다. 암성이 부수적이고 동성이 주가 되는 존재인 바이스야의 행위는 농사 등이다. 동성이 부수적이고 암성이 주가 되는 존재인 슈드라의 행위는 봉사다. 환력(幻力)의 작용을 통해 행위를 하는 자이지만, 궁극적인 의미에 있어서는 행위 하지 않는 자다. 그래서 불멸이며 윤회하지 않는 자라고 알아야 한다). **13**

내게 행위들은 걸림이 되지 않는다, 내게는 행위의 결과에 대한 희구가 없다. 이렇게 나에 대해 아는 자는 행위들에 매이지 않는다. **14**

해탈을 바라는 옛사람들은 이렇게 알아 행위를 하였다. 그러니, 너는 옛사람들이 아주 예전에 행한 행위를 하라. **15**

행위가 무엇이고, 무위(無爲)가 무엇인지, 이에 대해 (지혜로운 자들인) 시인들조차 미혹된다. 이런 행위에 대해 너에게 말해주리니, 그로서 (윤회인) 흉한 것에서 벗어나리라. **16**

(경전에 규정된) 행위에 대해서도 알고, (금지된 행위인) 엇행위에 대해서도 알고, (잠자코 있는 상태인) 무위에 대해서도 알아야 한다. 행위의 길은 심원하다. **17**

행위에서 (행위가 없는 것인) 무위를 보고, 아울러 (행위가 없는 것인) 무위에서 (행동 자체인) 행위를 보는 자, 사람들 가운데 그가 지혜로운 자, 그가 (요가수행자인) 챙겨있는 자, 모든 행위를 행한 자이다. **18**

모든 일을 욕망과 (욕망의 원인인) 의도가 없이 하는 자, 지혜의 불로 (선과 악을 특징으로 하는 것인) 행위들을 태워버린

자, (브라흐만을) 아는 자들은 그를 학자라고 말한다. **19**

행위에 대한 집착을 버리고, 항상 만족하며, 의지하는 것이 없는 자, 그는 행위를 해나가면서도 그 아무것도 하는 바가 없는 자이다. **20**

마음과 몸을 다스리고, 모든 소유를 버린 자, 이처럼 바라는 바가 없는 자는 오로지 몸을 유지하기 위한 행위를 하며 (윤회인) 죄를 얻지 않는다. **21**

얻어진 대로 만족하는 자, 서로 대립적인 것을 벗어난 자, (다른 자들에 대한) 반감이 없는 자, 성취함과 성취하지 못함에 대해 마찬가지인 자는 행하여도 걸림이 없다. **22**

마음이 지혜에 머무는 자, 애착이 사라진 자, (법과 비법 등의 속박을) 벗어난 자, 제사를 위해 행하는 자의 모든 행위는 (결과와 더불어) 사라진다. **23**

(제물을 성화(聖火)에) 바치는 (도구인) 제기는 브라흐만, (성화에) 바치는 제물은 브라흐만, (제물을 바치는 행위를 하는 자인) 브라흐만에 의해 성화인 브라흐만에 넣어 바친 것이다. (브라흐만이 바로 행위인) 이러한 '브라흐만의 행위삼매(行爲三

昧)에 든 자'가 도달할 곳은 바로 브라흐만이다(브라흐만이 바로 행위가 되는 행위삼매에 든 자가 도달할 것은 브라흐만이다. 이러한 자에게 있어서는 행위가 브라흐만의 지혜에 의해서 제거되어 행위는 궁극적인 의미에서 무위가 된다. 따라서 '이 모든 것은 브라흐만이다.'라고 아는 지혜로운 자에게 있어서 모든 행위는 없는 것이다). (모든 행위는 '브라흐만이 본질인 것'이기에 브라흐만으로 이루어진 것이다. 이렇게 삼매에 드는 것이 '브라흐만의 행위삼매'다. 이러한 '브라흐만의 행위삼매'를 통해서 바로 브라흐만에 도달해야 한다. 브라흐만이 본질인 것을 통해서 자신의 본모습이 '브라흐만이 된 상태'에 도달해야 한다).**24**

　(행위하는 자들인) 다른 요가수행자들은 신에 대한 제사를 봉행하며, (범아일여(梵我一如)의 상태를 관조하는 것에 충실한 자들인) 다른 자들은 브라흐만의 불에 제사로 제사를 넣어 태워 올린다(제사는 아(我)다. 아(我)는 궁극적인 의미에서 지고의 브라흐만이다. 하지만, 지성 등등의 한정에 연결된 아(我)는 모든 한정에 의해 잘못 가정된 특질을 가진 것이다. 이러한 아(我)를 제물로 삼아서 지고의 브라흐만인 아(我)의 불에 넣어 태워 올리는 것이다. 한정을 가진 아(我)를 한정이 없는 '지고의 브라흐만의 본모습'으로 바라보는 것이 제사로 제사를 태워 넣어 올리는 것이다).**25**

　다른 자들은 귀를 비롯한 기관들을 (제어가 불인) 제어의 불들에 넣어 태워 올리며, 또 다른 자들은 소리를 비롯한 대상들을 (주저 없이 취하여) (기관이 불인) 기관의 불들에 넣어 태워 올린다. **26**

그리고 다른 자들은 (보고 듣는 등등의) 모든 (지각)기관의 행위들과 (오므리고 펼치는 등등의) 숨의 행위들을 (분별의식인) 지혜로 밝혀진 (마음의 제어라는 요가의 불, 즉) '자기제어라는 요가의 불'에 넣어 태워 올린다. **27**

그리고 (물질로 이루어지는) 물질의 제사를 지내는 자들, (고행으로 이루어지는) 고행의 제사를 지내는 자들, (호흡의 제어와 지각의 대상으로부터 지각기관들을 거두어들이어 마음이 내면으로 향하게 하는 것 등을 특징으로 하는 요가로 이루어지는) 요가의 제사를 지내는 자들, (『리그베다』 등의 경전을 규정에 맞추어 반복 학습하는 것인) 독경과 (경전의 의미를 환하게 깨달아 아는 것인 지혜로 이루어지는) 지혜의 제사를 지내는 다른 자들이 있다. 애쓰는 자들이며 엄한 계율을 지키는 자들이다. **28**

그리고 호흡의 제어에 정통한 다른 자들은 생기와 하기의 움직임을 멈추어, 하기에 생기를, 그리고 생기에 하기를 넣어 태워 올린다(하기(下氣)에 생기(生氣)를 태워 올리는 것은 '코로 숨을 마시어 가득 채우기'라는 이름의 호흡의 제어를 하는 것이다.

생기에 하기를 넣어 태워 올리는 것은 '숨을 내뱉기'라는 이름의 호흡의 제어를 하는 것이다. 입과 코를 통해서 숨이 밖으로 나가는 것이 생기의 움직임이다. 이와는 반대로 아래로 내려가는 것이 하기의 움직임이다. 호흡의 제어에 정통한 자들은 생기와 하기의 이 두 움직임을 멈추어 '호흡을 정지시키기'인 호흡의 제어를 한다). **29**

다른 자들은 정해진 음식을 먹으며 생기들을 생기들에 넣어 태워 올린다. 이 모든 이들은 제사를 아는 자들이며, 제사로 인해 죄가 소멸한 자들이다(각각의 숨을 정복한 자는 정복한 각각의 숨에 다른 숨들을 태워 올린다. 즉, 다른 숨들이 정복한 각각의 숨에 들어간 것처럼 된다. 인간의 숨에는 생기(生氣), 하기(下氣), 평기(平氣), 편기(遍氣), 상기(上氣) 이렇게 다섯 가지가 있다. 이 다섯 가지 숨 전체를 생기라고도 부른다. 따라서 생기는 다섯 가지 숨 전체를 의미하기도 하며, 다섯 가지 가운데 하나인 생기만을 의미하기도 한다. 다섯 가지 숨 가운데 하나인 생기는 입과 코로 나가며 스스로 황제의 자리에 주재하는 숨이다. 생기가 스스로 자기를 나눈 것인 하기는 소변과 대변을 빼며 주재한다. 평기는 먹고 마신 것을 고르게 가져가기 때문에 평기라고 한다. 편기는 태양에서 햇살들이 모든 곳으로 퍼지어 도달하듯이 심장으로부터 모든 곳에 도달하는 경락들에 의해 모든 몸에 두루 퍼져 편재한다. 상기는 쑤슘나 라는 경락의 위에 있으며 발바닥에서 머리끝까지 작용하는 숨이다). **30**

꾸루족 가운데 최고여, 제사를 지내고 남은 (음식인) 것인 불사의 감로를 먹는 자들은 항구한 브라흐만에 도달한다. 제사를 지내지 않는 자에겐 이 세상조차 없나니, 어찌 다른 세상이 있겠는가? **31**

이처럼 많은 종류의 제사들이 (베다를 통해서 이해되는 것이기에 베다인) 브라흐만의 입에 펼쳐있으니, 그 모든 것들은 행위에서 생겨난 것임을 알아라. (아(我)는 활동하지 않는 것이기 때문에 제사들은 '아(我)에서 생겨난 것'이 아니라 '행위에서 생겨난 것'이다). 이처럼 알아 너는 (윤회의 속박에서) 벗어나게 되리라. **32**

적을 괴롭히는 자여, 물질의 제사보다 지혜의 제사가 훨씬 나으니, 쁘리타의 아들이여, 모든 행위 일체는 지혜안에서 끝난다(물질을 수단으로 삼아 이루어지는 물질의 제사는 결과를 생겨나게 하는 것이고, 지혜의 제사는 결과를 생겨나게 하지 않는 것이다. 따라서 지혜의 제사가 훨씬 나은 것이다. 모든 행위는 해탈의 방편인 지혜안에 막힘없이 포함된다). **33**

(스승에게 다가가) 절을 하고, 질문하고, 봉사를 통해서 (아(我)에 대한 지혜인) 그것을 알도록 하라. (아(我)의 본모습인) 본질을 보는 지혜로운 자들이 너에게 지혜를 일러주리라. **34**

빤두의 아들이여, 그것을 알아서 다시는 이처럼 (몸 등을 아(我)라고 자각하는 형태이며, 이에 의해서 만들어진 '나의 것이라는 의식' 등이 머무는 곳인) 미혹에 이르지 않으리라. 그것을 통해서 너는 존재들을 남김없이 (개별적인) 아(我) 안에서, 이어 내 안에서 보게 되리라. **35**

만일 네가 모든 죄인보다도 훨씬 극악한 죄를 지은 자라 할지라도, 바로 (아(我)를 대상으로 삼는) 지혜의 배를 통해 너는 모든 죄를 온전히 건너 벗어나리라. **36**

아르주나여, 활활 타는 불이 모든 장작을 재로 만들 듯이, 그렇게 지혜의 불은 모든 행위를 재로 만든다(지혜는 모든 행위가 씨앗이 없는 상태가 되는데 원인이 된다. 몸을 얻게 한 행위는 이미 결과가 시작된 행위이기 때문에 몸은 결과를 겪어야만 사라진다. 따라서 지혜를 얻기 전에 행한 것으로 결과가 시작되지 않은 행위들, 지혜와 더불어 행한 행위들, 그리고 지난 수많은 생에 행한 모든 행위를 지혜가 재로 만든다). **37**

이 세상에서 (아(我)에 대한) 지혜처럼 정화하는 것은 없다. 시간을 들여 (지혜의 형태인 행위의) 요가를 성취한 자는 그것을 저절로 (자신의) 아(我) 안에서 얻는다. **38**

믿음이 있고, 몰두하며, 기관을 잘 제어한 자가 지혜를 얻는다. 지혜를 얻으면 지체없이 지고의 평온에 이른다. **39**

(아(我)를 모르는) 무지하고, 믿지 못하고, 마음에 의심이 있는 자는 멸한다. 마음에 의심이 있는 자에게는 이 세상도, 저 세상도, 기쁨도 없다. **40**

이겨 재산을 얻은 자여, 요가를 통해 (행위가 지혜의 형태에 도달하여 법과 비법이라는) 행위들을 온전히 내던진 자, (아(我)에 대한) 지혜로서 (아(我)에 대한) 의심을 끊어버린 자, 마음을 다스린 자를 행위들은 얽어매지 못한다. **41**

그러니, 바라따의 후손이여, 무지에서 생겨나 심장에 자리 잡은 이 의심을 아(我)에 대한 지혜의 칼로 잘라내어 (행위의) 요가를 행하라! 일어나라! **42**

이상은 브야싸의 십만 개로 이루어진 결집서인 성스러운 마하바라타의 비스마 편에 있어서 성스러운 바가바드기타인 우파니샤드들 가운데 브라흐만에 대한 지혜이며 요가의 경전인 성스러운 끄리스나와 아르주나의 대화에서 '지혜와 행위와 온전히 모두 내버림의 요가'라고 이름하는 네 번째 장이다.

행위와
온전히 모두 내버림의 요가

아르주나가 말했습니다.

끄리스나여, 당신은 행위들을 온전히 내던져 버리는 것에 대해, 그리고 또한 (경전에 언급된 행위의 실행을 반드시 행해야 하는 것인 행위의) 요가에 대해 말합니다. 이 둘 가운데 확실히 좋은 것 하나, 그것을 제게 말해주십시오. 1

성스러운 세존께서 말씀하셨습니다.

온전히 내던져 버리는 것과 행위의 요가, 둘 다 (지혜가 생겨나는 원인이 되는 것이기에) (해탈인) 지극한 행복을 만들어내는 것들이다. 하지만, 이 둘 중에서 (지혜의 요가인) '행위를 온전히 내던져 버리는 것'보다는 행위의 요가가 더 나은 것이다. 2

싫어하는 것도 없고 원하는 것도 없는 자, (행위의 요가를 하는 자인) 그가 바로 (행위 안에 있으면서도) 항상 온전히 내던져 버리는 자라고 알아야 한다. 긴 팔을 가진 자여, (좋은 것과 싫은 것처럼 서로 반대되는 한쌍인) 이항대립이 없는 자는 매임에서 편안히 벗어나기 때문이다. **3**

(지혜의 요가인) 온전하게 밝힘과 (행위의) 요가를 어리석은 자들은 각각 다른 것이라 말하지만 (모두 다 알고 있는 자들인) 학자들은 그렇게 말하지 않는다. 하나에 제대로 머무는 자는 둘 다의 결과를 얻는다. **4**

(지혜에 충실함인) 온전하게 밝힘들을 통해서 얻어지는 경지, 그것은 (행위의) 요가들을 통해서도 달성된다. (지혜에 충실함인) 온전하게 밝힘과 (행위의) 요가를 하나로 보는 자, 그가 (지자(智者)인) 보는 자이다. **5**

그러나 긴 팔을 가진 자여, (지혜에 충실함이며 온전하게 밝힘이고 지혜의 요가인) 온전히 내던져 버림은 (행위의) 요가가 없이는 얻기가 힘들고, (행위의) 요가에 전념한 적묵자(寂默者)는 (즉, 아(我)인 자재자의 본모습을 명상하는 무니(牟尼)는) 오래지 않아 브라흐만에 도달한다. **6**

(행위의) 요가에 전념하며, 마음이 확연히 청정하고, 자신을

다스리고, 지각기관을 이긴 자, (자신의 아(我)가 신을 비롯한 모든 존재의 아(我)가 된 자인) 모든 존재의 아(我)가 자신의 아(我)가 된 자는 행하면서도 걸림이 없다. **7**

(아(我)의 있는 그대로의) 본질을 아는 자는 전념하여 '나는 그 무엇도 하는 바가 없다'라고 생각해야 한다. 보며, 들으며, 만지며, 맡으며, 먹으며, 가며, 잠자며, 숨쉬며, **8**

말하며, 버리며, 잡으며, 눈뜨며, 눈감으면서도 (귀를 비롯한 지각기관들과 입을 비롯한 행위기관들인) '기관들이 기관의 대상들에 대해 활동한다'라고 여기며, **9**

행위들을 브라흐만에 맡기고, 애착을 버려 행하는 자, 연잎이 물에 젖지 않듯이, 그는 죄에 걸리지 않는다. 10

(행위의) 요가를 하는 자들은 애착을 버리고 자신을 청정케하려 단지 몸과, 마음과, 지성과, 그리고 오로지 기관들로 행위를 한다. **11**

(아(我) 하나에만 경도(傾倒)된 자인) 전념한 자는 행위의 결과를 버려 최상의 평온을 얻는다. (아(我)에 대한 관조를 외면한 자인) 전념하지 않은 자는 욕망이 이끄는 대로 결과에 집착하

여 얽매인다. **12**

다스리는 자인 (몸의 소유주 아(我), 즉) '몸을 가진 자'는 마음으로 모든 행위를 온전히 내던져 버리고 하는 바 없이 하게 하는 바 없이 아홉 개의 문이 있는 성에 편안히 머문다(머리에 있는 일곱 개와 아래에 있는 두 개를 합해서 아홉 개의 문이다. 몸이 성이다. 성의 주인은 아(我)다. 아(我)를 위해 많은 결과와 인식을 만들어내는 기관, 마음, 지성, 소리를 비롯한 대상들은 성의 백성들이다. 이러한 아홉 개의 문이 있는 몸이라는 성의 소유주인 아(我), 즉 '몸을 가진 자'는 무위를 온전히 바라보게 하는 것이고, 분별지(分別智)이며, 행위 등에 대해서 '행위가 아니라는 것을 온전히 보게 하는 것'인 마음을 통해 모든 행위를 온전히 내던져 버리고 편안히 머문다. 머리에 있는 일곱 개는 두 눈, 두 귀, 두 콧구멍, 하나의 입, 이렇게 일곱 개다. 아래에 있는 두 개는 하나의 생식기관, 하나의 배설기관, 이렇게 두 개이다). **13**

(몸을 가진 자이고, 행위에 장악되지 않는 자이며 본질적인 본모습으로 자리 잡은 아(我)인) 주께서는 세상의 행위자라는 것과 행위들을, 그리고 행위와 결과의 연결을 만들지 않는다. 본성이 작용하는 것이다. **14**

편재한 주께서는 그 누구의 선행과 악행도 받아들이지 않는다. 무지에 의해 (분별지(分別智)인) 지혜가 덮여 있다. 그래서 (분별하지 못하는 자들이며 윤회하는 자들인) 중생들은 미혹된다. **15**

아(我)에 대한 (분별지인) 지혜를 통해서 무지가 사라진 그런 자들의 그 지고의 지혜는 태양처럼 비춘다. **16**

(지고의 브라흐만인 그것에 지성이 도달한 자들, 즉) 그것이 지성인 자들, (지고의 브라흐만이 아(我)인 자들, 즉) 그것이 아(我)인 자들, (모든 행위를 온전히 내던져 버리고 브라흐만에 자리 잡은 자들, 즉) 그것이 궁극인 자들, (오로지 아(我)가 애락(愛樂)인 자들, 즉) 그것이 지고의 의지처인 자들은 (윤회의 원인이 되는 잘못들인) 더러운 것을 지혜로 털어내어 다시는 (윤회의 세상에) 돌아오지 않음에 이른다. **17**

학문과 계율을 갖춘 브라흐마나에 대해, 소에 대해, 코끼리에 대해, 개에 대해, 그리고 개를 요리하는 자에 대해 동일하게 보는 자들이 (아(我)의 실상(實相)을 아는 자인) 학자들이다. **18**

동일함에 마음이 머무는 자들에 의해 생이 바로 (이승인) 이곳에서 장악된다. (모든 존재 안에 동일한 상태인) 브라흐만은 결점이 없음이며, 같음이기 때문에 그들은 브라흐만에 머무는 자들이다(브라흐만은 동일한 것이고 하나인 것이다. 동일함인 아(我)라는 사물이 바로 브라흐만이다. 아(我)의 동일함에 머무는 자들은 브라흐만에 머무는 자들이다. 그리고 브라흐만에 머무는 것이 바로 윤회에 대한 승리이다). **19**

확고한 지성을 가진 자, 미혹되지 않은 자, 브라흐만을 아는 자, 브라흐만에 머문 자는 좋은 것을 얻어 기뻐하지 않고, 싫은 것을 얻어 괴로워하지 않는다. **20**

외부의 접촉들에 마음이 집착하지 않는 자가 아(我) 안에서 행복을 얻을 때, 그때 그는 (브라흐만에 대한 삼매인) 브라흐만의 요가에 마음을 전념하여 불멸의 행복을 얻는다. **21**

(소리를 비롯한 대상과 귀를 비롯한 지각기관의) 접촉에 의해서 생기는 쾌락들, 그것들은 고통의 자궁들이다. 그래서 꾼띠의 아들이여, 깨달은 자들은 시작과 끝이 있는 그것들 안에서 즐기지 않는다. **22**

바로 이승에서 몸을 벗어나기 전까지 욕망과 분노로 인해 생겨난 격정을 참을 수 있는 자, 그가 삼매에 든 자, 그가 행복한 사람이다. 23

(내적인 아(我)에 기쁨이 있어) 내면이 안락한 자, (내적인 아(我)에서 노닐어) 내면에서 즐기는 자, (내적인 아(我)가 바로 빛이라서) 내면에 빛이 있는 자, 이러한 요가수행자는 브라흐만이 되어 (브라흐만에 잠기는 것인 해탈, 즉) 브라흐만의 열반에 이른다. **24**

더러움이 사라진 자들, 이원성이 끊긴 자들, 자신이 제어된 자들, 모든 존재의 이익을 즐기는 자들인 (아(我)의 관조에 몰두하는 자, 즉) 선인(仙人)들은 브라흐만의 열반을 얻는다. **25**

욕망과 분노를 벗어나고, 마음을 제어하고, 아(我)를 아는 금욕적인 수행자들에게는 브라흐만의 열반이 양쪽에 있다(살아서도 그리고 죽어서도 브라흐만에 잠기는 것인 해탈이 있다). **26**

(소리를 비롯한 대상과 귀를 비롯한 지각기관의 접촉인) 외부의 접촉을 (마음) 밖으로 내몰고, 시선을 두 눈썹 사이로 하고, 코 안에서 움직이는 (들숨인) 생기와 (날숨인) 하기를 동일하게 하고, **27**

기관과 마음과 지성을 제어하고, 기대와 두려움과 분노가 사라지고, 해탈이 지고의 길인 (아(我)를 관조하는 성향을 가진 자인 무니, 즉) 적묵자(寂默者), 그는 늘 해탈한 자이다(귀를 비롯한 지각기관과 손을 비롯한 행위기관들인 모든 외적 기관의 작용을 거두어들이고 요가에 적합한 자리에서 몸을 바로 하고 앉아 눈을 두 눈썹 사이 코끝에 향하게 하고, 코안에서 움직이는 생기와 하기, 즉 들숨과 날숨의 움직임을 동일하게 한 후 아(我)에 대한 관조 이외의 것에는 기관과 마음과 지성이 작용하지 않는 자는 이로 인해서 기대와 두려움과 분노가 사라진다). **28**

나를 제사와 고행들을 받아 누리는 자, 모든 세상의 대자재자(大自在者), 모든 존재들의 친구로 알아 평온에 이른다. **29**

이상은 브야싸의 십만 개로 이루어진 결집서인 성스러운 마하바라타의 비스마 편에 있어서 성스러운 바가바드기타인 우파니샤드들 가운데 브라흐만에 대한 지혜이며 요가의 경전인 성스러운 끄리스나와 아르주나의 대화에서 '행위와 온전히 모두 내버림의 요가'라고 이름하는 다섯 번째 장이다.

명상의 요가

성스러운 세존께서 말씀하셨습니다.

행위의 결과에 의지하지 않으면서 해야 할 행위를 하는 자, 그가 (지혜의 요가에 충실한 자인) 온전히 내던져 버린 자이며, (행위의 요가에 충실한 자인) 요가를 하는 자이다. (행위들에 몰두하지 않는 자로 오로지 지혜에 충실한 자이며, 행위의 요소들이 되는 성화들을 벗어난 자인) 불을 지니지 않은 자와 (불 없이 이루어지는 행위들인 고행이나 보시 등등의) 행위(를) 하지 않는 자는 아니다. 1

빤두의 아들이여, (모든 행위와 그 행위의 결과를 버리는 형태인) 온전히 내던져 버림이라 말하는 (지혜의 요가인) 그것을 (행위의) 요가라고 알아라. 왜냐하면, 생각을 온전히 내던져 버리지 않은 자는 그 누구도 (행위의) 요가를 하는 자가 아니기 때문이다(생각을 온전히 내던져 버린 자는 아(我)의 본질에 대한 추구를 통해서 아(我)가 아닌 자연에 대해서 가지는 아(我)라는 생각을 온전히 내던져 버린 자다. 이와 같지 않은 자인 생각을 온전히 내던져 버리지 않은 자는 그 누구도 행위의 요가를 하는 자가 아니다). 2

(명상의 요가에 머물지 못하여 아(我)에 대한 관조인) 요가에 오르기를 원하는 (행위의 결과를 온전히 내버리는 자인) 적묵자(寂默者)에게 있어서는 행위가 (명상의 요가에 머물기 위한 방편, 즉) 원인이라고 말한다. (아(我)에 대한 관조인) 요가에 오른 그런 자에게 있어서는 (모든 행위로부터 물러남인) 고요함이 원인이라고 말한다. 3

지각기관의 대상들과 행위들에 대해 집착하지 않을 때, 그때 (이승과 저승의 사물에 대한 욕망의 원인인) 모든 생각을 온전히 내던져 버린 자, 요가에 오른 자라고 말한다. 4

(대상에 대해 집착하지 않은 마음인) 자신으로 자신을 구원하라. (대상에 대해 집착하는 마음으로) 자신을 저버리지 마라. (마음인) 자신이 바로 자신의 친구요, (마음인) 자신이 바로 자신의 적이다. 5

(마음인) 자신이 자신을 이기는, 그런 (마음) 자신이 바로 자

신의 친구이다. (마음인) 자신이 그렇지 않은 자의 (마음) 자신
은 바로 적처럼 적의를 행한다(마음이 바로 사람들에게 있어서
속박과 해탈의 원인이다. 소리를 비롯한 대상에 집착한 마음은 속박
을 위한 것이고, 소리를 비롯한 대상을 벗어난 마음은 해탈을 위한
것이다). **6**

추위와 더위, 즐거움과 괴로움, 마찬가지로 존경과 모욕에
대해 (마음인) 자신을 다스려 (마음에 변화가 없는) 아주 평온한
자에게는 (마음 안에) 지고의 아(**我**)가 온전히 자리 잡는다. 7

마음이 지혜와 예지에 만족하는 자이며, (이쪽저쪽 흔들리지
않는 아(我)인) 꼭대기에 머무는 자이고, 지각기관을 잘 다스린
자이며, 흙과 돌과 황금이 동등한 자이며, (행위의) 요가를 하
는 자는 삼매에 든 자라 말해진다. **8**

친구와 벗과 적과 무심한 자와 중립을 지키는 자와 미운 자
와 친척에 대해, 그리고 선인들과 악인들에 대해 동등한 생각
을 가진 자는 뛰어나다. **9**

요가를 하는 자는 한적하고 고요한 곳에 홀로 머물러 마음
과 몸을 제어하고, 바라는 바 없이, (나의 것이라는 생각 없이)
가진 것 없이, 자신을 늘 (자신의 아(我)를 보는 것에 충실한) 삼

매에 들게 해야 한다. 10

청정한 장소에 (띠(茅)의 일종인) 길상초(吉祥草), 검은 영양의 털가죽, 천을 (순서대로) 차례로 위로 덮어 너무 높지도 낮지도 않게 자신의 자리를 안정되게 잘 마련하여, 11

그 자리에 앉아, 생각과 기관의 움직임을 제어하고 마음을 하나로 모아, 자신을 정화하기 위해 (아(我)의 관조인) 요가 삼매에 들어가야 한다. 12

몸과 머리와 목을 바르고 움직이지 않게 유지한 상태에서 안정하고, 자신의 코끝을 응시하고('자신의 코끝을 응시하고'는 '자신의 코끝을 응시하는 듯이'라는 뜻이다. 만일 시선이 자신의 코끝을 응시하게 되면 마음이 아(我)가 아닌 코끝에 모이게 되기 때문이다), 방향들을 바라보지 않으며(이를테면, 엉덩이 위에서 목 아래까지가 몸이다. 허리나 배를 앞뒤로 혹은 오른쪽 왼쪽으로 어디로도 숙이지 말아야 한다. 즉, 척추를 바로 세워야 한다. 목을 어느 곳으로도 숙이지 말고, 머리를 이리저리 돌리지 말아야 한다. 이처럼 몸과 목과 머리 셋을 끈 하나에 매달아 놓은 것 같은 상태에서 조금도 흔들리거나 움직이지 않게 하는 것이 '머리와 목과 머리를 바르고 움직이지 않게 간직하는 것'이다. 명상의 요가를 성취하는 데 있어서 잠, 게으름, 동요(動搖), 그리고 추위와 더위 등의 서로 대립적인 것이 장애로 작용한다. 몸과 목과 머리를 바르게 하고 눈을 뜸으로써 잠과 게으름이 침입하지 못한다. 코끝에 시선을 응시하듯이 하여 이리저리 다른 사물을 바라보지 않음으로서 외부로 인한 동요가 생겨나지 않는다. 자세가 견고해짐으로써 추위와 더위 등의 서로 대립적인 것이 장애가 될 염려가 없어진다), **13**

마음이 아주 평온한 자, 두려움이 사라진 자, (육체적 순결을 지키는, 베다를 학습하는 학생인) 범행자(梵行者)의 계율에 머무는 자, 나에게 마음을 둔 자, 나를 지고로 여기는 자가 되어 마음을 잘 제어하고, 삼매에 들어 앉아라. **14**

마음을 확실히 제어한 요가수행자는 늘 이처럼 자신을 삼매에 들게 하며 내게 있는 지고의 (해탈) 열반인 평온함에 도달한다. **15**

아르주나여, 너무 먹는 자, 전혀 먹지 않는 자, 너무 잠이 많은 자, 그리고 지나치게 깨어 있는 자에게 요가는 없다(배의 이분의 일은 먹은 음식, 그리고 사분의 일은 마신 물로 채우고, 나머지 사분의 일은 숨이 통하게 비어두어야 한다). **16**

적절히 먹고 (거닐어) 노니는 자, 행위들과 관련하여 적절히 활동하는 자, 적절히 잠자고 깨어 있는 자에게는 고통을 없애

는 것인 요가가 있다. 17

아주 확실하게 제어된 (집중통일된) 마음이 아(我) 안에 머물 때, 그때 모든 욕망에 대한 희구가 사라져 삼매에 든 자라 말해진다. 18

마음이 제어되어 아(我)의 요가에 전념하는 요가수행자에 대해 "바람이 없는 곳에 놓인 등불은 흔들리지 않는다"라는 그런 비유가 떠오른다(바람이 없는 곳에 놓인 등불은 흔들리지 않는다. 흔들림이 없이 빛을 발하며 머물러 있다. 이러한 비유가 마음의 다른 모든 작용이 사라진, 마음이 제어된, 아(我)에 대한 요가에 집중하는 요가수행자의 아(我)의 본모습에 대해 주어진다. 바람이 없는 곳에 놓인 상태로 인해서 흔들림 없이 빛을 발하는 등불처럼 마음의 다른 모든 작용이 사라진 상태로 인해서 아(我)가 흔들림이 없는 지혜의 빛으로 머문다).

요가의 수련을 통하여 제어된 마음이 멈출 때, 그리고 (삼매인 요가에 의해서 청정해진 마음인) 자기를 통해 (지고이며, 정신의 빛의 본모습인) 자기를 바라보며 (아(我)인) 자기 안에서 만족할 때, 20

지성으로 파악되는 것이며 지각기관을 초월한 것인 절대적인 (영원한) 행복을 알게 되는 곳, (아는 자인) 그가 (아(我)의 본모습인) 그곳에 머물러 본질에서 벗어나지 않는 것, **21**

얻은 다음에 그것보다 이로운 다른 것은 없다고 여기게 되는 것, (아(我)의 본질인) 그러한 곳에 머무는 자는 무거운 고통에도 흔들리지 않는 것, **22**

고통과의 연결의 분리인 그것을 요가라 이름하는 것이라 알아야 한다. 그러한 요가는 싫은 마음 없이 결연히 전념해야 한다. **23**

생각에서 생겨난 것들인 모든 욕망을 남김없이 버리고, (분별을 가진) 마음으로 지각기관의 무리를 전체적으로 잘 제어하여, **24**

견고함을 지닌 지성을 통해 천천히 천천히 멈추어야 한다. 마음을 아(我)에 머물게 하여 그 아무것도 생각지 말아야 한다(아(我)가 모든 것이며 아(我) 이외에는 아무것도 없다고 마음을 아(我)에 머물게 만들어 그 아무것도 생각하지 말아야 한다. 이것이 요가의 최고 방법이다). **25**

동요하고 불안정한 마음이 빠져나가는 원인이 되는 그 각각의 (소리와 맛과 형태를 비롯한) 것에서 마음을 제어하여, 그 마음을 아(我) 안에 복종시켜야 한다(이러한 요가의 반복된 수련의 힘을 통해 요가수행자의 마음은 아(我) 안에서 고요해진다). **26**

아주 고요한 마음을 가진 자, (미혹을 비롯한 번뇌인) 동성이 고요해진 자, 죄악이 없는 자, (이 세상에 살아 있는 동안 해탈을 이룬 자이며, 브라흐만이 바로 모든 것이라고 확정한 자인) 브라흐만이 된 자, 이러한 요가수행자에게 최상의 행복이 찾아든다 (아주 고요한 마음을 가진 자는 아(我) 안에서 움직임이 없는 마음을 가진 자, 아(我) 안에 마음이 잠긴 자다. 이로 인해서 죄가 남김없이 불타버린 자가 되고, 이로 인해서 동성이 고요해진 자가 된다. 그리고 이로 인해서 브라흐만이 된 자, 즉 자신의 본모습으로 자리 잡은 자가 된다. 이러한 요가수행자에게는 아(我)를 경험하는 형태인 최고의 행복이 찾아든다). **27**

죄악이 사라진 요가수행자는 이처럼 자신을 늘 삼매에 들게 하면서 (브라흐만을 경험하는 형태인) 브라흐만과의 접촉인 지극한 행복을 편안히 누린다. **28**

마음이 요가의 삼매에 든 자, 모든 곳에서 동일함을 보는 자는 모든 존재에 있는 자신을 본다. 그리고 자신 안에서 모든 존재들을 본다(모든 곳에서 동일함을 보는 자는 창조의 신인 브라흐마에서 초목에 이르기까지 서로 다른 모든 것에 대해서 특별함이 없는 것, 동일한 것, 즉, 범아일여(梵我一如)의 상태를 보는 것인 지혜를 가진 자다. 모든 곳에서 동일하게 보는 자는 자신의 아(我)를 모든 존재에 있는 것으로, 그리고 모든 존재를 자신의 아(我) 안에 있는 것으로 본다. 즉 자신의 아(我)를 모든 존재의 아(我)와 동일한 형태로 그리고 모든 존재 안에 있는 아(我)를 자신의 아(我)와 동일한 형태들로 본다. 모든 아(我)라는 사물의 동일한 상태로 인해서 하나의 아(我)를 보게 되면 모든 아(我)라는 사물을 본 것이 된다). **29**

모든 곳에서 나를 보고 내 안에서 모든 것을 보는 자, (아(我)의 단일성을 보는) 그에게서 나는 사라지지 않고, 내게서 그는 사라지지 않는다. **30**

모든 존재에 있는 나를 단일성에 온전히 자리 잡아 체험하는 자, 그런 요가수행자는 어떻게 지내든 간에 내 안에 있는 것이다. **31**

아르주나여, 자신을 비기어 모든 것에 대해 보는 자, 기쁨이든 고통이든 동일하게 보는 자, 그러한 요가수행자가 최고라고 여겨지는 자이다(자신에게 기쁜 것 좋은 것은 모든 생명체에게도 기쁜 것 좋은 것으로, 자신에게 고통스러운 것 좋지 않은 것은 모든 생명체에게도 고통스러운 것 좋지 않은 것으로, 모든 존재에 대

해서 자신에 견주어 기쁨과 고통을 동일하게 보는 자는 그 누구에게
도 나쁘게 하지 않는다. 이처럼 비폭력을 행하는 자인 올바로 봄에
충실한 요가수행자는 모든 요가수행자 가운데 최고다). 32

아르주나가 말했습니다.

(악신인 마두를 죽인 자인 끄리스나) 마두쑤다나, 당신께서
(모든 곳에서 동일한 것을 보는 형태인) 동일한 것을 통해 말씀하
신 이 요가라는 것, 저는 (마음의) 동요로 인해 그것의 확실한
상태를 보지 못합니다. 33

끄리스나여, 마음은 동요하는 것, (몸과 기관을) 휘젓는 것,
(그 누구에 의해서도 제어되지 않는) 힘 있는 것, 강한 것입니다.
그래서 그것을 잡기란 바람을 잡듯이 너무 어렵다고 저는 생
각합니다. 34

성스러운 세존께서 말씀하셨습니다.

긴 팔을 가진 자여, 움직이는 마음은 의심할 바 없이 잡기
힘든 것이다. 그러나 꾼띠의 아들이여, (그 어떤 마음의 상태에
서도 마음의 동일한 인식이 거듭되는 것인) 반복된 수련과 욕망
의 저버림에 의해 잡힌다. 35

내 생각에 (동일한 것을 바라보는 형태인) 요가는 마음이 잘 제어되지 않은 자에 의해서는 얻기가 어려운 것이다. 하지만, (반복된 수련과 욕망의 저버림을 통해서) 마음을 복종시킨 자 노력하는 자에 의해서 (앞에서 언급한) 방법을 통해 얻을 수 있는 것이다. **36**

아르주나가 말했습니다.

*끄*리스나여, 믿음이 있으나 노력하지 않아 마음이 요가에서 벗어난 자는 (올바로 바라보는 것인) 요가의 성취에 이르지 못하고 어떤 상태에 도달하게 됩니까? **37**

긴 팔을 가진 자여, (브라흐만을 얻는 길인) 브라흐만의 길에서 미혹하여 의지할 곳 없는 자는 (행위의 길과 브라흐만의 길) 양쪽에서 몰락하여 흩어진 구름처럼 멸하는 것은 아닙니까? **38**

*끄*리스나여, 당신께서는 이러한 나의 의심을 남김없이 끊어주실 수 있습니다. 당신 말고는 이 의심을 끊어주실 분을 만날 수가 없습니다. **39**

성스러운 세존께서 말씀하셨습니다.

쁘리타의 아들이여, (이 세상과 저세상인) 이곳에도 저곳에도 그의 멸망은 없다. 친애하는 자여, 복을 지은 자는 그 누구도 나쁜 처지에 이르지 않기 때문이다. **40**

요가에서 벗어난 자는 공덕으로 지은 세상들을 얻어 항구한 세월 동안 머물다 고결하고 귀한 자들의 집에 다시 태어난다. **41**

혹은 지혜로운 요가수행자들의 집에 태어난다. 세상에서 이러한 출생은 아주 얻기 힘든 것이다. **42**

(후생인) 그곳에서 전생의 몸에 있던 (요가를 대상으로 하는) 지성과의 연결을 얻는다. 꾸루족을 기쁘게 하는 자여, 그리하여 (잠들었다가 깨어난 자처럼 다시) 온전한 성취를 위해 전보다 더 노력한다. **43**

(요가에서 벗어난 자인) 그는 정말 어쩔 수 없이 전생의 반복된 (요가를 대상으로 하는) 그 수련에 의해 (어쩔 수 없이 요가에) 이끌린다. 요가를 알기를 원하는 자도 소리인 브라흐만을 넘어선다(요가에 전념한 자가 아니라 요가를 알기를 원하는 자라고 할지라도 요가를 알기를 원하는 마음에서 벗어났다가는 다시 요가를 알고자 하는 마음을 얻어 행위의 요가를 비롯한 요가를 실행하여

소리인 브라흐만을 넘어선다. 소리인 브라흐만은 신, 인간, 땅, 허공, 천국 등등 언어인 소리를 통해서 말해질 만한 브라흐만인 자연이다. 따라서 소리인 브라흐만을 넘어선다는 것은 자연과의 관계를 벗어나 신이나 인간 등과 같이 소리를 통해서 말할 수 있는 것이 아니라, 말할 수가 없는 것인 '지혜와 환희가 하나로 펼쳐진 것'인 아(我)를 얻는다는 뜻이다). **44**

그러나 수많은 생을 걸쳐 성취한 자, 죄악을 온전히 씻어 청정한 자, 애써 노력하는 요가수행자는 그리하여 (올바로 보는 자가 되어) 지고의 경지에 도달한다. **45**

생각하건대 고행자들보다 요가수행자가 훨씬 낫다, (학문에 대한 학식을 갖춘) 지혜로운 자들보다 훨씬 낫다. (불에 헌공하는 것 등등의) 행위하는 자들보다 요가수행자가 훨씬 낫다. 그러니 아르주나여, 요가수행자가 되어라! (단지 고행들과 아(我)에 대한 지혜를 제외한 지혜들과 그리고 단지 말을 제물로 삼아 지내는 제사 등등의 행위들, 이 모든 것들을 통해서 달성되는 인생의 목표보다 요가는 훨씬 많은 인생의 목표를 이루게 하는 방편이다). **46**

모든 요가수행자 중에도 (내가 없이는 자신의 생명을 유지할 수가 없기에) 내게 도달한 내면의 마음을 통해 믿음을 가지고 나를 체험하는 자, 내 생각에 그가 내게는 가장 올바른

자이다. 47

이상은 브야싸의 십만 개로 이루어진 결집서인 성스러운 마하바라타의 비스마 편에 있어서 성스러운 바가바드기타인 우파니샤드들 가운데 브라흐만에 대한 지혜이며 요가의 경전인 성스러운 끄리스나와 아르주나의 대화에서 '명상의 요가' 혹은 '아(我)를 위한 자제의 요가'라고 이름하는 여섯 번째 장이다.

지혜와 예지의 요가

성스러운 세존께서 말씀하셨습니다.

쁘리타의 아들이여, 마음이 내게 집착하고 내게 의지하여 요가의 삼매에 들면, 그대는 의심할 바 없이 나의 모든 것을 있는 그대로 알게 된다. 이에 대해 들어라. 1

내가 너에게 예지와 더불어 (나의 본모습을 알게 하는) 이 지혜를 남김없이 말해주리라. 이것을 알아 이 세상에 알아야 할 다른 것이 다시는 남아 있지 않으리라. 2

사람들에게 있어서 수천 명 가운데 그 어느 하나만이 성취를 위해 노력한다. (해탈을 위해) 노력하는 성취자들 가운데 그 어느 하나만이 사실대로 나를 안다. 3

흙, 물, 불, 바람, 허공, 마음, 지성, 자의식, 이렇게 여덟 가지로 나누어진 것이 나의 자연이다(자연의 어원은 '자신으로부터 다른 것을 만들어내는 것'이다. 오대원소인 흙, 물, 불, 바람, 허공은 다른 것을 만들어내지 않는다. 따라서 흙(地), 물(水), 불(火), 바람(風), 허공(空)은 오대원소가 아니라 오대원소를 만들어내는 것인 오유(伍唯)를 뜻한다. 오유는 냄새(香), 맛(味), 형태(色), 촉감(觸), 소리(聲), 이렇게 다섯 가지이다. 오유인 냄새에서 오대원소인 흙이 생겨나고, 오유인 맛에서 오대원소인 물이 생겨나고, 오유인 형태에서 오대원소인 불이 생겨나고, 오유인 촉감에서 오대원소인 바람이 생겨나고, 오유인 소리에서 오대원소인 허공이 생겨난다. 결과를 가지고 원인을 표현하는 방식으로 여기서 흙은 냄새, 물은 맛, 불은 형태, 바람은 촉감, 허공은 소리를 나타내는 것이다. 오유(伍唯)를 유(唯)라고도 부른다. 유(唯)는 '오로지 그 자체'를 뜻한다. 예를 들면 오유 가운데 냄새는 흙냄새, 향냄새 등의 냄새가 아니라 아무 냄새도 아닌 오직 냄새 그 자체이다. 오유 가운데 맛은 단맛, 짠맛, 신맛 등의 맛이 아니라 아무 맛도 아닌 오직 맛 그 자체이다. 이러한 냄새와 맛 등은 이 세상에는 없는 것이며, 이 세상을 이루는 오대원소의 원인으로서 이 세상이 생겨나기 이전에 존재하는 것이다). **4**

이것은 (윤회에 매이게 하는 것이며, 순수하지 않은 것이며, 이롭지 않은 것이라) 열등한 것이다. 이것보다 우월한 나의 다른 자연을, 생명이 된 것을 알아라. 긴 팔을 가진 자여, (우월한 자연) 그것에 의해 이 세상은 유지되는 것이다(열등한 자연은 정신이 없는 것이며, 정신이 있는 것의 누릴 거리가 되는 것이다. 우월한 자연은 이러한 열등한 자연과는 전혀 다른 형태이며, 열등한 자연을 누리는 자의 상태이기에 정신의 형태이다. 나의 이러한 우월한 자연에 의해서 정신이 없는 존재인 모든 세상이 유지된다). **5**

(정신이 있는 것과 정신이 없는 것 전체의 형태인 나의 두 개의 자연인) 이것이 모든 존재의 자궁인 것이라 여겨라. 내가 모든 세상의 생겨남이며 사라짐이다. **6**

이겨 재산을 얻은 자여, 나보다 더 높은 다른 건 아무것도 없다. 이 (세상) 모든 것은 실에 (꿰인) 보배구슬의 무리처럼 내 안에 엮여 있다. **7**

꾼띠의 아들이여, 나는 물에 있어서는 맛, 달과 해에 있어서는 빛, 모든 베다들에 있어서는 '옴', 허공에 있어서는 소리, 사람들에게 있어서는 (그로 인해 사람이라고 알게 되는 것인 사람의 상태, 즉) 사람이란 것이다('옴'(唵, ॐ)은 브라흐마나 문헌에 따르면 모든 것에 퍼진다는 의미를 담고 있으며, 창조주인 브라흐마의 큰 아들이며, 마음이며, 천신(天神)들의 왕인 인드라이며, 태양이며, 천상계이며, 진리요, 생명의 정수로, 생명의 원천인 물을 담고 있는 것이다. 우파니샤드 문헌에 따르면 옴(ॐ)의 의미는 보다 구체적으로 불멸, 과거와 현재 그리고 미래를 동시에 포함하며 아울러 시간을 초월한 존재. 우주의 궁극적 실재이며 지고의 영혼인 브라흐만이 문자로 현현된 것, 이 세상 모든 것, 접신(接神)을 이루게 하는 주문(呪文)이다. 요가 문헌에 따르면 '옴'은 고통과 행위와 행위의 결과와 욕망으로부터 완전히 결별된 특별한 인아(人我)인 자재자(自在者)를 의미하며, '옴'을 염송함으로써 자재자의 의미가 환기된다. 또한 '옴'은 상주함이요, 청정함이요, 깨달음이요, 불변함이요, 집착이 없음이요, 드러나지 않음이요, 시작과 끝이 없음이요, 하나요, 궁극인 네 번째요, 과거요 현재요 미래요, 변함이요, 늘 단절되지 않음이요, 지고의 브라흐만이다. '옴'은 '지키다, 보호하다, 구하다, 기쁘게 하다, 만족하다, 좋아하다, 사랑하다, 가다, 알다, 들어가다, 듣다, 들려주다, 명령을 받다, 주인이 되다, 소망하다, 행동하다, 빛나다, 만나다, 얻다, 껴안다, 죽이다, 괴롭히다, 받다, 존재하다, 증가하다, 힘을 갖추다, 태우다, 나누다, 도달하다' 등의 많은 뜻을 지닌 어근 '아브'에서 파생된 불변화사로 '공식적인 승낙, 존경하며 받아들임, 찬성, 명령, 기쁨, 멀리하는 느낌, 브라흐만' 등을 뜻하는 말이다. '옴'은 모음 '아'(a, 阿)와 '우'(u, 烏) 그리고 자음 'ㅁ'(m, 莽)와 반절모음의 결합으로 이루어진 소리이다. 자음 'ㅁ'(m)은 우주를 창조하는 신인 브라흐마를 뜻하며, 모음 '아'(a)는 창조된 우주를 보호 육성하는 신인 위스누를 뜻하고, 모음 '우'(u)는 창조되어 보호 육성되던 우주를 파괴하고 새로운 우주가 탄생하는 계기를 만드는 신인 쉬바를 뜻한다. 반절모음은 이 모든 신들이 나타나기 이전의 근원이며 궁극인 '네 번째'를 의미한다. 힌두교의 라마 신앙에서 라마가 바로 이 네 번째인 존재가 인간의 모습으로 화현한 신이다. 창조되는 순간은 시간상 과거요, 보호육성되는 순간은 시간상 현재이며, 파괴될 순간은 시간상 미래이니 '옴'은 창조, 보호유지, 파괴, 창조라는 순환하는 우주의 상(相)과 과거, 현재 그리고 미래라는 시간의 상을 모두 나타낸다. 또한 『마누법전』에 따르면 땅의 세계를 소리로 모두 모으면 브후우 라는 소리에 땅의 세계와 『리그베다』 모두가 담기어 모이고, 허공의 세계를 소리로 모두 모으면 브후와하 라는 소리에 해와 달과 별들을 포함한 모든 허공의 세계와 『야주르베다』가 담겨 모이고, 그리고 별들이 있는 세계를 넘어선 우주 밖 신들이 사는 천상의 세계를 소리로 모으면 쓰와하 라는 소리에 천상의 모든 세계와 『싸마베다』가 담겨 모인다. 그리고 이들 브후우, 브후와하, 쓰와하 라는 소리를 다시 하나로 모아 담으면 바로 '옴'이라는 소리가 된다. 따라서 '옴'은 과거 현재 미래인 모든 시간과 땅과 허공 별들을 넘어선 우주 밖의 공간 모두와 『리그베다』, 『야주르베다』, 『싸마베다』를 담아 모은 소리이다. '옴'을 문자로 표시하는 데에는 두 가지 방법이 있다. 하나는 삼(3)자 옆에 동그라미를 그리고, 그 동그라미 위에 밑에서 위로 향하는 초승달 모양에 점을 하나 그려 넣는 방법이 있다. 여기서 삼(3)은 과거 현재 미래, 땅의 세계, 허공의 세계, 천상의 세계, 브라흐마, 위스누, 쉬바, 『리그베다』, 『야주르베다』, 『싸마베다』를 뜻하며, 삼자 옆의 둥근 모양은 우주의 본상(本相)이 둥글어 무시무종(無始無終)임을 나타낸다. 위에 그린 초승달 모양은 우주의 본상은 달처럼 기울면 다시 차고, 차면 다시 기운다는 제행무상(諸行無常)의 실상을 의미한다. 그리고 위에 그려 넣은 점 하나는 바로 하나를 뜻한다. 이러한 '옴'자의 표시는 시간은 과거 현재 미래로, 공간은 땅의 세계 허공의 세계 천상의 세계, 그리고 브라흐마 위스누 쉬바 신으로 표시되는 창조 보호유지 파괴라는 우주삼라만상의 시간과 공간상이 서로 다르게 보이고 느껴지지만, 실은 서로 다름이 없는 하나라는 것을 나타낸다).**8**

흙에 있어서는 신성한 향기, 불에 있어서는 (신성한) 열기, 모든 존재들에게 있어서는 생명력, 고행자들에게 있어서는 고행이다. **9**

쁘리타의 아들이여, 나를 모든 존재들의 항구한 씨앗이라 알아라. 나는 (분별력이 있는 자들인) 지혜로운 자들의 (분별력인) 지혜, 위광(威光)을 지닌 자들의 위광이다. **10**

바라따족의 황소여, 나는 힘 있는 자들의 '욕망과 애염(愛染)이 없는 힘'이다. (생명을 가진) 존재들에게 있어서 도리를 거스르지 않는 욕망이다(힘은 능력이며 정기(精氣)다. 욕망과 애염이 없는 힘은 단지 몸 등을 유지하기 위한 힘이다. 윤회하는 자들의 힘은 갈망과 애염의 원인이다. 그러한 힘이 아니다). **11**

진성에서 생겨난 사물들, 동성에서 생겨난 것들, 암성에서 생겨난 것들, 그것들은 내게서 생겨나는 것임을 알아라. 그러나 그것들 안에 나는 없고, 그것들은 내 안에 있다(나는 윤회하는 자들처럼 그것들에 종속된 것이 아니다. 그것들이 나에게 종속된 것이다). **12**

이 모든 세상은 이들 세 가지 성질들로 된 사물들에 의해서 미혹되어 있다. 그래서 이것들을 벗어난 (한가지 형태인) 불변하는 나를 모른다. **13**

성질로 이루어진 나의 이 신적인 환력(幻力)은 벗어나기가 어려운 것이다. (나를 모든 것의 아(我)라고 여기어) 나에게 귀의하는 자들은 (모든 존재를 미혹하게 하는) 이 환력을 벗어난다. **14**

잘못을 저지르는 자들, 어리석은 자들, 천한 사람들, 환력에 지혜를 빼앗긴 자들, (폭력과 거짓을 비롯한) 아쑤라(阿修羅)의 성향에 기댄 자들은 내게 귀의하지 못한다. **15**

아르주나여, 선업을 지은 네 종류의 사람들이 나를 체험한다. 바라따족의 황소여, 고통 받는 자, 재산을 바라는 자, (세존의 본질을, 자연과는 별개인 아(我)의 본모습을) 알기를 원하는 자, 지혜로운 자이다. **16**

그들 가운데 지혜로운 자, 항상 삼매에 잠긴 자, 오로지 신애하는 자가 탁월하다. 지혜로운 자에게 나는 아주 사랑스러우며, 그 역시 내게 사랑스럽기 때문이다(지혜로운 자는 항상 삼매에 잠긴 자이며 오로지 신애하는 자이기 때문에 특별하다. 나 하나만이 얻어야 할 것인 그에게는 항상 나와의 연결이 있다. 지혜로운 자에게는 오로지 나 하나에 대한 신애만이 있다. 그러나 다른 자에게는 자신이 원하는 대상과 관련하여 그리고 그 대상을 얻는 수단의 상태로서 나에 대한 신애가 있다. 그래서 다른 자들에게 있어서 나와의 연결은 그들 자신이 원하는 대상을 얻을 때까지만 존재한다. 나는 지혜로운 자의 아(我)이기 때문에 나는 지혜로운 자에게 아주 사랑스러우며, 지혜로운 자는 나의 아(我)이기 때문에 지혜로운 자는 나에게 아주 사랑스럽다). 17

이들 모두는 뛰어난 자들이다. 그러나 생각건대 지혜로운 자는 나의 아(我)다. 삼매에 잠긴 마음을 가진 그는 무상(無上)의 행처(行處)인 내게 온전히 머물기 때문이다. **18**

지혜로운 자는 많은 생의 끝에 '(와쑤데바의 아들인 끄리스나) 와아쑤데바가 모든 것!'이라며 나에게 귀의한다. 이러한 (위대한 마음을 가진 자인) 위대한 아(我)는 아주 얻기 힘들다. **19**

각각의 욕망에 지혜가 빼앗긴 자들은 자신의 (본성인) 자연에 의해 정해져 그 각각의 (신을 숭배하는 것과 관련된 널리 알려

진 계율인) 권계(勸戒)를 지키며 다른 신들에게 귀의한다. **20**

    믿음을 가지고 각각의 (신의) 형체를 숭배하기 원하는 그 각각의 신애하는 자에게 나는 흔들림 없는 믿음을 가지게 해준다(모든 신들은 나의 형체들이다. 이러한 사실을 모르고 믿음을 가지고 신의 왕인 인드라를 비롯한 나의 각각의 형체를 숭배하기를 원하는 자에게 나는 '이것은 나의 형체를 대상으로 하는 믿음이다.'라고 이해하여 흔들림 없는, 즉 장해가 없는 믿음을 가지게 해준다). **21**

    (내가 만들어준) 그러한 믿음을 통해 삼매에 들어 (신의 형체인) 그를 섬기면, 내가 정한 것인 그 바라는 것들을 (섬김을 받은 신인) 그로부터 얻는다(섬길 때 신의 왕인 인드라를 비롯한 것들이 나의 형체들이며, 따라서 그 신에 대한 숭배가 나를 섬기는 것이라는 사실을 모른다 해도, 그 신을 섬기는 것은 사실 나를 섬기는 것이기에 섬기는 자가 원하는 것을 나는 준다). **22**

    그러나 지혜가 부족한 그들의 그 결과는 끝이 있는 것이다. 신에게 제사 지내는 자들은 신들에게 이르고, 나를 신애하는 자들은 나에게 이른다. **23**

    지혜가 없는 자들은 나의 불멸이며 무상(無上)인 지고의 상태를 몰라, 나를 나타나지 않은 것이 나타난 것으로 여긴다(모든 행위들을 통해서 숭배되어야 할 존재인 나는 '모든 것의 자재자(一切萬有의 主)'이며, 본모습과 본질이 언어와 마음을 통해서 특정되지 않는 자이다. 이러한 나는 지고의 자비와 나에게 의지하는 자에 대한 연민으로 인하여 모든 자들이 온전히 의지하게 하려 본질을 버림이 없이 와쑤데바의 아들로 화현한 것이다. 그러나 지혜가 없는 자들은 나를 일반적인 왕의 아들과 마찬가지로 '이전에는 나타나지 않은 것이 지금은 행위에 장악되어 특별한 출생으로 나타남을 얻은 것이다.'라고 여긴다. 그래서 내게 귀의하지 않고, 행위들을 통해서 나를 섬기지 않는다). **24**

(성질들의 연결인) 요가의 환력에 덮여 있는 나는 모두에게 명료한 것은 아니다. 어리석은 이 세상은 불생이며 불멸인 나를 모른다. **25**

아르주나여, 나는 (과거에) 이미 지나가 버린, (현재에) 현존하고 있는, 그리고 (미래에) 생겨날 존재들을 안다. 그러나 그 누구도 나를 모른다. **26**

바라따의 후손이여, 적을 괴롭히는 자여! 좋아함과 싫어함에 의해 생겨난 서로 대립적인 것에 미혹되어 모든 존재는 태어날 때 어리석음에 빠진다(행복과 고통의 원인을 얻게 되면 좋아함과 싫어함이 생겨난다. 이러한 좋아함과 싫어함은 모든 존재들의 수승한 지혜를 장악하여 지고의 사물인 아(我)의 본질에 대한 지혜가 생겨나는 것을 가로막는 미혹을 만들어낸다. 생겨나는 모든 존재들은 미혹에 장악되어 태어난다). **27**

그러나 선한 행위를 하며 죄악이 없어진 사람들, 그들은 서로 대립적인 것의 미혹을 벗어나 확고히 계율을 지키며 나를 체험한다. **28**

늙고 죽음을 벗어나기 위해 (즉 자연과는 별개인 아(我)의 본모습을 관조하기 위해) 내게 의지하여 노력하는 자들은 그 (지고의) 브라흐만을, (개별적인) 아(我)에 대한 모든 것을, 그리고 모든 행위를 안다. **29**

나를 존재에 대한 것과 신들에 대한 것과 제사에 대한 것과 더불어 아는 자들, 마음이 삼매에 든 그들은 (이 세상에서) 떠나갈 때도 나를 안다. **30**

이상은 브야싸의 십만 개로 이루어진 결집서인 성스러운 마하바라타의 비스마 편에 있어서 성스러운 바가바드기타인 우파니샤드들 가운데 브라흐만에 대한 지혜이며 요가의 경전인 성스러운 끄리스나와 아르주나의 대화에서 '지혜와 예지의 요가'라고 이름하는 일곱 번째 장이다.

제

8

장

불멸인 브라흐만의 요가

아르주나가 말했습니다.

최고의 인아(人我)시여, 그 브라흐만은 무엇입니까? 아(我)
에 대한 것은 무엇입니까? 행위는 무엇입니까? 존재에 대한
것은 무엇을 말 하신 것입니까? 신에 대한 것은 무엇을 일컫
는 것입니까? 1

(악신인 마두를 죽인 자인 끄리스나) 마두쑤다나여, 이 몸에
있어서 제사에 대한 것이 무엇이고, 이 몸에 어떻게 있는 것입
니까? 그리고 (이 세상에서) 떠나갈 때 자신을 잘 제어한 자들
에 의해 당신은 어떻게 알려지는 것입니까? 2

성스러운 세존께서 말씀하셨습니다.

지고의 (아(我)인) 불멸이 브라흐만이다(각각의 몸에 존재하

는 지고의 브라흐만의 개별적인 아(我)의 상태인) 본성인 것이 아(我)에 대한 것이라 말해진다. (인간 등등의 상태인) 존재의 상태를 만들어내는 것인 내버리는 것이 행위라고 이름하는 것이다. (존재의 상태를 만들어내는 것인 '버리는 것'은 신들을 위해서 공물인 짜루와 뿌로다샤 등의 물건을 바치는 것이다. 이것이 바로 '내버리는 것'으로 특징 지어지는 제사다. 이러한 제사가 행위라고 이름하는 것이다. 씨앗의 형태인 이러한 제사를 통해서 비 등등의 차서(次序)에 의해 움직이는 존재와 움직이지 않는 존재들이 생겨난다. 짜루는 쌀 혹은 보리를 끓인 것이며, 신 혹은 조상을 위한 제물로 사용된다. 우유에 끓이기도 하고, 우유 기름을 뿌리기도 한다. 뿌로다샤는 쌀가루로 만든 제사떡이며 종지에 담아 올린다. 이러한 제물을 신에게 바쳐 제사를 지내면 비가 내리고, 비가 오면 초목과 곡식이 자라난다. 초목과 곡식이 자라면 가축과 인간이 번성해진다. 이처럼 비 등등의 차서에 의해 움직이는 존재인 동물들과 움직이지 않는 존재인 식물들이 생겨난다). **3**

멸하는 상태가 존재에 대한 것이고, 인아(人我)가 신에 대한 것이다. 몸을 가진 것들 가운데 최상이여, (아르주나여), 이 몸에 있어서 내가 바로 제사에 대한 것이다(생명체에 대한 것이 존재에 대한 것이며 그 무엇이라도 생겨나는 사물은 멸하는 것이다. 그에 의해서 모든 것이 충만하기에, 혹은 몸에 깃들기 때문에 인아(人我)라고 한다. 인아는 태양 안에 있는 황금자궁(金胎)이다. 모든

생명체의 기관들의 지지자인 그 황금자궁이 신에 대한 것이다. 제사
에 대한 것은 모든 제사의 주재자인 위스누다. 그러한 위스누가 바
로 나이며, 이 몸에 있는 내가 제사에 대한 것이다. 제사는 몸을 통해
서 완성되는 것이기 때문에 몸과 밀접히 연결된 것이며, 몸에 있는
것이다). **4**

마지막 때에 나를 기억하며 육신을 버려 떠나는 자, 그는
나의 상태에 이른다. 이에 대해 의심의 여지가 없다. **5**

꾼띠의 아들이여, 혹은 마지막에 (특별한 신인) 각각의 상태
를 기억하며 육신을 버리는 자는, 늘 그 상태에 감응되어 (특
별한 신인) 그 각각의 것에 도달한다. **6**

그러니 모든 때에 나를 기억하라, 그리고 싸우라! 나에게
마음과 지성을 바친 그대는 바로 내게 이르리라! 의심할 바가
없다. **7**

쁘리타의 아들이여, (마음을 바쳐야 할 대상인 나 하나에 대한,
다른 인식에 의해 간섭되지 않는 동일한 인식의 반복을 특징으로 하
는 것인) 반복된 수련과 요가를 통해 삼매에 든 마음, 다른 곳
을 향하지 않는 마음으로 늘 떠올리며 지고의 신성한 인아에
이른다. **8**

(현상의 세계 너머의 것을 보는 전지자(全知者)인) 시인이며, (오래된 것) 옛것이고, (모든 세상을 지배하는) 다스리는 자이며, 가장 작은 것보다 작은 것이고, (행위의 결과로 생겨난 모든 것을 생명체들에게 다양하게 나누어 주고, 모든 것의 창조자인) 모든 것을 유지하는 자이며, (정해진 모습이 존재하지만, 그 누구에 의해서도 그 모습이 생각될 수 없는 모습이기에) 불가사의한 모습이고, (태양의 것과 같은 항상한 정신의 빛인) 태양의 색이며, (무지로 나타나는 미혹의) 어둠 저편의 것, 이러한 것을 늘 기억하는 자,**9**

그는 떠나갈 때 신애(信愛)와 요가의 힘을 통해 흔들림 없는 마음으로 삼매에 들어, 양 눈썹 사이에 생기를 들여 넣어 온전히 그 지고의 신성한 인아에 이른다. **10**

베다를 아는 자들이 불멸이라 말하는 것, 애착을 벗어난 수행자들이 들어가는 곳, 그것을 바라며 (스승의 집에 머물러 계율을 지키며 베다를 학습하는 것인) 범행(梵行)을 행하는 것, 내 그 자리를 (나의 본질인 불멸을) 너에게 간략히 말해주리라! **11**

모든 문을 잘 막고, 마음을 심장 안에서 멈추고, 자신의 생기를 머리에 간직하고, 요가를 지속하는 상태에 잘 머물러, **12**

'옴'이라는 한 음절인 브라흐만을 발음하며 ('옴'의 의미인)

나를 기억하면서 몸을 버리고 떠나가는 자, 그는 지고의 자리
에 이른다. **13**

쁘리타의 아들이여, 다른 생각 없이 끊임없이 (평생) 늘 나
를 기억하는 자, 항상 삼매에 든 그러한 요가수행자에게 나는
얻기가 쉽다. **14**

나를 얻어 (해탈이라 이름하는) 지고의 성취를 이룬 위대한
마음을 가진 자들은 고통의 집이며 무상(無常)한 것인 환생을
얻지 않는다! **15**

아르주나여, (얼굴이 넷인 창조의 신) 브라흐마의 세상에 이르
기까지의 세계들은 다시 되돌아와야 하는 곳들이다. 그러나 꾼
띠의 아들이여, 나에게 도달한 다음에는 다시 태어남이 없다. **16**

천 시대에까지 이르는 것이 브라흐마의 낮, 천 시대에까지
이르는 것이 브라흐마의 밤이라고 아는 자들, 그들이 밤과 낮
을 아는 사람들이다(시대의 이름은 차례로 끄리따(施恩) 혹은 싸
뜨야(眞實), 뜨레따(三餘), 드와빠라(二餘), 깔리(末世)다. 끄리따 혹
은 싸뜨야 시대는 인간의 시간으로 1,728,000년간 이어진다. 이 시
기는 비유적으로 표현하면, 법도가 네 발로 서있는 시기이다. 뜨레
따 시대는 인간의 시간으로 1,296,000년간 이어진다. 이 시기는 비

유적으로 표현하면, 법도가 세 발로 서있는 시기이다. 드와빠라 시대는 인간의 시간으로 864,000년간 이어진다. 이 시기는 비유적으로 표현하면, 법도가 두 발로 서있는 시기이다. 마지막으로 깔리 시대는 인간의 시간으로 432,000년간 이어진다. 이 시기는 비유적으로 표현하면, 법도가 한 발로 서있는 시기이다. 말세인 깔리 시대는 기원전 3,102년 2월 17일에서 18일 사이의 자정에 시작되었다. 따라서 오늘날 우리가 살고 있는 시대는 법도가 한 발로 서는 시대이다. 이들 네 시대는 끄리따 혹은 싸뜨야, 뜨레따, 드와빠라, 깔리의 순으로 진행되며 순환한다. 깔리 시대가 끝나면, 한 발로 서 있던 법도가 무너져 세상이 끝나고, 다시 법도가 네 발로 서는 진실의 시대인 싸뜨야 시대가 시작된다). **17**

(창조주인 브라흐마가 깨어있는 시간인) 낮이 오면 드러나지 않은 것에서 (삼계(三界)의 안에 존재하는 것들인) 드러난 모든 것들이 생겨난다. (창조주인 브라흐마가 잠자는 시간인) 밤이 오면 드러나지 않은 것이라 이름하는 바로 그곳으로 잠기어 든다. **18**

쁘리타의 아들이여, 이러한 이 존재의 무리는 거듭거듭 생겨나서는 밤이 오면 어쩔 수 없이 잠겨 들고, 낮이 오면 어쩔 수 없이 생겨난다. **19**

(존재의 무리의 씨앗인) 드러나지 않은 그것 너머에 (그 어떤 인

식의 도구를 통해서도 파악되지 않는) 드러나지 않은 다른 항구한 상태가 있나니, 그것은 모든 존재가 멸해도 멸하지 않는다. **20**

드러나지 않은 것인 불멸이라 말해지는 그것을 지고의 경지라 말한다. 얻은 다음에는 (윤회를 위해) 되돌아오지 않는 그것이 나의 지고의 처소이다. **21**

쁘리타의 아들이여, 그 안에 존재들이 있고, 그에 의해 이 모든 것이 펼쳐진, 지고의 그 인아는 (아(我)를 대상으로 하는 것이며 지혜의 형태인) '다름이 없는 신애(信愛)'로 얻어지는 것이다(결과는 원인에 내재 된 것이기 때문에 결과로 생겨난 것들인 존재들은 인아 안에 있는 것들이다. 이러한 인아에 의해서 이 모든 세상은 허공이 그릇에 편재하듯이 펼쳐있다). **22**

바라따족의 황소여, (이 세상을) 떠나간 (행위를 하는 자들인) 요가수행자들이 어느 때에 떠나가 되돌아오지 않음과 되돌아옴에 이르는지, 그때를 내가 말해주리라. **23**

불 빛, 낮, 밝은 보름, 태양이 북행하는 여섯 달, 브라흐만을 아는 사람들은 그때 떠나가 브라흐만에 도달한다(불은 시간을 주관하는 신 혹은 불의 신인 아그니다. 빛은 시간을 주관하는 신 혹은 베다의 신격인 즈요띠쓰. 또는 빛은 불을 수식하는 말이다. 그래서 '불 빛'은 '빛나는 불'을 의미한다. 이 신을 우파니샤드에서 아르찌쓰(光線)라고 한다. 이 신의 본질은 신성한 빛으로 이루어진 것이다. 지상 위 바다를 포함하는 모든 곳이 이 신의 영역이다. 이 신은 '태양이 북행하는 길'로 갈 권리를 가진 자를 낮의 신과 연결하는 일을 한다. 태양이 북행하는 길로 갈 권리를 가진 자가 밤에 육신을 버리면 밤새 그를 자신의 영역에 두었다가 날이 밝으면 낮을 주관하는 신에게 넘겨준다. 태양이 북행하는 길로 갈 권리를 가진 자가 낮에 육신을 버리면 그를 즉시에 낮을 주관하는 신에게 넘겨준다. 낮은 낮의 신이다. 낮의 신의 본질은 불의 신보다 훨씬 더 신성한 빛으로 이루어진 것이다. 대기권까지가 이 신의 영역이다. 이 신은 태양이 북행하는 길로 갈 권리를 가진 자를 달이 커지는 기간인 '밝은 보름'을 주관하는 신과 연결하는 일을 한다. 즉, 태양이 북행하는 길로 갈 권리를 가진 자가 달이 줄어드는 기간인 '어두운 보름'에 죽으면 그를 밝은 보름이 올 때까지 자신의 영역에 간직했다가 밝은 보름을 주관하는 신에게 넘겨준다. 그가 만일 밝은 보름에 죽으면 그를 즉각 밝은 보름을 주관하는 신에게 넘겨준다. '밝은 보름'은 '밝은 보름의 신'이다. 밝은 보름의 신의 본질은 '낮의 신'보다 훨씬 더 신성한 빛으로 이루어진 것이다. 이 신의 영역은 '땅의 세계'의 경계 밖의 '허공의 세계'까지이다. 이 허공의 세계에서는 인간 세계의 15일이 조상의 세계에서의 하루의 낮이며, 그리고 인간 세계의 15일이 조상의 세계의 하루의 밤이다. 이 신은 태양이 북행하는 길로 갈 권리를 가진 자를 자신의 영역을 건너게 하여 태양이 북행하는 길의 신에게 넘겨주는 일을 한다. 태양이 남행하는 길에 자신에게 온 자는 태양이 북행하는 길의 시간이 올 때까지 간직하였다가 태양이 북행하는 길의 신에게 넘겨주고, 태양이 북행하는 길에 자신에게 온 자는 즉각 태양이 북행하는 길의 신에게 넘겨준다. '태양이 북행하는 여섯 달'은 태양이 북행하는 여섯 달의 신이다. 이 신의 본질은 밝은 보름을 주관하는 신보다 훨씬 더 신성한 빛으로 이루어진 것이다. 허공의 세계 위에는 인간 세계의 6개월이 신의 세계의 하루의 낮, 그리고 인간 세계의 6개월이 신의 세계의 하루의 밤에 해당되는 세계가 있다. 이러한 세계가 이 신의 영역이다. 이 신은 태양이 북행하는 길을 통해 지고의 처소로 갈 권리를 가진 자를 자신의 경계를 건너게 하여 연(年)의 신에게 건네준다. 다음으로 연의 신은 그를 태양의 세계에 도달하게 한다. 그곳에서 차례로 태양을 주관하는 신은 그를 달을 주관하는 신의 영역으로 도달하게 한다. 달을 주관하는 신은 그를 번개를 주관하는 신의 영역으로 도달하게 한다. 그리고는 세존의 지고의 처소에서 세존을 따르는 자들이 번개를 주관하는 신의 영역으로 와서 그를 지고의 처소로 데려간다. 그러면 그와 세존과의 만남이 있게 된다. 여기서 한 가지 주의할 사항은 달은 우리의 눈에 보이는 달과 달의 세계, 그리고 그러한 달을 주관하는 신이 아니다). **24**

연기, 밤, 어두운 보름, 태양이 남행하는 여섯 달, (공희(供犧)를 행하는 행위자인) 요가수행자는 그때 떠나가 달빛을 얻은 다음 되돌아 온다(연기는 연기를 주관하는 신이다. 연기를 주관하는 신은 어둠을 주관하는 신이다. 이 신의 본질은 어둠으로 이루어진 것이다. 이 신의 영역은 불을 주관하는 신의 영역과 마찬가지로 지상 위 바다를 포함하는 모든 곳이다. 이 신은 태양이 남행하는 길로 갈 권리를 가진 자를 밤을 주관하는 신에게 넘겨주는 일을 한다. 태양이 남행하는 길로 갈 권리를 가진 자가 낮에 죽으면 그를 낮 내내 자신의 영역에 간직했다가 밤이 오자마자 밤을 주관하는 신에게 넘겨준다. 밤에 죽은 자는 즉시에 밤의 신에게 넘겨준다. 밤은 밤을 주관하는 신이다. 이 신의 본질은 어둠으로 이루어진 것이다. 이 신의 영역은 낮의 신의 영역과 동일한 지상의 세계이지만, 낮의 신은 낮 동안 동일한 지역을 자신의 영역으로 삼는데 반해 밤의 신은 밤 동안만 자신의 영역으로 삼는 점이 다르다. 이 신은 태양이 남행하는 길로 갈 권리를 가진 자를 지상의 세계의 경계를 건너게 하여 허공의 세계에 있는 '어두운 보름'을 주재하는 신에게 넘겨준다. 밝은 보름에 죽은 자는 어두운 보름이 올 때까지 그를 자신의 영역에 간직하였다가 어두운 보름을 주재하는 신에게 넘겨주고, 어두운 보름에 죽은 자는 즉시에 어두운 보름을 주관하는 신에게 넘겨준다. '어두운 보름'은 '어두운 보름의 신'이다. 이 신의 본질은 어둠으로 이루어진 것이다. 이 신의 영역은 밝은 보름의 신의 영역과 동일한 허공의 세계이지만, 밝은 보름의 신은 밝은 보름 동안만 이 허공의 세계를 자신의 영역으로 삼는데 반해 어두운 보름의 신은 어두운 보름 동안만을 자신의 영역으로 삼는 점이 다르다. 태양이 남행하는 길을 통해 천국으로 갈 권리를 가진 자를 태양이 남행하는 길의 신에게 건네주는 것이 이 신의 일이다. 태양이 남행하는 길을 통해 갈 권리를 가진 자가 태양이 북행하는 길의 시간에 죽으면 그를 태양이 남행하는 길에 이르기까지 자신의 영역에 간직했다가 태양이 남행하는 길의 시간이 오면 그를 태양이 남행하는 길을 주재하는 신에게 넘겨준다. 태양이 남행하는 길의 시간에 죽으면 자신의 영역의 경계를 넘게 하여 즉각 태양이 남행하는 길을 주재하는 신에게 그를 넘겨준다. '태양이 남행하는 여섯 달'은 태양이 남행하는 여섯 달의 신이다. 이 신의 본질은 어둠으로 이루어진 것이다. 이 신의 영역은 태양이 북행하는 여섯 달의 신과 동일한 허공 위의 세계이지만, 태양이 북행하는 여섯 달 동안은 태양이 북행하는 여섯 달의 신이 영역을 차지하고, 태양이 남행하는 여섯 달 동안은 태양이 남행하는 여섯 달의 신이 영역을 차지하는 점이 다르다. 이 신은 태양이 남행하는 길을 통해 천국으로 가는 자를 자신의 지배하에서 조상의 세계를 주재하는 신의 지배하에 넘겨준다. 조상의 세계를 주재하는 신은 그를 다시 허공을 주재하는 신의 지배하에 넘겨준다. 허공을 주재하는 신은 다시 그를 달의 세계에 도달하게 한다. 주목할 사항은 여기서 말하는 조상의 세계는 허공의 세계에 포함이 되어있는, 인간의 15일이 하루의 낮이며 인간의 15일이 하루의 밤인 조상의 세계가 아니다. 연기, 밤, 어두운 보름, 태양이 남행하는 여섯 달의 신들의 지배하에 죽어 떠나간 요가 수행자, 즉, 공희와 덕행 등의 행위를 행하는 행위자는 달빛인 행위의 결과를 얻어 누린 다음 그 행위의 결과가 쇠해지면 돌아온다). **25**

밝은 길과 어두운 길, 세상의 이 두 길은 영원한 것이라 여겨진다. 한 길을 통해서는 돌아오지 않음에 이르고, 다른 길을 통해서는 다시 돌아 온다. **26**

쁘리타의 아들이여, 요가수행자는 이 두 행로를 (한 행로는 윤회를 위한 것이고, 다른 행로는 해탈을 위한 것이란 걸) 잘 알아 그 아무도 미혹되지 않는다. 그러니 아르주나여, 모든 시간에 요가에 전념한 자가 되어라! **27**

(지혜로운 자인) 요가수행자는 이것을 알아, 베다와 제사와 고행과 보시들과 관련하여 (경전에) 지시된 그 모든 공덕의 결과를 넘어, 최초의 것인 지고의 자리에 도달한다. **28**

이상은 브야싸의 십만 개로 이루어진 결집서인 성스러운 마하바라타의 비스마 편에 있어서 성스러운 바가바드기타인 우파니샤드들 가운데 브라흐만에 대한 지혜이며 요가의 경전인 성스러운 끄리스나와 아르주나의 대화에서 '해탈하게 하는 브라흐만의 요가' 혹은 '불멸인 브라흐만의 요가'라고 이름하는 여덟 번째 장이다.

왕의 지혜,
왕의 비밀의 요가

성스러운 세존께서 말씀하셨습니다.

트집 잡지 않는 자인 그대에게 이 가장 감추어야 할 지혜를 깨달음과 더불어 말해주리라. 이것을 알아 그대는 (윤회의 속박인) 상서롭지 못한 것에서 벗어나리라! **1**

(브라흐만에 대한 앎인) 이것은 앎의 왕, 감추어야 할 것의 왕, 성스럽게 하는 것, 가장 높은 것이다. 직접 경험되는 것, 도리에 맞는 것, 행하기에 아주 편한 것, 불멸이다. **2**

적을 괴롭히는 자여, 이 도리를 믿지 못하는 사람들은 나를 얻지 못하고, 죽음인 윤회의 길로 되돌아온다. **3**

이 모든 세상은 드러나지 않은 형상인 나에 의해 펼쳐진 것이다. 모든 존재들이 내게 머물러 있지만, 나는 그것들에 머문 것이 아니다(아(我)인 나에 의해서 창조의 신인 브라흐마에서부터 초목에 이르기까지의 모든 존재들은 '아(我)를 가진 것'으로 유지되는 것들이기 때문에 내게 머물러 있는 것들이다. 나는 이러한 존재들의 아(我)이기에 어리석은 자들에게는 이러한 존재들 안에 내가 머문 것처럼 보인다. 그러나 나는 그것들에 머문 것이 아니다. 나에게는 결합의 상태가 없다. 결합하여 접촉하지 않는 사물이 그 어느 곳에 머물 수는 없다). **4**

존재들은 내게 머문 것들이 아니다. (아(我)의 실상(實相)인) 나의 자재한 (연결이며 결합인) 요가를 보라! 나의 아(我)는 존재를 생겨나게 하는 것, 존재를 길러내는 것이지만 존재에 머문 것은 아니다(내가 간직하는 상태는 그릇을 비롯한 것들이 물 등등을 간직하는 상태 같은 것이 아니라, 나의 생각에 의한 것이다. '나의 아(我)', 즉 '나의 마음으로 이루어진 것인 생각'이 바로 존재들을 생겨나게 하는 자, 간직하게 하는 자, 그리고 제어하는 자다). **5**

모든 곳으로 가는 거대한 바람이 늘 (바탕이 없는) 허공에 머물러 있듯이, 그렇게 모든 존재는 내게 (걸림이 없이) 머물러 있는 것이라 여겨라. **6**

꾼띠의 아들이여, 모든 존재는 (우주가 탄생해서 소멸하는 동안의 시간인) 겁(劫)이 다할 때 나의 자연에 이른다. 겁이 시작할 때 나는 다시 그것들을 내보낸다(모든 존재는 겁이 다할 때, 즉 얼굴이 넷인 창조의 신 브라흐마가 멸하는 시간에, 나의 몸이 된 것인 자연, 즉 이름과 형태로 구분될 수 없는 것인 어둠이라는 낱말로 말해지는 것에 나의 생각에 의해 도달한다. 그러한 존재들을 나는 겁이 시작할 때 다시 내보낸다). **7**

자연에 종속되어 어쩔 수 없는 이 모든 존재의 무리를 나는 (성질로 이루어진 것인) 자신의 자연에 의지하여 거듭거듭 내보낸다. **8**

이겨 재산을 얻은 자여, 행위들에 대해 무심한 듯 집착 없이 앉은 (지배자인) 나를 그 행위들은 얽매지 못한다. **9**

감독자인 나에 의해서 (나의 환력(幻力)인 세 가지 성질을 본질로 하는 것이며 무명(無明)을 특징으로 하는 것인) 자연은 움직이는 것과 움직이지 않는 것을 낳는다. 꾼띠의 아들이여, 이러한 이유로 세상은 돌아간다. **10**

어리석은 자들은 존재들의 대자재자인 나의 지고의 상태를 몰라, 인간의 몸에 의지한 나를 무시한다. **11**

나찰들과 아쑤라들의 미혹하게 하는 (본성인) 자연에 의지하는 자들은 헛된 희망을 품은 자, 헛된 행위를 하는 자, 헛된

지혜를 가진 자, 분별하는 마음이 없는 자들이다. **12**

그러나 쁘리타의 아들이여, 신들의 (본성인) 자연에 의지한 마음이 위대한 자들은 존재의 근원이며 불멸인 나를 한결같은 마음으로 알아 체험한다(신들의 본성인 자연은 마음의 평정과 기관의 제어와 자비와 믿음 등을 특징으로 하는 것이다). **13**

확고하게 계율을 지키는 자들은 늘 (브라흐만의 본모습이며 세존인) 나를 부르고, 노력하고, 절을 하고, 신애(信愛)를 통해 항상 전념하며 (심장에 깃든 아(我)인) 나를 섬긴다. **14**

다른 자들은 지혜의 제사를 통해 경배하며 단일한 것으로, 별개의 것으로, 모든 곳에 얼굴을 한 나를 여러 가지로 섬긴다 (세존을 대상으로 하는 지혜인 제사가 지혜의 제사다. 이러한 지혜는 "바로 하나인 것이 지고의 브라흐만이다."라고 궁극의 대상을 관조함이다. 이것이 자재자인 나를 단일한 것으로 경배하며 섬기는 것이다. 어떤 이들은 태양과 달 등등의 구별을 통해 세존인 위스누가 태양 등의 형태로 머무는 것이라고 섬긴다. 이것이 별개의 것으로 나를 섬기는 것이다. 어떤 자들은 다양하게 자리 잡은 세존은 모든 곳에 얼굴을 한 모든 형태라며 모든 형태를 여러 방법으로 섬긴다. 이것이 여러 가지로 나를 섬기는 것이다). **15**

나는 (베다의 제례인) 공희제다. 나는 (법전에 근거한) 제사다. 나는 (조상들에게 바치는 음식인) 제물이다. 나는 약초다. 나는 (조상들과 신들에게 공물(供物)을 바칠 때 사용하는 주문인) 진언 (眞言)이다. 나는 (성화(聖火)에 넣어 태워 바치는) 녹인 우유기름이다. 나는 (제물을 태워 올리는 곳인) 성화다. 나는 (제물을 성화에 태워 올리는 행위인) 헌공이다. **16**

나는 이 세상의 아버지, 어머니, (행위의 결과를 생명체들에게 배정하는 자인) 유지자, 할아버지, 알아야 할 것, 성스럽게 하는 것, '옴'자,『리그베다』,『싸마베다』,『야주르베다』이다. **17**

(행위의 결과인) 도달하는 곳, 양육하는 자, (다스리는 자인) 주(主), (생명체들이 행한 것과 행하지 않은 것의) 목격자, (생명체들이 거주하는 곳인) 사는 곳, (고통받는 자들의 고통을 없애는 곳인) 귀의할 곳, (보상을 바라지 않으며 은혜를 베푸는 자인) 벗, (세상이) 생겨남, 사라짐, 머무는 곳, (생명체들이 다른 시간에 누려서 가질 것을) 저장하는 곳, 불멸인 씨앗이다. **18**

내가 (태양이 되어 강한 햇살들로) 달구고, 내가 비를 거두고 내리게 한다. 아르주나여, 나는 (불사의 존재인 신들에게 있어서는) 불사이며 (죽어야 할 존재인 인간에게 있어서는) 죽음, 있음과 없음이다. **19**

(『리그베다』와『싸마베다』와『야주르베다』를 아는 자들인) 세 가지 지식을 가진 자들, 쏘마를 마시는 자들, (쏘마를 마셔) 죄가 정화된 자들은 제사들을 통해 나를 예경하여 천국에 가기를 바란다. 그들은 공덕을 얻어 신의 왕의 세계를, 천상에서 신성한 신들의 환락을 누린다. **20**

그들은 그 넓은 천상의 세상을 누리고는 공덕이 쇠하면 죽어야 할 존재인 인간의 세상으로 들어온다. 이처럼 세 가지 (베다의 행위의) 법도를 따르는 자들, 욕망을 추구하는 자들은 오고 가는 것을 얻는다. 21

(지고의 신인 나라야나를 아성(我性)과) 다르지 않은 것으로 나를 생각하며 공경하는 사람들, 나는 항상 정진하는 그들에게 성취와 평안을 가져다 준다. **22**

믿음을 가지고 다른 신들을 예배하는 신자들, 꾼띠의 아들이여, 그들 역시 (무지하여) 방법은 어긋나지만 바로 나를 예배하는 것이다. **23**

바로 내가 모든 제사들을 흠향(歆饗)하는 자, 주(主)이다. 그러나 그들은 나를 사실대로 알지 못한다. 그래서 몰락한다(모든 제사는 베다에 규정된 제사와 법전에 규정된 제사다. 나는 신의 아성(我性)에 의해 제사의 제물을 받아들이는 '흠향하는 자'이며 주이다. 이러한 나를 사실대로 알지 못하기에 방법에 어긋나게 예배하여 제식의 결과에서 멀어지게 된다). **24**

신의 계율을 지키는 자들은 신들에게로 간다. 조상의 계율을 지키는 자들은 조상들에게로 간다. 귀신에게 제사 지내는 자들은 귀신들에게로 간다. 나를 숭배하는 자들은 바로 나에게로 온다! **25**

신애(信愛)를 통해 내게 나뭇잎, 꽃, 과일, 물을 바치는 마음이 경건한 자의 신애로 올린 그것을 나는 먹는다. **26**

그대가 행하는 것, 그대가 먹는 것, 그대가 (제물을 불에 태워 신에게) 헌공(獻供)하는 것, 그대가 주는 것, 그대가 고행하는 것, 꾼띠의 아들이여, 그것을 내게 바치라! **27**

이렇게 그대는 상서로움과 상서롭지 못한 결과들인 행위의 속박들에서 벗어나리라. 온전히 내던져 버림인 요가에 마음을 전념하는 그대는 벗어나 내게 이르게 되리라! **28**

모든 존재에 대해 나는 평등하다. 내게는 싫은 것도 없고, 좋은 것도 없다. 그러나 신애를 통해 나를 체험하는 자들, 그

들은 내 안에 있고, 나 또한 그들 안에 있다. **29**

만일 아주 나쁜 짓을 하는 자가 오로지 신애하는 자가 되어 나를 체험하게 된다면, 바로 그를 선한 자라 여겨야 한다. 왜 냐하면, 그는 제대로 결정한 자이기 때문이다. **30**

꾼띠의 아들이여, 그대는 확실히 알아라! 나를 신애하는 자 는 속히 마음에 도리를 지닌 자가 된다. 언제나 변함없는 평온 을 얻는다. 멸하지 않는다. **31**

쁘리타의 아들이여, (죄로 인해 태어난) 태생적인 죄인들이 라 하더라도, 여자들, 바이샤들, 수드라들이라 하더라도, 그들 은 내게 귀의하여 지고의 경지에 이른다. **32**

하물며 덕 있는 브라흐마나들과 (왕이면서 선인(仙人)인) 왕 선(王仙)인 신애하는 자들에 대해선 말할 바가 무엇이 있겠 는가? 덧없고 기쁨이 없는 이 세상을 얻은 그대는 나를 체험 하라! **33**

그대는 내게 마음을 둔 자, 나를 신애하는 자, 내게 제사를 지내는 자가 되어라. 나를 예경하라. 내가 궁극의 길인 자인 그대는 이처럼 삼매에 들어 자신인 나에게 오게 되리라. **34**

이상은 브야싸의 십만 개로 이루어진 결집서인 성스러운 마하바라타의 비스마 편에 있어서 성스러운 바가바드기타인 우파니샤드들 가운데 브라흐만에 대한 지혜이며 요가의 경전인 성스러운 끄리스나와 아르주나의 대화에서 '왕의 지혜, 왕의 비밀의 요가'라고 이름하는 아홉 번째 장이다.

힘의 펼침의 요가

10

장

성스러운 세존께서 말씀하셨습니다.

긴 팔을 가진 자여, 기뻐하는 너에게 이롭게 하고자 말할 것이니, 나의 지극한 말을 다시 들어라. 1

신의 무리들도 대선인(大仙人)들도 나의 생겨남에 대해 모른다. 나는 전적으로 신들과 대선인들의 (원인인) 시작이기 때문이다. 2

죽어야 할 존재인 사람들 가운데 미혹되지 않은 자는 나를 생겨나지 않은 것, 시작이 없는 것, 세상의 대자재자(大自在者)라고 안다. 그는 모든 죄에서 벗어난다. 3

(지각기관으로 파악할 수 없는 대상 등을 이해하는 능력인) 지성, (아(我) 등의 사물을 아는 것인) 지혜, (알아야 할 것들에 대한

분별력 있는 마음의 작용인) 미혹이 없음, (비난 받거나 고통을 당해도 마음이 변하지 않는 것인) 인욕, (자신이 보고 듣고 경험한 것을 다른 자의 마음에 전하기 위해 있는 그대로 전해주는 말인) 진실, (눈을 비롯한 지각기관과 손을 비롯한 행위기관이 고요해지는 것인) 자제, (지성과 자의식과 마음이 고요해지는 것인) 평정, 기쁨, 고통, 있음, 없음, 두려움, 그리고 두려움이 없음, 4

비폭력, (자신과 친구들과 적들에 대해서 그리고 이로운 것과 이롭지 않은 것에 대해서 동일한 생각의 상태인) 동등성, 만족, 고행, (힘닿는 대로 함께 나누는 것인) 보시, 명예, 그리고 불명예는 바로 내게서 갖가지로 존재들에게 생겨나는 상태들이다. 5

일곱 명의 옛 대선인(大仙人)들과 네 명의 마누들은 나의 상태에 있는 자들이며, 마음에서 생겨난 이들이다. 이 피조물들은 그들의 세상에 속에 있는 것이다(지난 마누의 시기에 브리구를 비롯한 일곱 명의 대선인들이 창조를 진행시키기 위해서 창조주인 브라흐마의 마음에서 생겨났다. 그리고 세상을 유지하기 위해서 싸와르니까라는 이름의 네 명의 마누들이 있었다. 이들의 후손들로 가득한 세상에 생겨난 것들이 바로 이 모든 피조물들이다. 우주의 모든 것들이 궁극의 원인으로 되돌아가는 귀멸(歸滅)에서 시작하여 지금에 이르기까지 자신의 후손들을 생겨나게 하는 자이며 보호하는 자들인 브리구를 비롯해 마누들은 나의 상태에 있는 자들이다. 즉, 나의 뜻에 머물며 나의 생각에 따라서 행하는 자들이다. 일곱 명의 대선인들은 브리구, 마리찌, 아뜨리, 뿔라쓰**땨**, 뿔라하, ㄲ라뚜, 와씨스따이다, 마누는 열네 명이다. 네 명의 마누는 그들 가운데 넷으로 싸와르니, 다르마싸와르니, 닥샤싸와르니, 싸와르나다). 6

나의 이러한 힘의 펼침과 요가를 사실대로 아는 자는 흔들림 없는 요가를 통해 삼매에 든다. 이에 대해 의심할 바가 없다. 7

내가 모든 것의 근원, 모든 것이 내게서 펼쳐진다. 이렇게 여기며 사색에 잠긴 지혜로운 자들은 나를 체험한다. 8

마음이 내게 있는 자들, (내가 없이는 자신을 지탱할 수 없는 자들인) 생명이 내게 이른 자들은 서로가 일깨우고 나에 대해 항상 말하면서 만족하고 즐거워한다. 9

늘 전념하고 신애하는 그들에게 나는 다정스레 (올바로 봄인) 지혜의 요가를 준다. 그것을 통해 그들은 내게 이른다. 10

아(我)의 상태로 (지성과 자의식과 마음이라는 내적기관에) 머문 나는 그들을 가엽게 여겨, 무지에서 생겨난 (미혹의) 어둠을 (분별인식의 형태인) 빛나는 지혜의 등불로 없애준다. 11

아르주나가 말했습니다.

당신은 (지고의 아(我)인) 지고의 브라흐만, 지고의 빛, 지극히
성스럽게 하시는 분, 인아(人我), 변함없이 늘 계신 분, 천상에
계신 분, 최초의 신, 생겨나지 않은 분, 편재하는 분입니다. 12

이렇게 당신에 대해 (높은 것에서 낮은 것에 이르기까지 모든
것의 본질의 실상(實相)을 아는 자들인) 모든 선인(仙人)들이, 천
신의 선인인 나라다, 아씨따, 데왈라, 브야싸가 말합니다. 그리
고 당신께서 스스로 제게 말합니다. 13

(멋진 머리칼을 가진 끄리스나) 께샤바여, 당신께서 제게
말씀하시는 이 모든 것을 진실이라 여깁니다. 세존이시여, 신
들도 악신들도 당신의 나타남에 대해 모릅니다. 14

최상의 인아(人我)여, 존재를 만들어내는 분이여, 존재를 다
스리는 분이여, 신의 신이여, 세상의 주인이여, 당신은 스스로
(자신의 지혜인) 자신을 통해서 (더할 바가 없는 지혜와 자재력과
능력 등등의 힘을 가진 자재자인) 자신을 압니다. 15

당신은 힘의 펼침을 통해 이 세상들에 편재하여 머무십니다. 그
러한 자신의 신성한 힘의 펼침을 모두 말씀해주실 수 있습니다. 16

요가를 하시는 분이여, 제가 항상 어떻게 생각해야 당신을 알 수 있습니까? 세존이시여, 제가 어떠어떠한 상태들 안에서 당신을 사유해야 합니까? **17**

(천한 자를 없애는 자인 끄리스나) 자나르다나여, 불사(不死)의 말씀을 들어도 저는 만족스럽지 않습니다. 당신의 요가와 힘의 펼침을 다시 자세히 말씀해주십시오. **18**

성스러운 세존께서 말씀하셨습니다.

꾸루족 가운데 가장 뛰어난 자여, 이제 그대에게 나 자신의 성스러운 힘의 주요한 펼침들을 위주로 말하리라. 나의 펼침의 끝은 없다! **19**

('나태, 잠'의 지배자 아르주나인) 구다께샤여, 나는 모든 존재의 심장에 깃들어 머무는 (개별적인) 아(我)다. 내가 모든 존재들의 (원인인) 시작이고, (지속인) 중간이며, (소멸인) 마지막이다(모든 존재의 아(我)의 상태로 머물러 있는 나는 그 모든 존재의 생겨남과 유지됨과 멸함의 원인이다). **20**

나는 (신들의 어머니인) 아디띠의 아들들 (열두 명의 신들) 가운데 (으뜸인) 위스누이며, 빛나는 것들 가운데 햇살을 가진 태양이며, (사십구 명의 신들이 한 무리를 이루는 바람의 신들) 마루뜨들 가운데 (으뜸인) 마리찌이다. 밤하늘에 빛나는 것들 가운데 달이다. 21

나는 (『리그베다』, 『싸마베다』, 『야주르베다』, 『아타르바베다』, 이렇게 네 가지) 베다들 가운데 (으뜸인) 『싸마베다』다. 나는 신들 가운데 (신들의 왕인 인드라) 와싸바다. 나는 기관들 가운데 마음이다. 나는 존재들의 의식이다. 22

(모두 열한 명의 신의 무리로 이루어진) 루드라들 가운데 (으뜸인) 샹까라다. 약사(夜叉)와 락샤쓰(羅刹)들 가운데 (으뜸인) 부의 신이다. (여덟 명으로 이루어진 신의 무리인) 와쑤들 가운데 (으뜸인) 빠와까다. 봉우리를 가진 것들 가운데 (우주의 중심 산인) 메루다. 23

쁘리타의 아들이여, 제관들 가운데 으뜸인 (신들의 스승이며 제관) 브리하쓰빠띠를 나라고 알아라. 나는 장군들 가운데 (신들의 대장군인) 쓰깐다다. 물이 고인 곳들 가운데 바다다. 24

대선인(大仙人)들 가운데 (으뜸인) 브리구가 나다. 언어들 가운데 ('옴'이라고 하는) 한 음절이다. 제사들 가운데 나는 (으뜸인) 염송제사(念誦祭祀)다. 움직이지 않는 것들 가운데 히말라야다. 25

모든 나무 가운데 (으뜸인) 보리수다. 신의 선인(仙人)들 가운데 (으뜸인) 나라다다. (허공계에 존재하며 신들의 음악가들인) 간다르바들 가운데 (으뜸인) 찌뜨라라타다. (출생과 더불어 도리와 지혜와 이욕(離慾)과 자재력(自在力)을 더할 바 없이 획득한 자들인) 성취자들 가운데 (으뜸인, 쌍캬철학의 창시자) 까삘라무니(牟尼)다. **26**

말들 가운데 불사의 감로와 더불어 생겨난 (신들의 왕인 인드라의 말) 웃짜이히슈라와싸를, 코끼리의 왕들 가운데 (신들의 왕인 인드라의 코끼리) 아이라와따를, 사람들 가운데 왕을 나라고 알아라. **27**

나는 무기들 가운데 (신들의 왕인 인드라의 무기 금강저(金剛杵)) 와즈라다. 암소들 가운데 욕망을 짜내주는 (원하는 모든 것을 이루어주는) 암소다. 자식을 생겨나게 하는 것으로는 (사랑의 신인) 깐다르빠다. 뱀들 가운데 (뱀의 왕인) 와쑤끼다. **28**

용(龍)들 가운데 (용의 왕인) 아난따다. 물에 사는 것들 가운데 (물의 신인) 와루나다. 조상들 가운데 (조상들의 왕인) 아르야만이다. (벌을 주는 자인) 통제하는 자들 가운데 나는 (도덕의 신이며 죽음의 신인) 야마다. **29**

(까스야빠의 아내로 악신의 어머니인 디띠의 아들들인) 다이뜨야들 가운데 (위스누의 독실한 숭배자인) 쁘라흘라다이다. (수명을) 셈하는 것들 가운데 나는 (죽음인) 시간이다. 짐승들 가운데 (사자로) 짐승의 왕이다. 새들 가운데 나는 (새들의 왕인 금시조(金翅鳥)) 와이나떼야이다. **30**

정화하는 것들 가운데 바람이다. 나는 무기를 가진 자들 가운데 (으뜸인) 라마다. 물고기들 가운데 (으뜸인) 마까라다. 강들 가운데 (으뜸인 갠지스강) 자흐나비다. **31**

아르주나여, 나는 창조물들의 (원인인) 시작이요, (멸함인) 마지막이며, (유지인) 중간이다. 지식 가운데 (해탈을 위한 것인) 아(我)에 대한 지식이다. 주장하는 말들 가운데 나는 정론(正論)이다(주장하는 말들은 악론(惡論), 쟁론(爭論), 정론(正論), 이렇게 셋이다. 이들 가운데 정론이 의미를 결정하는 원인이 되기 때문에 으뜸이다. 악론은 옳고 그름을 떠나 자기편을 지지하고 상대편을 반박하는 주장이다. 쟁론은 단지 상대편을 반박하기 위한 주장이다. 정론은 진실을 밝히기 위한 올바른 주장이다). **32**

글자들 가운데 '아'자이다. 합성어들 가운데 병렬합성어다. 나는 불멸인 시간이다. 모든 곳에 얼굴을 둔 창조자다(단모음 '아'는 모든 음의 모태이다. 단모음 '아'(阿)는 본래가 불생(不生)이라 반야(般若)를 의미한다.'(阿本不生卽般若). 불생은 생겨남이 없는 것으로 본래부터 존재함을 뜻한다. 병렬합성어는 두 개 이상의 낱말들이 '그리고'의 의미를 가지고 병렬로 연결되어 합성어를 이루는 것이다. 합성어 가운데 대표적인 것이다). **33**

나는 모든 것을 앗아가는 자인 죽음이다. 미래들의 생겨남이다. 여성들 가운데 명성, 영광, 언어, 기억, 총명, 견고, 인욕이다(명성, 영광, 언어, 기억, 총명, 견고, 인욕(忍辱)은 모두 여성명사다. 이것들이 단지 비추이기만 해도 사람들은 자신을 뜻을 이룬 것으로 여긴다). **34**

싸마들 가운데 (으뜸인) 브리하뜨싸마다. 운율들 가운데 나는 가야뜨리다. 달들 가운데 (양력으로 11월22일에서 12월21일에 해당되는 달인) 마르가쉬르샤다. 계절들 가운데 나는 (봄이며) 꽃이 풍부한 것이다[가야뜨리는 베다의 대표적인 운율로 여덟 개의 음절이 한 개의 음보를 이루는 삼음보(三音步) 팔음절(八音節)의 운율이다. 『리그베다』 3장 62번 찬가의 열 번째 만뜨라(眞言)가 '가야뜨리만뜨라'이다. 이 만뜨라는 아주 중요한 만뜨라다. 이 만뜨라는 만뜨라를 처음 시작할 때 내는 소리인 옴(ॐ)을 제외하면, '따뜨/싸/비/뚜르/와/레/니/얌'(태양의 그 최고의 것을) 이렇게 팔음절 일음보, '바르/고/데/바/쓰야/디/마/히'(우리 빛나는 신의 빛을 명상하노니) 이렇게 팔음절 일음보, '디/요/요/나하/쁘라/쪼/다/야뜨'(그 지혜를 우리에게 불러일으키소서!) 이렇게 팔음절 일음보로 되어 있다. 즉 만뜨라 자체가 삼음보 이십사 음절인 가야뜨리 운율로 되어 있다. 가야뜨리 운율은 그 운율을 사용하는 사람의 생기를 보호하기 때문에 가야뜨리이며, 모든 운율 가운데 으뜸이 되는 것이다]. **35**

(나는) 속이는 것들 가운데 노름이다. 나는 위광(威光)을 가진 것들의 위광이다. (승리를 하려는 자들에게 있어서) 승리다. (결정하는 자들에게 있어서) 결정이다. 나는 (위대한 본 마음의 상태인) 진성을 가진 자들의 진성이다. **36**

브리스니(의 후손)들 가운데 (와쑤데바의 아들인 끄리스나) 와 아쑤데바. 빤두의 아들들 가운데 이겨 재산을 얻은 자(인 아르주나)다. (사려가 깊고 지혜로운 자이며, 모든 사물에 대해 아는 자이고, 사량(思量)을 통해서 사물의 실상(實相)을 보는 자들인) 무니(牟尼)들 가운데 또한 나는 (베다의 편찬자인) 브야싸다. (현상의 세계를 넘어서 본질의 세계를 보는 자들인) 시인들 가운데 (브리구의 아들이며, 아쑤라(阿修羅)의 스승인 슈끄라) 우샤나쓰 시인이다). **37**

나는 벌주는 것들에 있어서 형벌이다. 이기려는 것들에 있어서 전략이다. 숨기는 것들에 있어서 침묵이다. 나는 지혜를 가진 자들의 지혜다. **38**

아르주나여, 그 모든 존재의 씨앗인 것이 나다. 움직이는 것이든 움직이지 않는 것이든 (아(我)의 상태인) 내가 없이 있을 수 있는 그런 존재는 없다. **39**

적을 괴롭히는 자여, 이상은 힘의 펼침을 일부분만 내가 말한 것이다. 나의 신성한 힘의 펼침의 끝은 없다. **40**

신력을 가진 것, 영광을 지닌 것, 혹은 위력을 가진 것인 그 각각의 사물을 너는 나의 위광의 한 부분에서 생겨난 것이라 알아라. **41**

아니, 아르주나여, 이리 많이 안들 너에게 무슨 소용이 있겠느냐? (나의) 한 부분으로 나는 이 모든 세상을 떠받치며 머문다(그것을 만 개로 나눈 부분, 그 부분을 다시 만 개로 나눈 부분에 이 우주의 힘이 머물러 있다). **42**

이상은 브야싸의 십만 개로 이루어진 결집서인 성스러운 마하바라타의 비스마 편에 있어서 성스러운 바가바드기타인 우파니샤드들 가운데 브라흐만에 대한 지혜이며 요가의 경전인 성스러운 끄리스나와 아르주나의 대화에서 '힘의 펼침의 요가'라고 이름하는 열 번째 장이다.

제

11

장

우주의 모습을 봄의 요가

아르주나가 말했습니다.

제게 은총을 베풀어 (아(我)와 아(我)가 아닌 것을 분별하는 것에 대한 것인) 아(我)에 대한 것이라 이름하는, 지극히 비밀스러운 말씀을 당신께서 해 주셨습니다. 이로 인해 저의 이 (분별하지 못하는 지성, 몸을 아(我)라고 자각하는 형태인) 미혹이 사라졌습니다. 1

연꽃잎 눈이시여, 존재들이 당신에게서 생겨남과 사라짐에 대해서, 불멸의 대위력에 대해서도 저는 자세히 들었습니다. 2

지고의 자재자여, 당신께서 자신에 대해 말씀하신 것은 정말 그러합니다! 지고의 인아(人我)시여, 당신의 자재한 모습을 보고 싶습니다. 3

주여, 만일 제가 그것을 볼 수 있다고 여기신다면, 요가의 자재자여, 당신께서는 제게 불멸인 자신을 보여주십시오! **4**

성스러운 세존께서 말씀하셨습니다.

쁘리타의 아들이여, 나의 수백 수천의 모습들을, 여러 가지 성스러운 것들을, 여러 색과 모양들을 보아라. **5**

바라따의 후손이여, (신들의 어머니인 아디띠의 열두 명의 아들들인) 아디뜨야들을, (여덟 명의 신의 무리로 이루어진) 와쑤들을, (모두 열한 명의 신의 무리로 이루어진) 루드라들을, (신들의 의사이며 쌍둥이 신인) 아스위나우들을, (사십구 명의 신들이 한 무리를 이루는 바람의 신들인) 마루뜨들을 보아라. 전에는 보지 못했던 놀라운 많은 것들을 보아라. **6**

('나태, 잠'의 지배자 아르주나인) 구다께샤여, 움직이는 것과 움직이지 않는 것을 포함한 모든 세상이 여기 지금 내 몸 한 곳에 머무른 것을 보아라. 보고 싶은 다른 것도 보아라! **7**

그러나 그대 자신의 이 눈으로는 나를 볼 수 없으리라! 그대에게 신성한 눈을 줄 것이니, 나의 자재한 요가를 (탁월한 요가의 힘을) 보아라! **8**

싼자야가 말했습니다.

왕이시여, 이렇게 말하고는 위대한 요가의 자재자인 (고통을 없애주고, 고통이 없는 세상으로 데려가는 존재라서 하리라고 불리는 끄리스나) 하리는 지극히 자재한 모습을 쁘리타의 아들에게 보여주었습니다. 9

수많은 입과 눈이 있는 것을, 수많은 희유한 현현(顯現)이 있는 것을, 수많은 신성한 장식이 있는 것을, 수많은 신성한 무기를 치켜든 것을, 10

성스러운 화환과 옷을 걸친 것을, 성스러운 향료를 칠한 것을, 모두가 경탄스러운 것을, 신(神)을, 끝없는 것을, 모든 곳에 얼굴을 둔 것을. 11

만일 하늘에 천 개의 태양의 빛이 한꺼번에 떠오른다면, 그 위대한 몸의 빛이 그 빛과 같을 것입니다. 12

그때 빤두의 아들은 그곳에서 신 중의 신의 몸의 한곳에 자리한 여러 가지로 나누어진 모든 세상을 보았습니다. 13

그러자 이겨 재산을 얻은 자는 놀라움에 잠겨 털끝이 쭈뼛

한 채 머리를 깊게 숙여 합장하며 신께 말했습니다. **14**

아르주나가 말했습니다.

신이여, 당신의 몸에서 저는 모든 신을, 각각 차별되는 존재의 무리들을, 연화좌에 앉아 다스리는 (창조의 신인) 브라흐마를, 모든 선인(仙人)을, 신성한 뱀들을 봅니다. **15**

많은 팔과 배와 입과 눈이 있는, 온통 끝없는 모습인 당신을 봅니다. 모든 것을 다스리는 분이여, 모든 모습이시여, 그러나 당신의 끝과 중간과 또한 시작을 보지 못합니다! **16**

보관(寶冠)을 가진 분을, 곤봉을 가진 분을, 수레바퀴를 가진 분을, 위광의 무리이신 분을, 온통 빛나는 분을, 전체적으로 바라보기 힘든 분을, 빛나는 불과 태양의 빛을 가진 분을, 헤아릴 수 없는 분을, 당신을 봅니다. **17**

당신은 불멸이며 지고인 (브라흐만이며, 해탈을 바라는 자들이) 알아야 바입니다. 당신은 이 모든 것의 지고의 바탕입니다. 당신은 불변이며 영원한 법의 수호자입니다. 당신은 항구한 인아(人我)라고 저는 여깁니다. **18**

시작과 중간과 끝이 없는 당신, 무한한 원기를 가진 당신, 무한한 팔을 가진 당신, 달과 태양이 눈인 당신, 빛나는 불이 입인 당신, 자신의 위광(威光)으로 이 모든 것을 달구는 당신을 봅니다. **19**

하늘과 땅의 이 사이와 모든 방위들이 당신 한 분에 의해 충만합니다. 위대한 본질이시여, 당신의 이 놀랍고 무서운 모습을 보고는 삼계(三界)가 어찌할 바를 모릅니다. **20**

저 신의 무리들이 당신께 들어갑니다. 어떤 자들은 두려워 합장하며 찬양합니다. 대선인과 성취자의 무리들이 "복되도 다!"라고 말하고는 수많은 찬가로 당신을 찬미합니다. **21**

루드라들, 아디뜨야들, 와쑤들, (『샤따빠타 브라흐마나』에 의하면 천신들의 세계보다 더 위의 세계에 거주하는 존재, 『니룩따』에 의하면 허공의 세계에 거주하는 존재, 『마누법전』에 의하면 천신들 다음으로 창조된 존재로 아주 우아하게 정제된 성질들로 만들어진 존재들인) 싸드야들, (일군의 신들인) 위스베들, 아스위나우들, 마루뜨들, (조상인) 우스마빠들, 간다르바와 (부의 신 꾸베라인) 약샤(夜叉)와 아쑤라와 성취자의 무리들 모두가 놀라워하며 당신을 바라봅니다. **22**

긴 팔을 가진 분이여, 많은 입과 눈을, 많은 팔과 넓적다리와 발을, 많은 배를, 무시무시하게 튀어나온 많은 이빨을, 당신의 거대한 모습을 보고는 세상들과 저는 두려움에 떱니다. **23**

위스누여, 빛나는 수많은 색을, 벌린 입을, 빛나는 거대한 눈을, 하늘에 닿은 당신을 보고 두려워 마음이 떨리는 저는 안정과 평안을 얻지 못하겠습니다. **24**

당신의 무시무시하게 튀어나온 이빨들과 (파멸의 시간에 세상들을 태워버리는 불인) 시간의 불같은 입들을 보니 방향들을 알 수가 없고, 평온을 얻을 수가 없습니다. 신을 다스리는 분이여, 세상이 머무는 분이시여, 은총을 베푸소서! **25**

드리따라스뜨라의 저 모든 아들이 (왕인) 대지를 지키는 자의 무리와 더불어, 비스마와 드로나 그리고 저 마부의 아들이 우리의 주요한 용사들과 더불어 당신께(마부의 아들은 까르나다. 까르나는 태양의 신에 의해서 잉태되어 태어난, 꾼띠의 첫째 아들이다. 따라서 본래는 아르주나의 큰형이지만, 어머니에게서 버림을 받아 광주리에 담겨 강물에 띄어져 떠내려가다 마부가 발견하여 건져 길러서 마부의 아들이 되었다). **26**

이빨들이 무시무시하게 튀어나온 당신의 겁나는 입들로 서둘러 들어갑니다. 어떤 자들은 머리가 박살이 난 채 이빨들 사

이에 걸려있는 것이 보입니다. 27

강들의 많은 물살들이 바다를 향해 달려가듯이, 그렇게 인간 세상의 저 영웅들이 당신의 이글거리며 불타는 입들로 들어갑니다. 28

나방들이 파멸을 위해 빛나는 불길로 돌진해 들어가듯이, 그렇게 세상들이 파멸을 위해 당신의 입들로 돌진해 들어갑니다. 29

타오르는 입들로 모든 세상을 온통 삼키며 핥고 있습니다. 위스누여, 당신의 거친 빛들이 모든 세계를 불길로 채워 달굽니다. 30

무서운 모습의 당신은 누군지 제게 말씀해주십시오. 최상의 신이시여, 당신께 머리를 숙입니다. 제게 은총을 베푸소서! 저는 당신의 하시는 일을 모릅니다. 태초부터 계신 당신에 대해 알고 싶습니다! 31

성스러운 세존께서 말씀하셨습니다.

세상을 멸하는 늘어난 시간이다(세는 것이 시간이다. 드리따라스뜨라의 아들을 비롯한 왕들의 수명의 끝을 세면서 그들을 멸하는 자로서 무서운 형태로 늘어난 시간이다). 세상들을 거두려 이곳에 나섰노라. 적군에 서 있는 이 모든 용사는 그대가 아니라 할지라도 없어질 것이다. **32**

그러니 그대여 일어서라. 명예를 얻어라. 적들을 이겨 풍요한 왕국을 누려라. 이들은 나에 의해 예전에 이미 죽었다. 왼손으로(도) 활을 쏘는 자여, 너는 단지 도구가 되어라! **33**

너는 드로나, 비스마, (씬두싸우비라국의 왕인) 자야드라타, 그리고 까르나를, 마찬가지로 다른 용맹한 용사들을, 나에 의해 죽임을 당한 자들을 죽여라. 그대여 괴로워 마라, 싸우라! 싸움에서 너는 적들을 이기리라! **34**

싼자야가 말했습니다.

보관을 쓴 자는 (멋진 머리칼을 가진 끄리스나) 께샤바의 이런 말을 듣고는 합장하여 부들부들 떨며, 머리를 숙여 거듭 조아리며, 두려워 끄리스나에게 머뭇머뭇 말했습니다. **35**

아르주나가 말했습니다.

(지각기관의 지배자인 끄리스나) 흐리쉬께샤여, 당신을 찬양

하며 세상은 기뻐하고 즐거워합니다. 마땅합니다! 두려움에 질린 락샤쓰(羅刹)들이 사방으로 달아납니다. 모든 성취자의 무리가 머리를 숙입니다. 36

위대한 몸이여, 어찌 저들이 (히란야가르바인) 브라흐마 이전에 시작하신 보다 귀중한 분께 머리를 숙이지 않겠습니까? 끝이 없는 분이여, 신을 다스리는 분이여, 세상이 머무는 분이여, 당신은 불멸이요 있음과 없음이요, 그 너머에 계신 분입니다. 37

당신은 최초의 신, 인아(人我), 옛 분입니다. 당신은 이 우주의 지고의 저장고입니다. (알아야 할 모든 것을) 아는 분이며, 알아야 할 분이며, 지고의 처소입니다. 끝없는 모습이시여, 우주가 당신에 의해 (충만히) 펼쳐 있습니다. 38

당신은 (바람의 신인) 와유, (도덕의 신인) 야마, (불의 신인) 아그니, (물의 신인) 와루나, 달, (중생주(衆生主)인) 쁘라자빠띠, (모든 피조물들의 아버지들이 쁘라자빠띠들이며, 쁘라자빠띠의 아버지이며 피조물들의 할아버지가 히란야가르바(金胎)이고, 히란야가르바의 아버지가 최초의 신인 당신이기에 당신께서는) 증조부입니다. 당신께 수천 번 머리를 숙이고 숙입니다. 당신께 다시 거듭 머리를 숙이고 숙입니다. 39

모두인 분이여, 앞에서 뒤에서 그리고 사방에서 거듭 당신께 머리를 숙입니다. 당신은 끝없는 힘과 무한한 위덕(威德)을 지닌 분입니다. 당신은 모두에 편재합니다. 그래서 모두이십니다. **40**

당신의 이러한 위대함을 모르고 (동년배인) 친구라 여기어 "끄리스나야! (야두의 후손인 끄리스나) 야다바야! 친구야!" 이렇게 함부로 말한 것은 부주의 혹은 친숙함 때문이오니, **41**

퇴락하지 않는 분이시여, 당신께서는 노니는 것과 잠자리와 앉는 자리와 식사 자리에서 혼자 (계실 때) 혹은 그 (다른 자들) 앞에서 장난삼아 업신여김을 당하셨습니다. 저는 헤아릴 길이 없는 당신께 그것을 용서 바랍니다. **42**

당신은 이 세상의 움직이는 것과 움직이지 않는 것의 아버지입니다. 우러러 공경받을 분이며, 아주 귀중한 스승입니다. 비할 바 없는 위력을 가진 분이시여, 당신 같은 분은 없습니다. 당신보다 우월한 다른 이가 삼계 어디에 있겠습니까? **43**

하오니, 저는 다스리시는 분이시며 찬양받으실 당신께 머리 숙여 몸을 엎드려 은총을 간구합니다. 아버지가 아들에게 하듯이, 친구가 친구에게 하듯이, 신이여, 사랑하는 당신께서 사랑스러운 저를 위해 참으소서! **44**

전에는 보지 못한 것을 보아 기쁘나, 한편 마음이 두려워 어찌할 바를 모르겠습니다. 신이시여, 바로 그 (저의 친구의) 모습을 제게 보여주십시오. 신을 다스리는 분이여, 세상이 머무는 (모든 세상의 바탕이 되는) 분이시여, 은총을 베푸소서! **45**

보관을 가진, 곤봉을 가진, 그리고 손에 바퀴를 가진 당신을 보고 싶습니다. 천 개의 팔을 가진 분이여, 우주의 형상이시여, 팔이 넷인 그 모습으로 나타나소서! (모든 것의 자재자이며 지고의 인아(人我)인 지고의 브라흐만이 세상을 이롭게 하기 위해서 '죽어야만 하는 존재인 인간'으로, 와쑤데바의 아들로 태어난 모습은 팔이 넷인 모습이다). **46**

성스러운 세존께서 말씀하셨습니다.

아르주나여, 은총을 지닌 나는 (자재자로서의 나의 능력인) 자신의 요가를 통해 그대에게 지고의 이 모습을 보여주었다. 위광(威光)이 가득하고, (일체) 우주이며, 끝이 없고, 최초의 것인 나의 이 모습을 그대 외에 다른 자는 본 적이 없다. **47**

꾸루족의 뛰어난 영웅이여, 베다와 제사와 학습을 통해서, 보시들을 통해서, (베다의 규정에 따른 제사인) 제식(祭式)들을 통해서, 그리고 혹독한 고행들을 통해서도 인간 세상에서 그

대 말고는 이런 모습의 나를 볼 수가 없다. **48**

나의 이러한 무서운 모습을 보고 그대여 두려워 마라, 미혹한 마음에 들지 마라. 그대는 두려움을 버리고 기쁜 마음으로 다시 나의 이 그 (소라 나팔과 바퀴와 곤봉을 가진, 팔이 넷인) 모습을 보라! **49**

싼자야가 말했습니다.

(와쑤데바의 아들인 끄리스나) 와아쑤데바는 이렇게 아르주나에게 말한 다음 자신의 모습을 다시 보여주었습니다. 위대한 영혼은 다시 다정한 몸이 되어 두려움에 질린 그를 안심시켰습니다. **50**

아르주나가 말했습니다.

(천한 자를 없애는 자인 끄리스나) 자나르다나여, 당신의 이 다정한 사람의 모습을 보니, 이제 마음이 편안해지고 제정신이 듭니다. **51**

성스러운 세존께서 말씀하셨습니다.

그대는 보기 아주 힘든 나의 그런 모습을 보았다. 신들도 그 모습을 보기를 항상 원한다. **52**

그대가 본 그러한 나는 베다들을 통해서, 고행을 통해서, 보시를 통해서, 제사를 통해서도 볼 수 있는 것이 아니다. **53**

아르주나여, (나와 결코 분리되지 않고, 나 이외의 다른 것을 인식하지 않는 것인) 다름이 없는 신애(信愛)에 의해서 이러한 나를 알 수 있고, 사실대로 (직접) 볼 수 있다. 적을 괴롭히는 자여, 내게 들어올 수 있다! **54**

빤두의 아들이여, 나를 위해 행위를 하는 자, 나를 지고로 여기는 자, 나를 신애하는 자, (나 하나만을 사랑하기 때문에 다른 것에 대한 애착을 견디지 못하고) 애착을 버린 자, 모든 존재에 대해 적의가 없는 자, 그가 바로 내게로 온다. **55**

이상은 브야싸의 십만 개로 이루어진 결집서인 성스러운 마하바라타의 비스마 편에 있어서 성스러운 바가바드기타인 우파니샤드들 가운데 브라흐만에 대한 지혜이며 요가의 경전인 성스러운 끄리스나와 아르주나의 대화에서 '우주의 모습을 봄' 혹은 '우주의 모습을 봄의 요가'라고 이름하는 열한 번째 장이다.

신애(信愛)의 요가

아르주나가 말했습니다.

그렇게 늘 전념하며 당신을 신애하여 귀의하는 자들과 불멸인 (브라흐만이며, 모든 한정(限定)을 벗어난 것이기 때문에 지각 기관의 대상이 아닌 것인) 나타나지 않은 것에 귀의하는 자들이 있습니다. 이들 가운데 어떤 자들이 요가를 가장 잘 아는 자들 입니까? **1**

성스러운 세존께서 말씀하셨습니다.

내 안에 마음을 모두고 항상 전념하며 내게 귀의하는 자들, 지 극한 믿음을 갖춘 그들이 내 생각에는 가장 전념하는 자들이다. **2**

불멸인 것, (언어의 대상이 아니기에) 지시할 수 없는 것, (어 떤 앎의 도구에 의해서도 표명되지 않기에) 나타나지 않은 것, (편재하는 것이기에) 모든 곳에 가는 것, 생각할 수 없는 것, (환력 (幻力)인) 허위(虛僞)에 머무는 것, 움직이지 않는 것, 변함없는 것에 귀의하는 자들, 3

기관 모두를 잘 제어하여 모든 것에 대해 동일한 생각을 가진 자들, 모든 존재의 이익을 즐거워하는 그들은 바로 나를 얻는다. 4

나타나지 않은 것에 마음이 집착하는 자들, 그들에게는 어려움이 훨씬 더하다. 나타나지 않은 것의 상태는 (몸을 아(我)라고 여기는 자들인) 몸을 가진 자들에게 어렵게 얻어지기 때문이다. 5

그러나 모든 행위를 나에게 온전히 내맡기고 나를 지고로 여기며 (우주의 모습이며 신(神)인 아(我)를 벗어나서는 다른 것에 의지할 바가 없는 순일한 요가인) 다름이 없는 요가를 통해 나를 명상하며 귀의하는 자들이 있다. 6

쁘리타의 아들이여, 나는 내 안에 마음이 들어온 그들을 죽음의 윤회인 바다에서 얼른 구원하는 자이다! 7

(생각하고 망상하는 것을 본질로 하는 것인) 마음을 내 안에 온전히 내맡기라. (결정을 본질로 하는 것인) 지성을 내 안에 머물게 하라. 그런 다음에는 내 안에 살게 되리라! 의심할 바가 없다. 8

이겨 재산을 얻은 자여, 마음을 내게 안정되게 모아둘 수 없으면, (나에 대한 더할 바 없는 사랑이 모태가 되는 기억의 반복된 수련인) 반복된 수련의 요가를 통해 나를 얻기를 바라라! (마음을 모든 것에서 끌어 들여 하나의 바탕에 거듭거듭 머물게 하는 것이 반복된 수련이며, 그로 인해서 나타나는 깊은 명상의 형태가 요가다). **9**

반복된 수련도 할 수가 없으면, 나를 위한 행위가 지고의 것이라 여기는 자가 되어라. 나를 위해 행위들을 행하면서도 성취를 얻으리라. **10**

이것마저도 할 수가 없으면, (행하는 행위들을 나에게 모두 내맡기고 실행하는 것인) 나의 요가에 의지하여 마음을 제어하는 자가 되어 그대는 모든 행위의 결과를 버리라. **11**

(무분별에 바탕을 둔) 반복된 수련보다 지혜가 더 낫고, 지혜보다 (지혜에 바탕을 둔) 명상이 뛰어나다. (지혜를 갖춘) 명상보다 행위의 결과를 버리는 것이 더 낫다. 버리는 것에 뒤이어 평온이 있다. **12**

모든 존재들에 대해 미움이 없는 자, (자신을 증오하고 해치는 모든 존재에 대해 호의를 가지는 자인) 우의를 가진 자, (자신을 증오하고 해치는 자들이 고통을 받으면 자비를 베푸는 자인) 자비로운 자, 나의 것이란 생각이 없는 자, 나라는 생각이 없는 자, 고통과 기쁨에 대해 동일한 자, (욕을 먹거나 맞아도 변화가 없는 자인) 인욕(忍辱)을 하는 자, 13

늘 만족하는 자, 요가수행자, 마음을 다스린 자, (아(我)의 본질에 대한) 결정이 확고한 자, 나에게 (생각을 본질로 하는 것인) 마음과 (결정을 특징으로 하는 것인) 지성을 바친 자, 나를 신애하는 자, 그런 자는 내가 사랑하는 자다. 14

그로 인해 세상이 (고통받아) 동요하지 않으며 세상으로 인해 (고통받아) 동요하지 않는 자, 기쁨과 분노와 두려움과 동요를 벗어난 자, 그런 자는 내가 사랑하는 자다. 15

(아(我) 이외의 모든 사물에 대해서) 바라는 것이 없는 자, (몸과 마음이) 청정한 자, (경전에 규정된 활동을 수행하는) 능력이 있는 자, (친구를 비롯한 그 누구의 편도 들지 않는) 무심한 자, 괴로움이 사라진 자, (이승과 저승에서 결과를 누리기 위한 행위들인) 시작한 모든 것을 포기하는 자, 나를 신애하는 자, 그런 자는 내가 사랑하는 자다. 16

(좋아하는 것을 얻어도) 기뻐하지 않고, (좋아하지 않는 것을 얻어도) 싫어하지 않고, (사랑하는 자와의 이별에도) 슬퍼하지

않고, (얻지 못한 것을) 바라지 않고, (죄와 마찬가지로 선도 속박의 원인이기에) 길한 것과 길하지 않은 것을 모두 버리고, 신애가 있는 자, 그런 자는 내가 사랑하는 자다. **17**

적과 친구에 대해 그리고 존경과 모욕에 대해 동일한 자, 추위와 더위와 기쁨과 고통에 대해 동일한 자, 애착을 버린 자, **18**

비난과 칭찬을 마찬가지로 여기는 자, 침묵하는 자, 그 무엇에든 만족하는 자, (의지할 곳인 일정한) 집이 없는 자, (지고의 의미를 지닌 사물에 대한) 뜻이 견고한 자, 신애가 있는 자, 이러한 자는 내가 사랑하는 사람이다. **19**

믿음을 가지고 나를 지고로 여기며, 법도에 맞는 (불사의 원인이기에) 불사인 이것을 (앞에서) 말한 대로 실행하는 신애자들, 그들은 내가 아주 사랑하는 자들이다. **20**

이상은 브야싸의 십만 개로 이루어진 결집서인 성스러운 마하바라타의 비스마 편에 있어서 성스러운 바가바드기타인 우파니샤드들 가운데 브라흐만에 대한 지혜이며 요가의 경전인 성스러운 끄리스나와 아르주나의 대화에서 '신애의 요가'라고 이름하는 열두 번째 장이다.

제
13
장

농지와 농지를 아는 자의 요가

성스러운 세존께서 말씀하셨습니다.

꾼띠의 아들이여, 이 몸을 (농지(農地)처럼 행위의 결과가 생기는 것이기 때문에) '농지'라고 말한다. (몸이 농지인) 이것을 아는 자를 '농지를 아는 자'라고 그에 대해 아는 자들은 말한다. **1**

바라따의 후손이여, 그리고 나를 모든 '농지'들에 있어서 또한 '농지를 아는 자'라고 알아라. '농지'와 '농지를 아는 자'에 대한 지혜가 바로 지혜라고 나는 여긴다('농지를 아는 자'는 창조주인 브라흐마에서 시작하여 풀 더미에 이르기까지의 수많은 영역의 제한과는 별개의 것, 제한의 모든 차이를 물리친 것, 있음과 없음이라는 등의 단어를 통한 인식에 의해서 파악되지 않는 것이다. 신과 인간 등등의 모든 농지에 있어서 '유일하게 아는 자의 상태의 모습을 가진 것'인 농지를 아는 자 또한 나라고 알아야 한다. 즉, '내가 아(我)인 것'이라고 알아야 한다. '농지' 또한 나라고 알아야 한다). **2**

(이 몸이) 농지인 그것, (자신의 특질들에 의해서 이 농지가) 그러한 (상태인) 것, (이 농지의) 변형인 것, (농지인) 그것으로 말미암은 것, 그리고 (농지를 아는 자인) 그것과 (농지를 아는 자인) 그것의 위력, 그것을 나한테 간략하게 들어라. 3

선인(仙人)들에 의해 여러 가지로, 각각 다양한 운율들로, 조리 정연하게 논증한 브라흐마쑤뜨라의 구절들에 의해서 읊어진 것이다('농지'와 '농지를 아는 자'의 본질이 빠라샤라를 비롯한 선인(仙人)들에 의해서 여러 가지로 언급되었다. 다양한 운율들에 의해서, 즉,『리그베다』와『야주르베다』와『싸마베다』와『아타르바베다』에 의해서 몸과 아(我)의 본모습이 각각 언급되었다. 브라흐만을 표명하는 쑤뜨라는 구절들, 즉, 추론과 판단과 결론을 갖춘『브라흐마 쑤뜨라』를 통해서도 언급되었다). 4

(색(色), 성(聲), 향(香), 미(味), 촉(觸), 이렇게 오유(伍唯)인) 대원소들, (대원소의 원인이며, 나는 이라는 인식형태인) 자의식(自意識), (자의식의 원인이며, 결정과 확정판단을 본질로 하는 것인) 지성, (지성의 원인이며, 발현되지 않은 자재자의 힘인 나의 환력(幻力)이며, 자연인) 나타나지 않은 것, (귀를 비롯한 다섯 개의 지각기관, 그리고 입과 손을 비롯한 다섯 개의 행위기관들인) 열 개의 기관들, (생각 등을 본질로 하는 것으로 열한 번째 기관인 마음) 하나, 그리고 (지(地), 수(水), 화(火), 풍(風), 공(空), 이렇게 오대원소

로 이루어지는 것인) 다섯 기관의 대상들, **5**

바람, 싫어함, 기쁨, 고통, (몸과 기관의 결합체인) 취집(聚集),
(몸과 기관의 결합체인 취집에 나타나는 지성과 자의식과 마음인 내
적기관의 활동이며, 쇳덩어리가 불에 의해 달구어지는 것처럼 '정신
인 아(我)의 영상인 정기(精氣)가 들어 온 것'인) 의식(意識), (피로
한 몸과 기관들을 지탱하는 것인) 지탱, (지성을 비롯한 자연의) 변
형과 더불어 간략히 언급된 이것이 농지이다. **6**

겸손, (종교적인 명성을 위하여 법도를 드러내고 실행하는 것인,)
작위(作爲)가 없음, (말과 마음과 몸으로 다른 자를 괴롭히지 않는
것인) 비폭력, (자신에게 고통을 주는 다른 자들에 대해서도 마음의
상태가 변하지 않는 것인) 감인(堪忍), (다른 자들에 대해 말과 마음
과 몸의 활동들이 곧바르고 한결같은 상태인) 질박(質朴), 스승을
가까이 모심, (흙과 물로 몸의 때를 씻는 것, 그리고 욕망에 반대되
는 것에 대한 관상(觀想)을 통해서 애염(愛染)을 비롯한 마음의 때
를 없애는 것인) 청정(淸淨), (안정된 마음의 상태이며, 해탈의 길에
마음을 충실히 정한 것인) 견고(堅固), (마음을 아(我)의 본모습을
제외한 다른 대상들로부터 물리치는 것인) 자기제어, **7**

(이 세상과 다른 세상의 즐길거리인 소리를 비롯한) 기관의 대
상들에 대한 (잘못을 찾아내어 염리(厭離)하는 것이며, 애염(愛染)

이 없는 마음의 상태인) 이욕(離慾), (아(我)가 아닌 몸에 대해서 아
(我)라는 자각이 없는 상태, 아울러 나의 것이 아닌 것에 대해서 나
의 것이라는 자각이 없는 상태인) 자의식(自意識)이 없음, 태어남
과 죽음과 늙음과 질병의 고통과 결점에 대한 고찰, **8**

　(아(我)를 제외한 다른 대상들에 대한) 애착이 없음, 아들과 아
내와 집 등에 대해 (자신과 다름이 없다는 생각으로 나타나는 특
별한 애착인) 매달림이 없음, 바라는 것과 바라지 않은 것을 얻
음에 늘 한결같은 마음의 상태, **9**

　나에 대한 (분리되지 않은 삼매이며, 세존인 와아쑤데바 끄리스나
외에는 다른 것은 없기에 그가 바로 우리의 길이라고 결심한 충실한
생각인) 다름이 없는 요가를 통한 (공경(恭敬)인) 한결같은 신애,
한적한 곳에서 지내는 것, (속된 사람, 정화의식을 치르지 않은 사
람, 교화되지 않은 사람들인) 대중과 모이는 것을 즐기지 않음, **10**

　아(我)에 대한 지혜에 상주(常住)하는 것, 본질에 대한 지혜의
대상을 바라봄, (즉, 윤회의 멈춤인 해탈을 관조(觀照)하는 것), 이것
이 지혜라고 말하는 것이다. 이와 다른 것은 지혜가 아니다. **11**

　알아야 할 것을 확실하게 말하리라. 그것을 알아 불사(不
死)를 누리리라. 시작이 없는 것, 지고의 브라흐만, 그것은 있

음이라 없음이라 말해지지 않는 것이다(눈을 비롯한 지각기관을 통해서 파악이 가능한 사물인 그릇 같은 것은 '있다는 생각에 따른 인식의 대상'이거나, '없다는 생각에 따른 인식의 대상'이다. 그러나 알아야 할 것인 브라흐만은 지각기관을 초월한 것이기 때문에 '있다는 생각에 따른 인식의 대상'도 아니고 '없다는 생각에 따른 인식의 대상'도 아니다. 따라서 그것은 있음이라 없음이라 말해지지 않는 것이다). 12

모든 곳에 손과 발이 있는 것, 모든 곳에 눈과 머리와 입이 있는 것, 모든 곳에 귀가 있는 것, (전체적으로 청정한 아(我)의 본모습인) 그것은 (공간 등에 의해서 제한됨이 없기에) 세상에서 모든 것에 두루 편재하여 머문다. 13

모든 기관이 없는 것이지만 모든 기관의 특성을 통해서 비추는 것, (즉, 내적기관인 지성과 자의식과 마음, 그리고 외적기관인 지각기관과 행위기관들인 모든 기관의 특성은 판단하기, 생각하기, 듣기, 말하기 등이다. 이러한 모든 기관의 작용들에 의해서 활동하는 자처럼 보이는 것), (모든 것과의 상호접촉인) 집착이 없는 것이지만 모든 것을 지탱하는 것, (진성, 동성, 암성이라는 세 가지) 성질이 없는 것이지만 성질을 (기쁨과 고통과 미혹의 형태로 변화된 진성과 동성과 암성을 소리 등등을 통해서) 누리는 것이다. 14

존재들의 밖에 있으며 안에 있는 것이다. 움직이지 않는 것이며 움직이는 것이다. 그것은 미세한 것이기에 알 수 없는 것이다. 그것은 멀리 있으며 가까이 있는 것이다. **15**

나누어지지 않은 것이면서 존재들 안에 나누어진 것처럼 머문 것이다. 알아야 할 그것은 존재를 보호하고 기르는 것이며, 삼키는 것이며, 생겨나게 하는 것이다. **16**

그것은 또한 (아(我)인 정신의 빛에 의해서 태양을 비롯한 천체들이 빛나기 때문에) 천체들의 빛, 어둠의 저편이라 일컬어진다. '지혜', '알아야 할 것', '지혜로 다가가야 하는 것'이다. 모두의 심장에 특별히 머문 것이다. **17**

이렇게 '농지'와 '지혜'와 '알아야 할 것'을 간략히 말했다. 나를 신애하는 자는 이것을 잘 알아 나의 상태에 적합하게 된다. **18**

자연과 인아 둘 모두를 시작이 없는 것이라고 알아라. (지성을 비롯한 몸과 기관들인) 변화들과 (기쁨과 고통과 미혹의 인식의 형태로 변화된 진성과 동성과 암성이라는 세 가지) 성질들을 자연에서 생겨난 것들이라고 알아라. **19**

(몸인) 결과와 (지성, 자의식, 마음, 다섯 가지 지각기관, 다섯 가

지 행위기관, 이렇게 합하여 모두 열세 개의) 도구를 만들어 냄에 있어서 자연이 원인이라 말해진다. 기쁨과 고통들을 겪음에 있어서는 (자연과 접촉한) 인아가 원인이라고 말해진다. **20**

(누리는 자인) 인아는 자연에 머물러 자연에서 생겨난 (행복과 고통과 미혹의 형태로 나타난) 성질들을 누린다. 성질에 대한 애착이 (인아(人我)인) 이것이 좋고 좋지 않은 자궁에 태어나는 원인이다. **21**

이 몸 안에 있는 지고의 인아는 (무심하게 가장 가까이) 옆에서 보는 자, (몸인 결과와 지성, 자의식, 마음, 다섯 가지 지각기관, 다섯 가지 행위기관, 이렇게 합하여 모두 열세 개의도구의 활동들에 스스로는 참여하지 않지만 활동하는 것처럼 그에 순응하여 나타나기 때문에, 혹은 자신의 활동들에 참여하는 것들에 대한 목격자가 되어 그것들을 물리치지 않기 때문에) 동의하는 자, 유지하는 자, (몸의 활동에 의해서 생겨나는 기쁨과 고통을 받아들이기 때문에, 그리고 지성의 기쁨과 고통과 미혹을 본질로 하는 인식들은 정신인 아(我)에 먹혀진 것처럼 다양하게 생겨 나타나기에) 먹는 자, (모든 것의 아(我)의 상태이기 때문에, 독립인 상태이기 때문에 위대한 자재자, 혹은 몸을 제어하고 몸을 유지하고 양육하며 몸의 주인이기 때문에 몸과 기관과 마음들에 대해서) 대자재자(大自在者), '지고의 아(我)'라고도 말해지는 것

이다. **22**

　이처럼 인아와 자연을 성질들과 더불어 (인아(人我)는 직접
적으로 자기 자신인 것으로 알고, 무명(無明)의 형태인 자연은 성질
들과 더불어 명(明)에 의해서 제거된다는 것을) 아는 자, 그는 모
든 방식으로 살아가더라도 다시 태어나지 않는다. **23**

　어떤 자들은 (소리를 비롯한 대상들에서 귀를 비롯한 기관들을
마음에 거두어들여, 마음이 하나로 집중하여 끊임이 없는 인식이 기
름의 줄기처럼 계속 이어지는, '개별적인 정신체'에 대한 사유(思惟)
인) 명상을 통해서, 다른 자들은 ("진성, 동성, 암성들인 이 성질
들은 나에 의해서 보이는 것들이다. 나는 이러한 성질들과는 다른
것이다. 나는 성질들의 작용을 직접 관찰하는 존재로서 성질과는 다
른 항상한 것인 아(我)이다."라는 사유(思惟)인 지혜의 요가, 즉) 잘
밝힘의 요가를 통해서, 또 다른 자들은 (자재자에게 바친 지성을
통해서 행해지는 움직임의 형태인 행위가 바로 요가인) 행위의 요
가를 통해서 (몸인) 아(我) 안에서 (명상에 의해 정화된 내적기관,
즉 지성과 자의식과 마음인) 아(我)를 통해 (개별적인 정신인) 아
(我)를 바라본다. **24**

　그러나 (선택적인 방법들 가운데 그 어떤 하나를 통해서도 앞에서
언급한 아(我)를 알지 못하는) 다른 자들은 이처럼 알지 못해 (본

질을 바라보는 지혜로운) 다른 자들에게서 들은 다음에 다가온다. 가르침에 귀의하는 자인 그들 또한 죽음을 건너 벗어난다. **25**

바라따족의 황소여, 움직이고 움직이지 않는 그 어떤 사물이든 생겨나는 것은 모두가 (대상인) '농지'와 (대상을 인식하는 자인) '농지를 아는 자'의 (밧줄과 조개껍질 등에 그 특질에 대한 분별지가 없음으로 인해서 밧줄에 뱀을 그리고 조개껍질에 보석 등을 부가하는 연결, 즉, '농지'와 '농지를 아는 자'의 본모습에 대한 분별이 없음을 원인으로 하는) 연결에 의한 것임을 알아라. **26**

모든 존재 안에 동일하게 머물러 있는 지고의 자재자를 보는 자, 멸하는 것들 안에서 멸하지 않는 것을 보는 자, 그가 보는 자이다. **27**

모든 곳에 마찬가지로 자리 잡은 자재자를 동일하게 보아 (마음인) 아(我)로써 (자신의) 아(我)를 해치지 않는다. 그래서 지고의 경지에 이른다. **28**

(말과 마음과 몸에서 비롯되는 것들인) 행위들은 모두가 (세존의 진성, 동성, 암성이라는 세 가지 성질을 본질로 하는 환력(幻力)인) 자연에 의해서 (이루어지고) 행해지는 것들이라고 보는 자, 그리고 아(我)는 행위 하지 않는 것이라고 보는 자, 그가 바로

(있는 그대로 자리 잡은 아(我)인 지고의 사물을) 보는 자이다. **29**

　(존재들의 개별성인) 존재의 각각의 상태가 (하나인 아(我)) 한곳에 머문 것을 (경전과 교사의 가르침을 따라 명상하여 "아(我)가 바로 이 모든 것이다."라는 말처럼 마음의 눈이 열려 육신의 눈으로 아(我)를 직접 보듯이) 보고, 그리고 그곳에서 (생겨나서) 펼쳐지는 것을 볼 때, 그때 (제한되지 않은 하나뿐인 지혜의 형태인 아(我), 즉) 브라흐만을 이룬다. **30**

　꾼띠의 아들이여, 이 '지고의 아(我)'는 시작이 없는 것이기 때문에, (변화하는 것인) 성질이 없는 것이기 때문에 불멸이다. 몸에 머물러도 행하지 않고, (행하는 것이 없어서 행위의 결과에도 매이지, 즉) 걸리지 않는다. **31**

　모든 곳에 편재한 허공이 미세하여 걸림이 없듯이, 모든 몸에 자리 잡은 아(我)는 그렇게 걸림이 없다. **32**

　바라따의 후손이여, 태양 하나가 이 모든 세상을 비추듯이, (지고의 아(我)인) '농지를 가진 자'는 그렇게 모든 '농지'를 (자신의 지혜로) 비춘다. **33**

　이처럼 '농지'와 '농지를 아는 자'의 차이를, 그리고 (존재의 형태로 변화된 자연인) 존재의 자연에서 벗어남을 지혜의 눈을 통해 아는 자들은 (브라흐만이며, 자신의 모습으로 자리 잡은 제한되지 않은 지혜의 형태인 아(我), 즉) 지고에 이른다. **34**

이상은 브야싸의 십만 개로 이루어진 결집서인 성스러운 마하바라타의 비스마 편에 있어서 성스러운 바가바드기타인 우파니샤드들 가운데 브라흐만에 대한 지혜이며 요가의 경전인 성스러운 끄리스나와 아르주나의 대화에서 '농지와 농지를 아는 자의 요가' 혹은 '농지와 농지를 아는 자의 분별의 요가'라고 이름하는 열세 번째 장이다.

세 성질에 대한 분위(分位)의 요가

제
14
장

성스러운 세존께서 말씀하셨습니다.

지혜 가운데 최고의 지혜인 지극한 것을 다시 말해주리라. (명상을 즐기는 자들인) 모든 무니(牟尼)들이 이를 알아 이후에 지극한 성취에 이른 것이다. **1**

이 지혜에 의지해 나와 동일한 특질의 상태에 도달한 자들은 창조의 때에도 태어나지 않고, (창조의 신인 브라흐마도 멸하는) 멸망의 때에도 흔들리지 않는다. **2**

바라따의 후손이여, (진성, 동성, 암성, 이렇게 세 가지 성질을 본질로 하는 것이며 나의 환력(幻力)이고 자연이라 말하는) '큰 것'인 브라흐마는 나의 자궁이다. 그곳에 나는 (모든 생명체의 씨앗의 상태인) 태를 놓아 둔다. 그로부터 모든 존재들의 출생이 생겨난다. **3**

꾼띠의 아들이여, (신과 조상과 인간과 가축과 맹수 등등의) 모든 자궁에 생겨나는 형상들, 그들의 (원인인) 자궁은 '큰 것'인 브라흐마다. 나는 씨앗을 주는 자인 아버지다. **4**

위대한 팔을 가진 자여, 진성, 동성, 암성인 성질들은 자연에서 생겨난 것들이며, (신과 인간을 비롯한 몸과 관계된 아(我)이며) '몸을 가진 자'인 불멸을 몸에 매어놓는다. **5**

죄 없는 자여, 그 가운데 진성은 무구(無垢)한 것이기 때문에 빛을 비추는 것, 평안한 것이다. 기쁨에 대한 애착과 지혜에 대한 애착으로 매어둔다. **6**

꾼띠의 아들이여, 애염(愛染)을 본질로 하는 동성은 갈망과 집착에서 생겨난 것임을 알아라. 그것은 행위에 대한 애착으로 (생명의 아(我)인) '몸을 가진 것'을 물들여 매어둔다. **7**

바라따의 후손이여, 모든 '몸을 가진 자'들을 미혹하게 하는 암성은 무지에서 생겨난 것임을 알아라. 그것은 부주의와 게으름과 잠들을 통해 매어둔다. **8**

바라따의 후손이여, 진성은 기쁨에 묶어두고 동성은 행위에 묶어둔다. 그리고 암성은 지혜를 덮어 부주의에 묶어둔다. **9**

바라따의 후손이여, 동성과 암성을 눌러 진성이, 진성과 암성을 눌러 동성이, 그리고 진성과 동성을 눌러 암성이 생겨난다(동성과 암성 둘을 눌러 자신의 본성을 획득한 진성은 지혜와 기쁨을 비롯한 자신의 작용을 시작한다. 동성이 진성과 암성 둘을 눌러 늘어나면, 행위와 갈망을 비롯한 자신의 작용을 시작한다. 암성이 진성과 동성 둘을 눌러 늘어나면, 지혜를 덮는 것을 비롯한 자신의 작용을 시작한다). **10**

이 몸에 있는 (아(我)의 인식의 문들인 귀를 비롯한 지각기관들인) 모든 문에서 빛인 지혜가 생겨날 때, 그때는 진성 또한 늘어난 것이라고 알아라. **11**

바라따족의 황소여, 탐욕, 활동, (결과의 방편이 되는) 행위들의 시작, 평안하지 않음, (모든 일반적인 사물을 대상으로 하는 갈망인) 희구(希求), 이러한 것들이 동성이 늘어나면 생겨난다. **12**

꾸루족을 기쁘게 하는 자여, (지나친 무분별이며 지혜가 일어나지 않는 것인) 빛이 없음, 활동이 없음, 부주의, 미혹, 이러한 것들이 암성이 늘어나면 생겨난다. **13**

(아(我)인) '몸을 유지하는 자'가 진성이 한껏 늘어났을 때 (죽음인) 사라짐에 이르게 되면, 최상의 것을 아는 자들의 청

정(淸淨)한 세상들을 얻는다. **14**

동성일 때 사라짐에 이르면 (결과를 위해서) 행위에 애착하는 자들 안에 태어난다. 암성일 때 사라진 자는 (개와 돼지 등의 자궁들인) 어리석은 자궁들 안에 태어난다. **15**

(진성적인 행위인) 선한 행위의 결과는 진성적이고 무구(無垢)한 것이라고 말한다. 동성(적인 행위)의 결과는 고통이다. 암성(적인 행위)의 결과는 무지다. **16**

진성에서 지혜가 그리고 동성에서 탐욕이 생겨난다. 암성에서 부주의와 미혹과 무지가 생겨난다. **17**

진성에 머문 자들은 위로 (신의 세계로) 간다. 동성적인 자들은 중간에 (인간의 세계에) 머문다. 천한 성질의 작용에 (즉, 암성의 작용에) 머문 암성적인 자들은 아래로 (짐승 등의 세계로) 간다. **18**

(앎이 있는 자인) '보는 자'가 성질들 말고는 다른 행위자가 없다는 것을 보고, 그리고 성질들 너머의 것을 알면, 그는 나의 상태에 도달한다. **19**

'몸을 가진 자'는 몸을 생겨나게 하는 것들인 이 세 성질을 넘어가서, 태어남과 죽음과 늙음의 고통에서 벗어나 불사를 누린다. **20**

아르주나가 말했습니다.

주여, 이 세 성질을 벗어난 자는 어떤 특징들을 가지고 있습니까? 행실은 어떻습니까? 어떻게 이 세 성질을 벗어납니까? **21**

성스러운 세존께서 말씀하셨습니다.

빤두의 아들이여, 빛과 활동과 미혹이 일어나는 것을 싫어하지도 않고, 물러나는 것을 바라지도 않는다(빛은 진성의 결과이고, 활동은 동성의 결과이고, 미혹은 암성의 결과이다. 성질을 벗어난 자는 이러한 것들이 온전한 대상의 상태로 생겨난 것을 싫어하지 않는다. 진성적이거나 동성적이거나 암성적인 사람들은 진성적이거나 동성적이거나 암성적인 결과들이 자신에게 나타난 다음 물러난 것들을 원한다. 그러나 성질을 벗어난 자는 이렇게 물러난 것들을 원하지 않는다. 빛을 본질로 하는 진성적인 성질은 분별성을 만들어 내어 기쁨에 연결하여 속박하기 때문에 성질을 벗어나지 못한 자는 빛을 싫어한다. 동성적인 것인 활동은 고통을 본질로 하는 것이다. 그러한 동성에 작용되어 자신의 본래 상태에서 벗어나 괴로움이 생기기 때문에 성질을 벗어나지 못한 자는 활동을 싫어한다. 암성적인 인식이 생겨나서 자신이 어리석다고 여기기 때문에 성질을 벗어나지 못한 자는 미혹을 싫어한다). **22**

무심한 듯이 앉아 성질들에 의해 동요되지 않는다. "성질들이 작용하는 것이다"라며 안정하는 자는 흔들리지 않는다. **23**

고통과 기쁨에 대해 동일한 자, (아(我)인) 자신에 머무는 자, 흙덩이와 돌과 황금에 대해 동일한 자, 좋아하는 것과 싫어하는 것에 대해 마찬가지인 자, (지혜로운 자인) 견고한 자, 자신에 대한 비난과 칭찬에 대해 마찬가지인 자, **24**

존경과 모욕에 대해 마찬가지인 자, 친구와 적 편에 대해 마찬가지인 자, (이 세상과 다른 세상의 것들을 목적으로 시작한) 기도(企圖)한 모든 일을 버리는 자, 이러한 자가 성질을 벗어난 자라 말해진다. **25**

오락가락하지 않는 신애의 요가를 통해 나를 가까이하는 자, 그는 이러한 성질들을 온전히 벗어나 브라흐만이 되기에 합당하다. **26**

나는 불사(不死)이고 불변이며 항상하고 도리(를 통해 얻어야 할 지혜의 요가 또는 '지혜에 충실함)이고 절대적인 기쁨인 브라흐만의 바탕이기 때문이다. **27**

이상은 브야싸의 십만 개로 이루어진 결집서인 성스러운 마하바라타의 비스마 편에 있어서 성스러운 바가바드기타인 우파니샤드들 가운데 브라흐만에 대한 지혜이며 요가의 경전인 성스러운 *끄리스나*와 아르주나의 대화에서 '세 성질에 대한 분위(分位)의 요가'라고 이름하는 열네 번째 장이다.

최상의 인아(人我)의 요가

성스러운 세존께서 말씀하셨습니다.

뿌리가 위에 있고 가지가 아래에 있으며, 잎사귀들이 운율들인 보리수를 불멸이라고 말한다. 그 보리수를 아는 자가 베다를 아는 자다(시간보다도 미세한 것이기에, 원인이기에, 항상한 것이기에, 그리고 위대한 것이기에 '나타나지 않은 환력(幻力)의 힘을 가진' 브라흐만은 '위에 있는 것'이다. 이러한 브라흐만을 뿌리로 가진 것이기 때문에 윤회의 나무는 '뿌리가 위에 있는 것'이다.『까타 우파니샤드』(2.6.1)에서도 "위로 뿌리가, 아래로 가지가 있다."라고 말한다. 뿌리가 위에 있는 나무는 '윤회의 환력(幻力)으로 이루어진 것'이다. 지성인 '큰 것'(大), 자의식(自意識), 유(唯)들이 가지들처럼 이 나무의 아래에 있어서 가지가 아래라고 말한다. 운율들은 『리그베다』,『야주르베다』,『싸마베다』들이다. 잎사귀들이 나무를 온전히 보호하기 위한 것이듯이 베다들은 '도리와 도리가 아닌 것, 도리와 도리가 아닌 것의 원인과 결과를 밝히기 위한 것'이기 때문에 윤회의 나무를 온전히 보호하기 위한 것들이다. 보리수의 어원은 '내일에도 머무는 것이 아니라는 것'이라는 말에서 유래한다. 즉, '찰나 지간에 사라지는 것'이 보리수의 어원적인 의미이다. '윤회의 환력으로 이루어진 것'인 이러한 '윤회의 나무'는 '시작이 없는 시간부터 자라온 것'이기 때문에 생겨난 모든 것은 멸한다는 우주의 법칙을 벗어나서 불멸(不滅)이다. 윤회의 나무를 뿌리를 포함하여 아는 자가 베다의 의미를 아는 자이다. 이 윤회의 나무를 뿌리를 포함하여 아는 것 외에는 알아야 할 것은 전혀 없다. 그래서 베다의 의미를 아는 자는 모든 것을 아는 자이다). (혹은 일곱 세상의 위에 자리 잡은 얼굴이 넷인 창조의 신인 브라흐마가 시작인 것이기 때문에 '뿌리가 위에 있는 상태'이다. 일곱 세상은 아래에서 위로 차례로 부르, 부와르, 쓰와르, 마하르, 자나쓰, 따빠쓰, 싸뜨얌 이라는 이름의 세상들이다. 첫 번째 세상인 부르는 지상의 세상이며 뒤로 갈수록 더욱더 높은 하늘의 세상이다. 마지막인 싸뜨얌이 가장 높은 하늘의 세상이며, 창조의 신인 브라흐마의 세상이다. 땅에 거주하는 모든 사람, 가축, 맹수, 새, 벌레, 곤충, 나방, '움직이지 못하는 것'에 이르기까지의 상태로 인해서 '가지가 아래에 있는 상태'이다. 보리수는 '윤회의 형태'이다. 집착이 없는 상태가 원인이 되어 생겨나는 올바른 지혜가 일어나기 전까지는 흐름의 형태로서 단절되지 않는 상태이기 때문에 불멸이다. 베다는 '윤회의 나무'를 베는 방법을 말한다. 베어야 할 것인 나무의 '본모습에 대한 앎'은 베는 방법을 앎에 있어서 유용하다. 그래서 '이러한 보리수를 아는 자가 베다를 아는 자다'라고 말한다). 1

이것의 가지들은 성질에 의해 자라나 아래로 위로 뻗어있고 새싹은 대상들이다. 행위를 따르는 뿌리들은 아래로 인간의 세상에 이어져 있다(아래로는 사람에서 시작하여 움직이지 않는 것에 이르기까지, 그리고 위로는 우주의 창조자인 브라흐마에 이르기까지 각각의 행위와 학식에 따라서 지혜와 행위의 결과들이 나뭇가지들처럼 뻗어있다. 이것들은 진성과 동성과 암성들이 질료인(質料因)들이 되어 조대화(粗大化)한 것들이다. '몸을 비롯한 행위의 결과'들인 이 가지들에서 소리를 비롯한 것들인 대상들이 새싹들처럼 싹을 틔운다. 그래서 대상들을 새싹으로 가지고 있는 가지들이다. 행위의 결과로서 생겨난 습기(習氣)들이 뿌리들처럼 도리와 도리가 아닌 활동의 원인들로써 부차적으로 존재한다. 이 부차적인 뿌리들은 인간의 세계에 도리와 도리가 아닌 것의 형태인 행위에 따라서 생겨나는 것들이다. 인간의 세계는 천신(天神) 등에 비해 아래이기 때문에 뿌리들이 아래로 들어가 있다고 말한다).

(혹은 인간 등등이 가지인 이 나무는 각각의 행위에 의해 만들어진 가지들이 다시 사람과 가축 등의 형태로 아래로 뻗어 있다. 그리고 간다르바(乾闥婆), 약샤(夜叉), 신 등등의 형태로 아래로 뻗어 있다. 창조의 신인 브라흐마의 세계가 뿌리이며 인간이 그 꼭대기인 이 나무는 아래로 인간의 세계에도 행위를 따르는 뿌리들이 이어져 있다. 왜냐하면 인간의 몸의 상태에서 행한 행위들에 의해서 아래로 인간과 가축 등으로 되고, 위로 신 등으로 되기 때문이다). **2**

이 나무의 (앞에서 이야기한 것과 같은) 모습은 여기서 그렇게 보이지 않는다. (꿈과 신기루처럼 본질적으로 보면 사라지는 것이기 때문에) 끝이 없고, 시작이 없고, 지속이 없다. 뿌리가 잘 자란 이 보리수를 (아들과 재산과 세상에 대한 희구 등등으로부터 떨쳐 일어나는 것인) 무착(無着)의 강한 칼로 베어내어(이 나무는 얼굴이 넷인 창조의 신인 브라흐마가 시작인 것이라 뿌리가 위에 있는 것이며, 브라흐마로부터 이어지는 계통의 연속에 의해 인간이 끝인 상태이기 때문에 가지가 아래에 있는 것이다. 그리고 이 나무는 인간의 상태에서 행한 '뿌리가 되는 것'들인 행위들에 의해서 아래로 위로 가지가 뻗어 나간 상태이다. 윤회하는 자들은 나무의 이러한 모습을 모른다. 이 나무의 멸함은 성질로 이루어진 것인 향유(享有)들에 집착하지 않음으로써 이루어진다. 윤회하는 자는 이것을 알지 못한다. 성질에 대한 애착이 이 나무의 시작이다. 윤회하는 자는 이것을 알지 못한다. 그리고 '아(我)가 아닌 것'에 대해서 '아(我)라는 자각의 형태'인 무지가 이 나무의 지속이다. 윤회하는 자는 이것을 알지 못한다. 성질로 이루어진 것인 향유(享有)에 대한 애착이 없는 형태인 칼은 올바른 앎이 뿌리인 것이다), **3**

그리하여 간 자들이 다시는 되돌아오지 않는 그 자리를 (즉, 최초의 것인 그 인아(人我)를) 찾아야 한다. "그로부터 오래된 활동이 (즉, 윤회의 환력(幻力)인 나무의 활동이) 펼쳐진 것인 그 최초의 인아에 (귀의하여 그 자리인 그 인아(人我)에) 나는 이르리라!"**4**

아만(我慢)과 미혹이 사라진 자들, 애착이란 잘못을 이겨낸 자들, (항상 아(我)에 대한 명상에 정진하여) 항상 아(我) 안에 있는 자들, 욕망이 벗겨 없어진 자들, 기쁨과 고통이라는 이름 등을 가진 서로 대립적인 것들에서 벗어난 자들, (아(我)와 아(我)가 아닌 것의 본질을 아는) 어리석지 않은 자들은 그 불멸의 자리로 간다. 5

그곳을 태양도 달도 불도 비추지 못한다. 가서는 되돌아오지 않는 그곳이 나의 지고의 거처이다. 6

바로 (지고의 아(我)인) 나의 한 부분이 (윤회인) 생명의 세계에 항구한 생명이 되어 자연에 자리 잡은 다섯 기관과 마음을 끌어당긴다(생명은 나의 항구한 부분이지만, 그 어떤 것은 무시이래의 행위의 형태인 무명(無明)에 싸여 자신의 본모습이 감추어져 있다. 이러한 생명은 '생명의 세계'에서 자연의 변화인 신과 인간 등등의 특별한 몸에 위치한 마음을 비롯한 여섯 개의 기관을 끌어당긴다. 그리고 또 어떤 생명은 무명(無明)에서 벗어나 자신의 모습으로 자리 잡는다. 그러나 생명이 된 것이 지혜와 자재력(自在力)이 아주 줄어든 경우에는 행위를 통해서 얻은 것인 자연의 특별한 변화 형태인 몸에 위치한 마음을 위시한 여섯 개의 기관들의 자재자로서 행위에 따라서 그 기관들을 이리저리 끌어당긴다). 7

(생명인) 자재자는 몸을 벗어나고 얻을 때, 바람이 향기들을 머물러 있는 곳에서 데려가듯이 (마음이 여섯 번째의 것인 기관들인) 이것들을 더불어 가져간다. **8**

(몸에 머문 것인 생명의 아(我)) 이것은 청각기관, 시각기관, 촉각기관, 미각기관, 후각기관, 그리고 마음에 깃들어 대상들을 누린다. **9**

(이전에 얻은 몸을) 벗어나는 것을, (몸에) 머물러 있는 것을, (소리를 비롯한 것을 인식하여) 누리는 것을, (기쁨과 고통과 미혹의 형태의 성질들과 연결되어) 성질과 어울린 것을, (이 세상의 것과 이 세상의 것이 아닌 대상에 대한 향유의 힘에 마음이 이끌려 여러 가지로 미혹되고, 사람의 상태를 비롯한 몸덩어리를 아(我)로 자각하는) 어리석은 자들은 보지 못한다. 지혜의 눈을 가진 자들이 본다. **10**

(마음이 삼매에 든) 노력하는 요가수행자들은 (아(我)인) 이것이 자신 안에 자리 잡은 것을 본다(즉, "이것이 나다"라고 이렇게 자신의 지성 안에서 인식한다). (혹은, 나에게 헌신하여 행위의 요가 등에 노력하는 자들은 행위의 요가 등으로 인해 지성과 자의식과 마음인 내적기관에 때가 없는 무구(無垢)한 자가 된다. 이러한 요가수행자들은 요가라는 형태의 눈을 통해서 자신인 몸 안에 자리 잡

고 있으면서도 몸과는 별개의 것인 자신의 모습으로 자리 잡은 이아(我)를 본다). 노력해도 마음이 만들어지지 않아 지각이 없는 자들은 (아(我)인) 이것을 보지 못한다. 11

온 세상을 비추는 태양에 깃든 빛, 달과 불에 있는 빛, 그 빛은 나의 것임을 알아라. 12

나는 땅으로 들어가 (막힘없는 능력인) 힘으로 존재들을 지탱한다. 그리고 진액이 본질을 이루는 (모든 진액이 생겨나는 곳인) 달이 되어 (땅에 생겨난 쌀과 보리 등의) 모든 약초들을 풍성하게 한다. 13

나는 (먹은 음식을 소화 시키는, 배에 있는 불인) 와이스와나라가 되어 생명체들의 몸에 깃들어 (입과 코로 나가며 스스로 황제의 자리에 주재하는 숨인) 생기와 (생기가 자신을 나눈 것이며, 소변과 대변을 빼주며 주재하는 숨인) 하기와 함께 연결되어 (씹지 않고 먹을 수 있는 음식, 씹어 먹는 음식, 빨아 먹는 음식, 핥아먹는 음식, 이렇게 네 종류의 음식, 혹은 고기처럼 씹어 먹는 음식, 빨아 먹는 음식, 핥아먹는 음식, 마시는 음식, 이렇게) 네 종류의 음식을 소화한다(『쁘라스나 우파니샤드』(3.5)에 의하면 "항문과 생식기에는 하기(下氣)가 주재하고, 눈과 귀에는 입과 코를 통해 생기(生氣)가 직접 주재하고, 그리고 가운데는 평기(平氣)가 주재한다. 이것은 이 공양한 음식을 고르게 가져간다." 생기의 어원적인 의미는 '앞으로 움직이는 숨, 수승한 숨'이다. 하기의 어원적인 의미는 '아래로 움직이는 숨, 떨어져 나가게 하는 숨'이다. 먹고 마신 것을 온 몸에 고르게 가져가는 숨인 평기의 어원적인 의미는 '고르게 하는 숨'이다. 우리 몸의 숨은 모두 다섯 가지다. 생기(生氣), 하기(下氣), 평기(平氣), 편기(遍氣), 상기(上氣)들이다. 상기는 '위로 움직이는 숨'이라는 의미를 가진다. 편기는 '다른 방향들로 다양하게 나누어 움직이는 숨'이라는 의미를 가진다. 생기는 입과 코로 나가며 스스로 황제의 자리에 주재한다. 하기는 생기가 자신을 나눈 것이며, 소변과 대변을 빼주며 주재한다. 평기는 배꼽에 있는 숨이다. 먹고 마신 것을 고르게 가져가기 때문에 평기라고 한다. 편기는 태양에서 햇살들이 모든 곳으로 퍼져 도달하듯이 심장으로부터 모든 곳에 도달하는 경락들에 의해 모든 몸에 두루 퍼져 편재한다. 상기는 '고마운'이라는 이름의 경락' 위에 있으며 발바닥에서 머리끝까지 작용하는 숨이다). **14**

나는 모두의 (지성의 처소인) 심장에 (생각을 통해서 모든 것을 제어하면서 아(我)의 상태로 들어가) 잘 깃들어 있다. 그래서 내게서 기억과 지혜와 제거가 생겨난다(나는 아(我)가 되어 모든 생명체의 지성에 머문다. 그래서 모든 생명체의 기억과 지혜와 그것의 제거는 아(我)인 나의 것이다. 선행을 행하는 자들은 선행에 따라서 지혜와 기억이 생겨난다. 마찬가지로 악행을 저지르는 자들은 악행에 따라서 지혜와 기억의 제거가 있게 된다). 모든 베다를 통해 알아야 할 것이 바로 나다. 내가 (베다의 정수(精髓)인) 베단따를 만든 자이며, 베다를 아는 자다. **15**

세상에는 멸하는 것과 멸하지 않는 것 이렇게 두 인아(人我)가 있다. 멸하는 것은 (변화에 의해서 생겨난) 모든 존재들이라고, 멸하지 않는 것은 꼭대기에 머문 것이라고 말해진다(멸하지 않는 것은 세존의 환력(幻力)의 힘이다. 이것은 멸하는 것이라 일컬어지는 인아(人我)를 생겨나게 하는 씨앗이다. 이것이 수많은 윤회하는 중생에게 있어서 욕망과 행위 등의 잠재인상(業行)의 바탕이며, 멸하지 않는 것인 인아이다. '꼭대기에 머문 것'에서 꼭대기의 원어는 무더기를 의미한다. 따라서 '꼭대기에 머문 것'은 '무더기처럼 머문 것'을 뜻한다. 또는 꼭대기의 원어는 환력(幻力), 속임, 허위, 사기(詐欺)와 동의어다. 따라서 '꼭대기에 머문 것'은 '환력을 비롯한 수많은 방법으로 머문 것'을 의미한다. 윤회의 씨앗은 끝이 없는 것이기 때문에 이것은 멸하지 않는다. 그래서 멸하지 않는 것이라고 부른다).

(혹은, 멸하는 것으로 지시된 인아는 생명이라는 낱말로 말해지는 것이다. 이것은 '멸하는 본성을 가진 정신이 없는 것과 접촉한 것'으로 창조주인 브라흐마에서 시작하여 초목에 이르기까지의 모든 존재다. 멸하지 않는 것으로 지시된 것은 '정신이 없는 것과의 접촉을 벗어난 것'으로서 자신의 모습으로 자리 잡은 해탈한 아(我)이다. 이것은 정신이 없는 것과의 접촉이 없어서 '정신이 없는 것의 특

별한 변화'인 창조의 신 브라흐마 등등의 몸에 공유된 것이 아니다. 그래서 '꼭대기에 머문 것'이라고 말한다). **16**

    삼계에 들어와 지키고 유지시키는 자, 불멸인 자재자, 그 '지고의 아(我)'라고 일컬어지는 최상의 인아는 다른 것이다 (몸을 비롯한 무명(無明)에 의해서 만들어진 아(我) 보다 높은 아 (我)이기 때문에, 그리고 모든 존재들의 개별적인 정신이기 때문에 (베다의 정수(精髓)인) 베단따들에서 지고의 아(我)라고 말해진다. 이것은 이들 둘 멸하는 것과 멸하지 않는 것과는 완전히 다른 것이 다. 이것은 자신의 '정신력인 신력'을 통해서 땅과 허공과 하늘이라 고 이름하는 것인 삼계(三界)에 들어와 오로지 자기 모습의 진실한 상태를 통해 삼계를 지탱한다. 이것은 멸(滅)이 없는 것이기 때문에 불멸(不滅)이다. 이것은 모든 것을 아는 자이며, 나라야나라 이름하 는 자이며, 다스리는 자성(自性)을 가진 자인 자재자이다). (혹은, 최 상의 인아는 멸하는 것이라는 낱말로 지시된 속박된 인아와 멸하지 않는 것이라는 낱말로 지시된 해탈한 인아, 이 둘과는 다른 것으로 지고의 아(我)라고 일컬어지는 것이다. 삼계는 정신이 없는 것, 그 정신이 없는 것과 접촉한 정신이 있는 것, 그리고 해탈한 것, 이렇게 셋을 의미한다. 올바른 앎의 도구를 통해 알게 되는 이러한 셋에 아 (我)의 상태로서 들어가 유지하기 때문에 다른 것이다). **17**

    나는 '멸하는 것'을 벗어난 자, 그리고 '멸하지 않는 것'에

서도 벗어난 최상이다. 그래서 나는 세상과 베다에 널리 알려진 최상의 인아(人我)다. 18

바라따족의 후손이여, 미혹이 없는 자는 이처럼 나를 최상의 인아라고 안다. 모든 것을 아는 자인 그는 모든 상태를 통해 나를 체험한다. 19

죄 없는 자여, 나는 이처럼 가장 비밀스러운 이 가르침을 그대에게 말했나니, 바라따족의 후손이여, 이것을 알아 지혜로운 자가 되리라! 이루어야 할 바를 이룬 자가 되리라! 20

이상은 브야싸의 십만 개로 이루어진 결집서인 성스러운 마하바라타의 비스마 편에 있어서 성스러운 바가바드기타인 우파니샤드들 가운데 브라흐만에 대한 지혜이며 요가의 경전인 성스러운 끄리스나와 아르주나의 대화에서 '최상의 인아의 요가'라고 이름하는 열다섯 번째 장이다.

신의 자질과 아쑤라의 자질에 대한 구분의 요가

성스러운 세존께서 말씀하셨습니다.

두려움이 없음, (본마음인) 진성의 청정, 지혜의 요가에 확고히 머무름, (음식을 비롯한 것들을 힘닿는 대로 함께 나누고 정당하게 벌어들인 재산을 그릇이 되는 자에게 주는 것인) 보시, (지각기관과 행위기관을 제어하는 것인) 조복(調伏), 제사, (베다의 반복 학습인) 독경, 고행, 정직,

(지혜는 경전과 스승에 의해서 아(我) 등의 실체들에 대한 이해이다. 요가는 기관을 비롯한 것들을 근수(勤修)하고 집중통일하여 이해한 것들을 자신의 아(我)에 직접지각으로 경험하는 것이다. 이러한 지혜의 요가에 안주하는 것, 즉, 충실히 몰두하는 것이 '지혜의 요가에 확고히 머무름'이다. 이것은 진성적이며 신적인 자질 가운데 으뜸이 되는 것이다). 1

비폭력, (싫어함과 거짓이 없는 것이며, 있는 그대로의 사실을 말하는 것인) 진실, (다른 자들에게 욕을 먹거나 맞아도) 노여워하지 않음, (아(我)를 위한 것에 장애가 되는 소유를 버리는 것인) 내버림, (지성과 자의식과 마음인 내적기관을 멈추는 것인) 평온, 다른 자의 잘못을 말하지 않음, 존재들에 대한 연민, 동요하지 않음, 마음이 부드러움, 염치, 침착, 2

(자신감이 외양으로 나타난 것이며, 다른 자들에게 제압되지 않는 상태인) 위광(威光), (욕을 먹거나 맞아도 마음속에 변화가 생겨나지 않는 것인) 인욕(忍辱), (몸과 기관들이 지쳐도 지친 것을 막아내는 지성과 자의식과 마음으로 이루어진 내적기관의 특별한 작용, 그리고 큰 재난에 처하더라도 해야 할 의무를 결정하는 것인) 굳셈, (몸과 마음의) 정화, (다른 자를 해치려는 생각인) 해의(害意)가 없음, (자신을 지나치게 존경하는 감정인) 오만(午慢)이 없음, 바라따족의 후손이여, 이러한 것들은 신들의 자질을 가지고 태어난 자의 것이다. 3

(도리라는 것을 내세우기 위해서 도리를 행하는 것인) 사위(詐僞), (재산과 친구나 친족 등으로 인한 오만이며, 해야 할 것과 해서는 안 될 것을 분별하지 못하게 하는 것으로서 대상에 대한 경험에서 생겨나는 기쁨인) 교만(憍慢), (지나친 자부이며, 자신의 학식과 가문에 어울리지 않는 거만인) 오만(午慢), 분노(忿怒), (거친 말

인) 악구(惡口), 무지(無知), 쁘리타의 아들이여, 이러한 것들은 아쑤라(阿修羅)들의 자질을 가지고 태어난 자의 것이다. 4

신들의 자질은 해탈을 위한 것, 아쑤라들의 자질은 속박을 위한 것으로 여겨진다. 빤두의 아들이여, 슬퍼하지 마라! 그대는 신들의 자질을 가지고 태어난 자다. 5

이 세상에 존재의 (생겨남인) 창조는 두 가지가 있다. 신적인 것과 아쑤라적인 것이다. 쁘리타의 아들이여, 신적인 것은 자세히 말했으니 아쑤라적인 것을 내게서 들어라. 6

아쑤라에 속한 사람들은 (도리 혹은 법도, 재산, 욕망, 해탈이라는 네 가지 인생 목표를 이루는 방편인 해야 할 바에 나아가는 것인) 나아감과 (목표를 이루게 하지 못하는 원인으로부터 물러나는 것인) 물러남을 모른다. 그들에게는 (몸과 마음의) 정화도 없고, 품행도 없고, 진실도 없다. 7

그들은 세상은 진실이 아닌 것, 바탕이 없는 것, 자재자(自在者)가 없는 것, 서로에 의해 생겨난 것, 욕망이 원인인 것이라고, 다른 무엇이 있겠냐고 말한다. (아쑤라적인 자들은 이렇게 말한다. 우리들은 대부분 거짓말을 하는 자들이니, 이 세상 모두가 진실이 아닌 것이며, 바탕이 없는 것이다. 도리와 도리가 아닌 것이라고 하는 이 세상은 바탕이 없기에 바탕이 없는 것이다. 도리와 도리가 아닌 것에 맞추어서 이 세상을 다스리는 자가 없기에 자재자(自在者)가 없는 것이다. 서로에 의해 생겨난 것, 즉, 모든 세상은 욕망에 사로잡힌 남성과 여성의 상호결합에 의해서 생겨난 것이다. 그래서 욕망이 원인인 것이다. 세상의 원인은 다른 그 무엇도 없다. 도리와 도리가 아닌 것이라는, 보이지 않는 다른 원인은 없다. 세상에서 욕망만이 생명체들의 원인이라고 하는 이것은 세간론(世間論)의 견해이다). **8**

이런 시각에 의지하여 마음이 망가지고, 지성이 부족하고, 잔혹한 행위를 하고, 이롭지 않은 자들은 세상의 멸망을 위해 태어날 뿐이다. **9**

(경전에 규정되지 않은 계행을 갖춘 자들인) 계행이 부정한 자들은 미혹으로 인해 그릇된 집착들을 가지고 채우기 힘든 욕망에 기대어 과시와 오만과 방일(放逸)에 어우러져 행동한다. **10**

멸해야 (즉, 죽어야) 끝나는 헤아릴 수 없는 근심에 깃든 자들, 욕망을 누리는 것을 최고라고 여기는 자들, "이만큼이다!" 이렇게 확신하는 자들,

(욕망은 소리와 형태와 맛을 비롯한 것들이다. 이러한 욕망을 누리는 것, 이것만이 최고의 '인생의 목표'라고 마음으로 결정한 자들이 '이만큼이다!' 이렇게 확신하는 자들이다). **11**

희망이라는 수백의 올가미에 얽매인 자들, 욕망과 분노에 빠진 자들은 욕망을 누리기 위해 부정하게 재산 모으는 일을 한다. 12

"(보이지 않는 것인 운명 등에 의해서 아니라) 나에 의해서 이 것을 오늘 얻었어. 마음이 바라는 이걸 이루어야지. 이것이 있어. 다시 또 이것이 내 재산이 될 거야!" 13

"저 원수를 내가 죽였어. 다른 놈들도 죽여야지! 내가 자재 자야. 내가 누리는 자야. 내가 성취자야, 힘 있는 자야, 행복한 자야!" 14

"큰 부자야, 나는 귀족 출신이야. 다른 누가 나와 같겠어? (제식(祭式)으로 다른 사람을 누르기 위해) 제사 지내야지, (팁을) 주어야지, 즐겨야지!" 이렇게 무지에 미혹된 자들, 15

여러 갈래로 마음이 산란한 자들, 미혹의 그물에 뒤덮인 자 들, 욕망을 누리는 것들에 집착한 자들은 부정한 나락(奈落) 에 떨어진다. 16

그들은 자신에 도취된 자들, 거만한 자들, 재산의 교만과 방 종에 사로잡힌 자들로 명목상의 제사들을 통해 규정에 맞지 않게 (도리의 깃발을 내걸고, 제사를 지내는 자라는 것을 알리기 위한 것인) 사위(詐僞)로 봉헌한다. **17**

(나는 이라고 하는 것인) 자의식과 힘과 ('나 같은 사람은 아무도 없다'라는 건방진 생각인) 고만(高慢)과 욕망과 분노에 의지해, 자신과 다른 자의 몸들에 있는 (몸 안에서 지성과 행위를 바라보는 존재인 자재자이며, 최상의 인아(人我)인) 나를 증오하며 헐뜯는 자들이 있다. **18**

나는 그 증오하는 자들을, 잔혹한 자들을, 가장 천한 인간들을, 상서롭지 못한 자들을 (생(生)과 노(老)와 사(死)의 형태로 변화하며 계속 이어지는 것인) 윤회들 안에서 계속하여 아쑤라들의 자궁들 속으로 던져넣는다. **19**

꾼띠의 아들이여, 어리석은 자들은 태어날 때마다 아쑤라들의 자궁에 도달해 나를 얻지 못하고, 그보다도 더 천한 상태에 도달한다. **20**

애욕과 분노와 탐욕 이 세 가지는 자신을 멸하게 하는 나락의 문이다. 그러니 이 셋을 버리라! **21**
꾼띠의 아들이여, 어둠의 이 세 문들을 벗어난 사람은 자신에게 복된 일을 행한다. 그래서 지고의 상태에 도달한다. **22**

경전의 규정을 버리고 멋대로 내키는 대로 행하는 자, 그는 성취도 기쁨도 지고의 상태도 얻지 못한다. **23**

그러므로 그대에게 해야 할 것과 하지 말아야 할 것의 결정에 있어서 경전이 올바른 앎의 도구임을 알아, 경전의 규정에 언급된 행위를 여기서 행함이 마땅하다(법전, 역사서, '신화와 전설서' 등을 동반한 베다들은 최상의 인아라고 하는 지고의 실재와 '그 지고의 실재를 기쁘게 하는 형태인 행위'와 '그 지고의 실재에 도달하는 방편이 되는 행위'를 알려준다. 이렇게 경전의 규정을 통해서 언급된 실재와 행위를 가감 없이 있는 그대로 알아서 그것을 행함이 마땅하다. 법전은 『마누법전』등이며, 역사서는 산스크리트 대서사시인 『라마야나』와 『마하바라타』이다. 신화와 전설서는 베다의 편집자인 브야싸 선인(仙人)에 의해서 만들어진 열여덟 개의 『뿌라나』들이다). **24**

이상은 브야싸의 십만 개로 이루어진 결집서인 성스러운 마하바라타의 비스마 편에 있어서 성스러운 바가바드기타인 우파니샤드들 가운데 브라흐만에 대한 지혜이며 요가의 경전인 성스러운 끄리스나와 아르주나의 대화에서 '신의 자질과 아쑤라의 자질에 대한 구분의 요가'라고 이름하는 열여섯 번째 장이다.

믿음의 세 가지 구분에 대한 요가

아르주나가 말했습니다.

경전의 규정을 버리고 믿음을 가지며 신을 공경하는 자들이 있습니다. 끄리스나여, 그들의 상태는 어떻습니까? 진성적인 것입니까? 아니면 동성적인 것이거나 암성적인 것입니까? 1

성스러운 세존께서 말씀하셨습니다.

몸을 가진 자들에게 있어서 본성에서 생겨난 그 믿음은 진성적인 것, 동성적인 것, 암성적인 것, 이렇게 세 가지이다. 그것에 대해 들어라. 2

바라따족의 후손이여, 모든 자의 믿음은 본마음에 따른 모습이다. (윤회하는 생명인) 이 인아는 믿음으로 된 것이다. (생명의) 믿음인 것, 그것이 바로 (생명인) 그것이다(사람은 가지고 있는 믿음, 바로 그 믿음의 결과이다. 선한 행위를 대상으로 하는 믿음을 가진 자는 선한 행위의 결과와 연결된다. 이처럼 결과에 연결되는 데에는 믿음이 주가 된다). 3

진성적인 자들은 신들을, 동성적인 자들은 약샤(夜叉)와 락샤쓰(羅刹)들을 공경한다. 암성적인 다른 사람들은 (이 세상에서) 떠나간 자들과 귀신의 무리들을 공경한다. 4

경전에 규정되지 않은 혹독한 고행을 하는 사람들은 사위(詐僞)와 자의식에 얽매인 자들이며, 욕망과 애염(愛染)의 힘에 어우러진 자들이다. 5

생각이 없는 (무분별한) 그자들은 몸에 머무른 (지, 수, 화, 풍, 공이라는 오대)원소의 무리와 (오대원소가 모여서 이루어진) 몸 안에 머무른 (행위와 지성을 바라보는 존재인) 나를 쇠하게 한다. 그들을 아쑤라들에 뜻을 둔 자들이라 알아라. 6

모든 자에게 있어 좋아하는 음식 또한 세 가지이다. 제사와 고행과 보시도 마찬가지다. 이것들의 이러한 차이에 대해 들어라. 7

수명과 (지성인) 진성과 힘과 건강과 행복과 기쁨을 늘려주고, 풍미가 있고, 기름지고, 든든하고, 마음에 드는 음식들은 진성적인 자들이 좋아하는 것들이다. **8**

아주 쓰고, 시고, 짜고, 뜨겁고, 얼얼하고, 메마르고, 화끈거리게 하는 음식들은 동성적인 자들이 좋아하는 것이며, 고통과 근심과 질병을 주는 것들이다(아주라는 말은 쓰고를 비롯한 음식의 특징을 나타내는 모든 낱말에 연결해야 한다. 즉, '아주 쓰고, 아주 시고, 아주 짜고, 아주 뜨겁고, 아주 얼얼하고, 아주 메마르고, 아주 화끈거리게 하는 음식들은 동성적인 자들이 좋아하는 것이며, 고통과 근심과 질병을 주는 것들이다.' 이렇게 해석해야 한다. 이에 의하면 아주 쓰지 않고, 아주 시지 않고, 아주 짜지 않고, 아주 뜨겁지 않고, 아주 얼얼하지 않고, 아주 메마르지 않고, 아주 화끈거리게 하지 않는 음식들은 동성적인 자들이 좋아하는 음식이 아니라는 뜻이다). **9**

설익고 (혹은 오래 묵고), 풍미가 사라지고, 악취가 나고, (만든 다음) 밤이 지나고, 먹다 남기고, 제사 지낼만하지 않은 음식은 암성적인 자가 좋아하는 것이다. **10**

"제사지내야 하는 것이다!" (즉, "제사의 본질인 세존을 경배하는 것을 수행하는 것이 해야 할 일이다"라고) 이렇게 마음을 잘 집중하여, 결과를 바라지 않는 자들에 의해서 봉헌되는, (경전

의) 규정에 제시된 그 제사가 진성적인 것이다. **11**

바라따족 가운데 으뜸이여, 결과를 염두에 두고 또한 사위(詐僞)로 봉헌되는 그 제사를 동성적인 것이라고 알아라. **12**

규정을 갖추지 못하고, (브라흐마나들에게) 음식을 베풀지 않고, 진언을 갖추지 못하고, (제관에게) 사례(謝禮)가 없고, 믿음이 없는 제사를 암성적인 것이라 말한다. **13**

신과 (브라흐마나인) 재생자(再生者)와 스승과 지혜로운 자에 대한 공경, (몸과 마음의) 정화, (말과 마음과 몸의 태도가 꾸밈이 없는 바른 상태인) 질박(質朴), (여자들에 대해서 육욕을 가지고 눈길을 보내는 등의 상태가 없는 것인) 범행(梵行), (생명체에게 괴로움을 주지 않는 것인) 비폭력은 몸과 관련된 고행이라 말해진다. **14**

격하지 않고 진실하고 사랑스럽고 이로운 언사(言辭)와 독경의 반복 수행은 언어와 관련된 고행이라 말해진다('격하지 않고, 진실하고, 사랑스럽고, 이로운' 이 모든 것을 갖춘 언사(言辭)가 언어와 관련된 고행이다. 이들 가운데 다른 하나나 두 개나 세 개가 없는 것은 언어와 관련된 고행의 상태가 아니다). **15**

(마음이 아주 고요하고 평온한 것이며, 마음이 아주 깨끗한 상태

를 이루는 것인) 마음의 해맑음, (마음이 즐거운 상태로서 얼굴 등을 맑게 하는 지성과 자의식과 마음으로 이루어진 내적기관의 활동인) 상쾌함, (마음을 통제하여 입을 통제하는 것인) 묵언(默言), (마음의 활동을 명상의 대상에 안주시키는 것인) 마음의 억제, 청정한 감정, 이러한 것들은 마음과 관련된 고행이라 말해진다. 16

결과를 바라지 않고 ('이것은 지고의 인아(人我)에 대한 숭배의 형태다'라는 생각에) 전념하는 사람들에 의해 지극한 믿음으로 (몸과 말과 마음을 통해) 행해진 이 세 가지 고행을 진성적인 것이라 말한다. 17

찬탄과 존경과 공경을 바라고 사위(詐僞)로 행해지는 고행은 동성적인 것이라 여기서 말해지는 것이다. 불안정하고 무상한 것이다. 18

어리석은 집착으로 자신을 고통스럽게 하거나, 타자를 파괴하려 행해지는 그 고행은 암성적인 것이라 말해지는 것이다. 19

(결과를 바라지 않고) "보시를 해야 한다!"라며, (이렇게 마음을 먹고) 장소와 시간과 인물에 맞게, (보답할 능력이 없는 자거나 보답할 능력이 있는 자라고 하더라도 보답을 바라지 않기에) 보답하지 않는 자에게 주어지는 보시가 진성적인 것이라 상기

된다. **20**

보답을 바라거나 결과를 염두에 두고, 흔연하지 않게 주어지는 그 보시는 동성적인 것이라 상기된다. **21**

장소와 시간에 맞지 않게, 그리고 적절치 않은 인물들에게 존경 없이 무시하며 주어지는 보시는 암성적인 것이라 말해지는 것이다. **22**

'옴(ॐ) 그것은 진실'이라는 브라흐만에 대한 세 가지 현시(顯示)가 상기된다. 이에 의해서 예전에 브라흐마나들과 베다들과 제사들이 만들어졌다('옴(ॐ) 그것은 진실'이라는 이 세 가지 낱말은 베다인 브라흐만에 속한 것들이다. 여기서 베다인 브라흐만은 제사를 비롯한 베다의 행위를 의미한다. 베다의 행위는 '옴(ॐ) 그것은 진실'이라는 세 낱말과 관련되는 것이다. '옴(ॐ)'이라는 낱말은 베다의 행위가 시작되는 부분에 사용되는 것이기에 베다의 행위와 관련된다. '그것은'과 '진실'이라는 두 낱말은 '공경하는 것'을 나타내기에 베다의 행위와 연결된다. 이러한 세 낱말과 관련된 베다에 따라 행하는 사제계급인 브라흐마나, 왕공무사계급인 끄샤뜨리야, 평민계급이며 경제활동을 하는 계급인 바이샤, 이렇게 세 종성에 속하는 자들, 그리고 베다와 제사들은 예전에 나에 의해서 만들어진 것들이다). **23**

그래서 브라흐만에 대해 말하는 자들의, (즉, '브라흐만이 표명되어 브라흐만이라고도 불리는 베다'에 대해 말하는 자들이며 세종성에 속하는 자들의) (경전의) 규정에 언급된 제사와 보시와 고행의 의식들은 '옴(ॐ)' 이렇게 늘 발음하여 시작된다. **24**

해탈을 바라는 자들에 의해 제사와 고행의 의식들이, 그리고 여러 가지 보시의 의식들이 결과를 염두에 두지 않고 '그것은'이라며 (즉, '그것은'이라는 브라흐만의 이름을 발음하며) 행해진다. **25**

(현존하는 상태, 혹은, 없는 아들의 출생에 대한 것과 같은 없는 것의) 존재 상태와 (행동이 선하지 않은 불선한 자의 선한 행동과 같은, 혹은 행복의 상태인) 선한 상태에 이 '진실'이라는 것이 (즉, 진실이라는 브라흐만의 이름이 말하여) 사용된다. 쁘리타의 아들이여, (결혼을 비롯한) 길한 행위에도 '진실'이라는 낱말이 ('이것은 진실한 행위'라고 이렇게 말하여) 사용된다. **26**

제사와 고행과 보시에 열중함이 '진실'이라고 말해진다. ('옴(ॐ) 그것은 진실'이라는 세 가지 이름을 가진 자재자를 위한 행위, 혹은 제사와 보시와 고행) 그것을 위한 행위도 '진실'이라고 불린다(제사와 고행 등의 행위가 진성적인 것이 아니고, 덕이 없는 것이라 하더라도 믿음을 가지고 브라흐만의 세 이름인 '옴(ॐ) 그것

은 진실'을 사용하면 진성적인 것이고 덕이 있는 것으로 된다). **27**

  믿음 없이 불에 헌공(獻供)한 것, 보시한 것, 고행한 것, 행한 것은 (나를 얻는 방편의 길을 벗어난 것이기에) '진실이 아닌 것'이라 말해진다. 쁘리타의 아들이여, 그것은 사후에도 이승에도 (의미가) 없는 것이다. **28**

  이상은 브야싸의 십만 개로 이루어진 결집서인 성스러운 마하바라타의 비스마 편에 있어서 성스러운 바가바드기타인 우파니샤드들 가운데 브라흐만에 대한 지혜이며 요가의 경전인 성스러운 끄리스나와 아르주나의 대화에서 '믿음의 세 가지 구분에 대한 요가'라고 이름하는 열일곱 번째 장이다.

해탈과
온전히 내던져 버림의 요가

아르주나가 말했습니다.

긴 팔을 가진 분이여, (지각기관의 지배자인 끄리스나) 흐리쉬
께샤여, (말(馬)로 변장한 께쉬라는 이름의 아쑤라를 죽인 끄리스
나) 께쉬니슈다나여, '온전히 내던져 버림'과 '버림'의 본질에
대해 각기 알고 싶습니다. 1

성스러운 세존께서 말씀하셨습니다.

(지혜로운 자들인) 시인들은 욕망을 위한 행위들을 내던져 버
림을 '온전히 내던져 버림'이라고 안다. (전통 학자들인) 총명한
자들은 모든 행위의 결과의 버림을 '버림'이라고 말한다. 2

어떤 지혜로운 자들은 행위는 (애염(愛染)과 증오를 비롯한)
결함이 있기에 버려야 할 것이라고 말한다. 다른 자들은 제사

와 보시와 고행의 행위는 버려야 할 것이 아니라고 한다. 3

바라따족 가운데 가장 뛰어난 자여, 그 가운데 버림에 대한 나의 결정을 들어라. 사람 가운데 호랑이여, 버림은 세 가지로 잘 언급된 것이기 때문이다(행해지는 베다의 행위들에 대해서 '결과를 대상으로 하는 것', '행위를 대상으로 하는 것', '행위자를 대상으로 하는 것', 이렇게 세 가지 버림이 있다. 세 가지 버림 가운데 행위에 의해서 생겨나는 천국을 비롯한 결과는 나의 것이 아니라는 생각이 '결과를 대상으로 하는 버림'이다. 이 행위는 나의 것이라는 행위에 대한 '자신의 것이라는 생각'을 버리는 것이 '행위를 대상으로 하는 버림'이다. '모든 것의 자재자'를 행위자라고 추구하여 자신이 행위자라는 생각을 버리는 것이 '행위자를 대상으로 하는 버림'이다). 4

제사와 보시와 고행의 행위는 버려야 할 것이 아니다. 그것은 해야 할 것이다. 제사와 보시와 고행은 지혜로운 자들을 정화하는 것들이다. 5

쁘리타의 아들이여, 오히려 이러한 행위들은 애착과 (행위의) 결과들을 버리고 해야 하는 것들이라는 게 결정된 나의 최상의 견해다. 6

(일상적으로 매일 행해야 하는) 정해진 행위를 온전히 내던져 버림은 온당하지 않다. 미혹에 의해서 그것을 내버림은 암성적인 것이라고 칭해진다. 7

고통이라 여기어 몸이 괴로울 것에 대한 두려움에 행위를 버리는 자, 그는 동성적인 버림을 행하여 버림의 결과를 못 얻는다. 8

아르주나여, '해야 하는 것'이라 여기어 애착과 (행위의) 결과를 버리고 정해진 행위를 하는 것은 진성적인 버림이라 생각하는 바이다. 9

(아(我)와 아(我)가 아닌 것을 분별하는 예지의 원인인) 진성이 가득한 자, 슬기로운 자, 의심이 끊긴 자, (행위에 대한 집착과 그 행위에 대한 결과를) 버리는 자는 평안하지 않은 행위를 싫어하지도 않고, 평안한 것에 집착하지도 않는다. 10

(몸이 아(我)라고 하는 망집(妄執)을 가진 무지한 자인) 몸을 가진 자가 행위들을 남김없이 버린다는 것은 불가능하다. 그래서 행위의 결과를 버리는 자가 버리는 자라고 말해진다. 11

(나락과 축생 등의 형태인) 바라지 않은 것, (신 등의 형태인) 바란 것, (인간의 형태인) 혼합된 것, 이렇게 행위의 세 가지 결과가 (행위의 결과를) 버리지 않는 자들에게 사후에 생겨난다. 하지만 '온전히 내던져 버린 자'에게는 그 어느 때에도 생겨나지 않는다. **12**

긴 팔을 가진 자여, 모든 행위를 성취하기 위한 이 다섯 개의 원인을 내게서 잘 알아두어라. 행한 것의 종결인 (즉, 행위가 끝나는 곳인) 온전한 밝힘에 (즉, 베다의 정수(精髓)인 베단따에) 언급된 것들이다. **13**

(좋아함, 싫어함, 기쁨, 괴로움, 앎 등이 나타나 의지하여 머무는 곳, 또는 생명의 아(我)가 머무는 곳(인 몸), (생명의 아(我)인) 행위자, (지성과 자의식과 마음으로 이루어진 내적기관과 귀를 비롯한 지각기관 그리고 손을 비롯한 행위기관 등의) 각각의 기관, 각각의 다양한 활동, 그리고 다섯 번째의 것으로 이들과 관련된 신이다. **14**

이 다섯 개는 사람이 몸과 말과 마음으로 하는 행위, 올바른 것이든 삿된 것이든지 간에 그 행위의 원인들이다. **15**

이러함에도 불구하고 (있는 그대로 자리 잡은 사물을 이해하는 정화된 지성을 갖추지 못한 상태라서) 지성을 이루지 못해 (청정하고) 순일(純一)한 아(我)를 행위자라고 보는 어리석은 자는 (아(我)와 행위의 본질을) 보지 못한다. **16**

'내가 행한 것'이라는 감정이 없는 자, (행위에 대해서 자신의 행위자의 상태가 없기에 행위의 결과도 자신과는 무관하고, 행위역시 자신의 것이 아니라는 지성을 가져) 지성에 걸림이 없는 자, 그는 이 세상들을 죽여도 죽이는 것이 아니며, (인과응보에) 얽매이지 않는다. **17**

앎, 알아야 할 것, 아는 자, (이) 세 가지가 (모든) 행위를 부추기는 것이다. (행위의 도구인) 기관, 행위, 행위자, 이렇게 세가지가 행위를 구성하는 것이다. **18**

앎, 행위, 행위자는 (쌍캬철학의 창시자 까삘라의 경전인) '성질에 대해 잘 밝히는 것'에서 (진성, 동성, 암성, 이렇게 세 가지) 성질의 차이에 따라 세 가지로 말해진다. 이것들에 대해서도 사실대로 (잘) 들어라. **19**

모든 존재들 안에서 하나인 상태를, (몸의 차이로 인해서) 나누어진 것들 안에서 나누어지지 않은 (아(我)라는) 것을, (멸하지 않는 자신의 본질인) 불멸을 보게 하는 그 앎을 진성적인 것

이라 알아라. **20**

모든 존재들 안에서 (각각의 몸에 따라 다른) 별개의 것으로, 각기 다른 여러 가지 상태들을 (즉, 하나인 아(我)와는 다른 것을) 알게 하는 그 앎을 동성적인 앎이라 알아라. **21**

하나의 결과에 전부인 것처럼 집착해 있고, 근거가 없고, 진실한 의미가 없고, 사소한 (앎) 그것은 암성적인 것이라 말해지는 것이다. **22**

(일상적으로 매일 행해야 하는 것으로 혹은 자신의 신분에 알맞은 것으로) 정해진 것이고, 애착이 없는 것이고, 결과를 바라지 않는 자에 의해서 애증이 없이 행한 그 행위는 진성적인 것이라 말해진다. **23**

그러나 욕망을 이루기를 바라는 자에 의해서, 혹은 ("노력이 많은 이 일은 바로 나에 의해서 행해지는 것이다."라고 이렇게 행위자에 대한 자각인) 자의식에 의해서 많은 노력으로 행해지는 그것은 동성적인 것이라 말해지는 것이다. **24**

뒤따라 연결되는 것(인 행위에 수반되는 고통)과 손실과 (생명체를 괴롭히는 것인) 폭력과 (자신의 능력인) 노력을 살피지

않고 미혹에 의해 비롯되는 그러한 행위는 암성적인 것이라 말해진다. **25**

(결과에 대한) 애착을 벗어나고, '나는'이라고 말하지 않고, (즉, 행위자라는 자각이 없고) 인내와 근면함을 갖추고, 성취와 성취하지 못함에 있어서 변함이 없는 행위자는 진성적인 자라 말해진다. **26**

(명예를) 탐내는 자, 행위의 결과를 바라는 자, 탐욕스러운 자, 폭력적인 자, (몸과 마음이) 청정하지 않은 자, (좋아하던 것을 얻었을 때 생기는) 기쁨과 (좋아하지 않던 것을 얻었을 때 그리고 좋아하던 것을 잃었을 때 생기는) 슬픔에 매여 있는 자는 동성적인 행위자라고 칭해진다. **27**

전념하지 않는 자, (지성이) 다듬어지지 않은 자, (막대기처럼 그 누구에게도 숙이지 않는, 혹은 일을 시작하려는 성향이 없는) 뻣뻣한 자, 거짓 꾸미는 자, 비열한 자, 게으른 자, (침울한 본성을 가진 자인) 우울한 자, 그리고 (해야 할 일을) 미루는 자는 암성적인 행위자라 말해진다. **28**

이겨 재산을 얻은 자여, (진성, 동성, 암성이라는 세 가지) 성질에 따른 지성과 인내의 세 가지 차이를 각각 남김없이 말할

테니 들어라. **29**

쁘리타의 아들이여, (활동이며 속박의 원인이며 행위의 길인, 혹은 세속적인 번영의 방편이 되는 도리인) 나아감과 (해탈의 원인이며 온전히 내던져 버림의 길인, 혹은 해탈의 방편이 되는 도리인) 물러남, 해야 할 것과 하지 말아야 할 것, (경전에서 벗어나는 것인) 두려운 것과 (경전을 따르는 것인) 두렵지 않은 것, 속박과 해탈을 아는 지성은 진성적인 것이다. **30**

쁘리타의 아들이여, 도리와 도리가 아닌 것, 해야 할 것과 하지 말아야 할 것에 대해 사실과 다르게 아는 지성은 동성적인 것이다. **31**

쁘리타의 아들이여, 어둠에 덮여 도리가 아닌 것을 도리로 여기고, 모든 사물을 반대로 아는 지성은 암성적인 것이다. **32**

쁘리타의 아들이여, 한눈을 팔지 않는 흔들림이 없는 요가를 통해 마음과 숨과 기관의 활동들을 챙기게 되는 그런 인내는 진성적인 것이다. **33**

아르주나여, 쁘리타의 아들이여, 결과를 바라는 자가 도리와 욕망과 재산을 강한 애착에 의해 챙기게 되는 그런 인내는

동성적인 것이다. **34**

　쁘리타의 아들이여, 그릇된 생각을 가진 자가 (잠인) 꿈과 두려움과 슬픔과 낙담과 도취를 버리지 못하는 그런 인내는 암성적인 것이다. **35**

　바라따족 가운데 황소여, 이제 세 가지 기쁨에 대해 내게서 들어라. 반복되는 수련을 통해 즐기고, 고통의 끝에 확실히 이르게 하는 것이다. **36**

　처음에는 독과 같지만 결국에는 불사의 감로와 같은 것, 자신의 지성이 해맑아 생겨나는 그러한 기쁨은 진성적인 것이라 말해지는 것이다(지혜와 이욕(離欲)과 명상과 삼매는 처음 접할 때는 독약과 같은 '고통이 본질인 것'이다. 그러나 결과적으로는 지혜와 이욕을 비롯한 것이 완숙하여 생겨나는 기쁨은 '불사의 감로'에 비유되는 것이다. 이러한 기쁨은 '자신의 지성'의 해맑음, 즉, 명경지수(明鏡止水)의 물처럼 해맑은 티 없는 상태에서 생겨나는 것이다. 그래서 '자신의 지성이 해맑아 생겨나는 것'이라고 말한다. 또는 '자신의 지성'은 '아(我)'를 대상으로 하는 지성', '아(我)에 의지하는 지성'이다. 이러한 지성의 해맑음이 수승해지면 생겨나는 기쁨이기 때문에 진성적인 것이다). (혹은, 요가는 처음 시작할 때는 많은 노력이 필요하기에, 그리고 자연과는 '별개의 것인 아(我)의 본모습'을 경험하지 못하기 때문에 독처럼 고통스러운 것이다. 그러나 반복되는 수련의 힘에 의해서 요가가 결국에 완숙되어 자연과는 '별개의 것인 아(我)의 본모습의 나타남'이 있게 되면, 요가는 불사의 감로와 같이 된다. 이러한 것은 아(我)를 대상으로 하는 지성에 의해서 생겨난다. 아(我)에 대한 지성에 있어서 아(我) 이외의 다른 모든 대상이 제거된 상태가 해맑음이다. 이처럼 다른 모든 대상이 제거된 지성에 의해서 자연과는 별개의 것의 본질인 아(我)에 대한 경험을 얻어 생겨난 기쁨은 불사의 감로와 같다. 이러한 기쁨을 진성적인 기쁨이라고 말한다). **37**

대상과 지각기관의 결합에 의해 처음에는 불사의 감로와 같지만, 결국에는 독약과 같은 그러한 기쁨은 동성적인 것이라 상기되는 것이다(대상과 기관의 결합에 의해서 생겨나는 기쁨은 첫 순간에는 불사의 감로와도 같은 것이지만, 결과적으로는 힘과 원기와 생김새와 수승한 지혜와 총명과 재산과 노력을 손상하는 원인이 되는 것이기 때문에, 그리고 도리가 아닌 것과 그에 의해서 생겨난 나락(奈落) 등의 원인이 되는 것이기 때문에 그 기쁨을 누리는 것이 변화된 마지막에는 독약과 같은 것이다). **38**

처음과 결과에 있어 자신을 미혹시키는 기쁨은 잠과 게으름과 부주의함에서 일어나는 것이다. 그것은 암성적인 것이라 말해지는 것이다. **39**

땅에 있는 것이나 또한 하늘에 있는 신들이나 간에 자연에
서 생겨난 이 세 성질을 벗어난 존재는 없다. **40**

적을 괴롭히는 자여, 브라흐마나와 *끄샤뜨리야*와 바이샤
들의, 그리고 슈드라들의 행위들은 본성에서 생겨난 성질들
에 의해서 확연히 구분된 것들이다(본성은 자재자의 자연이며,
세 가지 성질을 본질로 하는 것이고, 환력(幻力)이다. 이러한 본성
에서 생겨난 성질들은 이러한 본성이 성질들의 원인이라는 것을 의
미한다. 혹은 브라흐마나의 본성은 진성이 원인이며, *끄샤뜨리야*의
본성은 진성이 첨가된 동성이 원인이며, 바이샤의 본성은 암성이
첨가된 동성이 원인이며, 슈드라의 본성은 동성이 첨가된 암성이
원인이라는 것을 의미한다. 왜냐하면, 이들 넷에게 있어서 각각 적
정(寂靜), 지배(支配), 근면(勤勉), 우매(愚昧)가 보이기 때문이다.
이처럼 본성을 원인으로 하는, 즉, 자연을 원인으로 하는 진성과 동
성과 암성에 의해서 각각의 작용에 따라 평정(平靜)을 비롯한 행위
들이 확연히 구분된다. 또는 생명체들에게 있어서 다른 생에서 행
한 행위의 잠재인상(行業)이 현재의 생에서 자신의 결과를 향해 나
타난 것이 본성이다). (또는, 본성은 자신의 기질이다. 이것은 브라
흐마나 등으로 출생하는 원인이 되는 것으로 옛날의 행위이다. 이
러한 옛날의 행위에서 진성을 비롯한 성질들이 생겨난다. 브라흐마
나의 본성에서 생겨난 것은 동성과 암성을 누르고 늘어난 진성이
다. *끄샤뜨리야*의 본성에서 생겨난 것은 진성과 암성을 누르고 늘

어난 동성이다. 바이샤의 본성에서 생겨난 것은 진성과 동성을 누르고 약간 증가한 암성이다. 그러나 슈드라의 본성에서 생겨난 것은 동성과 진성을 누르고 많이 증가한 암성이다. 경전들은 이러한 성질들을 가진 브라흐마나 등등의 행위들과 활동들을 구분하여 표명하고 있다). **41**

평정, 자제, 고행, 정화, 인욕(忍辱), 질박(質朴), (이승과 저승의 본질에 대한 여실한 앎인) 지혜, (지고의 본질에 대한 일반적이지 않고 특별한 앎인) 예지, 신앙은 본성에서 생겨난 브라흐마나의 행위이다. **42**

용기, (자신감이며, 다른 자들에게 제압당하지 않는 것인) 위광(威光), 인내, 능수능란, 임전무퇴, 보시, 지배는 본성에서 생겨난 끄샤뜨리아의 행위이다. **43**

농사, 목우(牧牛), 상업은 본성에서 생겨난 바이샤의 행위이다. 봉사를 본질로 하는 것은 본성에서 생겨난 슈드라의 행위이다. **44**

사람은 각기 자신의 행위에 기뻐 몰두함으로써 온전한 성취를 얻는다. 자신의 행위에 몰두하는 자가 성취를 이루는 것에 대해 들어라. **45**

(내면에 머물러 다스리는 자재자이며, 신들의 왕인 인드라 등등의 내적인 아(我)의 상태로 자리 잡은) 그로부터 (생명체인) 존재들의 (생겨나 움직이는 것인) 나아감이 있고, 그에 의해서 이 (세상) 모든 것이 (편재되어) 펼쳐진, 그를 자신의 행위를 통해 예경함으로써 사람은 성취를 이룬다. **46**

자신의 도리가 장점이 없다 할지라도 잘 실행한 다른 자의 도리보다는 훌륭하다. 본성에 의해 정해진 행위를 행하면 잘못에 이르지 않는다. **47**

꾼띠의 아들이여, 결함이 있다 할지라도 (출생에 의해서 생겨난) 생득(生得)의 행위를 버리지 말라. 모든 일들은 (진성, 동성, 암성이라는 세 가지 성질이 본질인 것이기 때문에) 불이 연기에 덮여 있듯이 허물로 덮여 있는 것이다. **48**

모든 곳에 대해 집착이 없는 지성을 가진 자, 자신을 이긴 자, 갈망이 사라진 자는 (올바른 관조, 혹은 올바른 관조에 의해서 생겨나는 '모든 행위를 온전히 내던져 버리는 것'인) 온전히 내던져 버림을 통해서 행위가 사라짐의 성취인 지고의 것에 도달한다(활동이 없는 것인 브라흐만이 아(我)임을 온전히 아는 것을 통해서 도달한 '행위들이 사라진 자'의 상태가 '행위가 사라짐'이다. '행위가 사라짐'이 성취인 것이 '행위가 사라짐의 성취'이다. 또는 '활동이 없는 아(我)의 본모습에 자리 잡는 것의 형태'가 행위가 사라짐이며, 행위가 사라짐의 완성이 '행위가 사라짐의 성취'이다). **49**

꾼띠의 아들이여, (자신의 행위를 통하여 자재자를 온전히 예경하고, 자재자의 은총에서 생겨난 성취, 즉, 몸과 기관들의 '지혜에 충실하기에 적합한 형태인 성취, 또는 명상의) 성취를 얻은 자가 (지고의 아(我)인) 브라흐만을 어떻게 얻는지 간략하게 내게서 분명히 알아라. 지혜의 궁극인 지고의 것이다. **50**

아주 청정한 지성을 갖추고, 인내로 자신을 확실하게 제어하고, 소리를 비롯한 대상들을 버리고, 좋아함과 싫어함을 집어 던지고, **51**

한적하고 외딴 곳에서 홀로 지내는 자, 적게 먹는 자, 말과 몸과 마음을 제어한 자, 늘 (아(我)의 본모습에 대한 사유(思惟)인) 명상과 (아(我)라는 대상에 대해 집중통일하는 것인) 요가에 몰두한 자, (탐하는 것을 벗어난 상태, 즉 이 세상에 속하는 것과 이 세상에 속하지 않는 대상들에 대한 갈망이 없는 상태인) 이욕(離欲)에 잘 의지하는 자는, **52**

(아(我)가 아닌 것을 아(我)라고 자각하는 것인) 자의식과 (욕

망과 애착 등이 연결된 능력인 힘과, 혹은 자의식이 늘어나는 원인이 되는 습기(習氣)의) 힘과 (기쁨과 더불어 생겨나 도리를 벗어나게 만드는 것인) 고만(高慢)과 욕망과 분노와 소유를 벗어나 나의 것이라는 것이 없는 평온한 자로서 브라흐만이 되기에 합당하다. 53

브라흐만이 된 자, 마음이 맑은 자는 슬퍼하지 않는다, 바라지 않는다. 모든 존재에 대해 동일한 자는 나에 대한 지고의 신애를 얻는다. 54

신애를 통해 내가 어떠한지 누군지 사실대로 알게 된다. 그리고 사실대로 나를 알아 그 즉시에 내게로 들어온다. 55

내게 의지한 자는 (금지된 행위를 포함한) 모든 행위를 늘 행하여도 나의 은총에 의해서 불멸의 항상한 자리를 얻는다. 56

모든 행위를 의식적으로 온전히 내게 내맡기고 (나에 대한 삼매에 든 지성의 상태인) 지성의 요가에 의지하여 내가 지고인 자, 늘 내게 마음을 둔 자가 되라. 57

내게 마음을 둔 자가 되면, 나의 은총으로 너는 건너기 어려운 모든 것들을 건너가리라. 만일 네가 ("나는 총명한 사람이다!"라는, 또는 "내가 바로 해야 할 것, 그리고 하지 말아야 할 것 모두를 안다."라는) 자의식 때문에 말을 듣지 않는다면, 너는 파멸하리라. **58**

자의식에 기대어 "나는 싸우지 않을 거야!" 이렇게 네가 생각한다면, 이것은 헛된 결심이다. (끄샤뜨리야의 본성인) 너의 자연이 너에게 명할 것이기 때문이다. **59**

꾼띠의 아들이여, 미혹에 의해서 행하기 원치 않는 것도 본성에서 생겨난 자신의 행위에 얽매어 어쩔 수 없이 하게 된다. **60**

아르주나여, 기구에 올라간 모든 존재들을 환력(幻力)으로 돌리며, 모든 존재들의 자재자는 심장의 공간에 머문다(기구 위에 올린 나무로 만든 인형들을 위장(僞裝)을 통해서 돌아다니게 하듯이, 다스리는 자성(自性)을 가진 자이며 나라야나인 자재자는 모든 생명체를 환력(幻力)을 통해서 움직이게 하면서 모든 생명체의 심장이란 장소에 머문다).

(혹은, 모든 것을 통제하는 자인 와아쑤데바는 모든 나아감과 물러남의 뿌리가 되는 지혜가 일어나는 장소인 심장의 공간에 머문다. 그는 자신이 만든 '몸과 기관으로 자리 잡은 자연의 형태'인 기구에 올라탄 모든 존재를 진성을 비롯한 성질로 만들어진 것인 자신의 환

력으로 성질에 따라 움직이게 하면서 머문다). **61**

바라따의 후손이여, (자재자인) 그에게 온 정성으로 귀의하라. 너는 그의 은총으로 지고의 평온을, (위스누인 나의 지고의 자리인) 항상한 장소를 얻으리라. **62**

이렇게 내가 그대에게 비밀스럽고도 더욱 비밀스러운 지혜를 밝혔나니, 이를 남김없이 살펴 헤아려 그대가 원하는 대로 하라. **63**

모든 비밀스러운 것 가운데 가장 비밀스러운 나의 지극한 말을 다시 들어라. 그대는 내가 매우 사랑하는 자이니, 그대에게 이로운 것을 말하리라! **64**

내게 마음을 둔 자, 나를 신애하는 자, 나를 공경하는 자가 되어라. 나를 예경하라. 진실로 그대에게 약속하노니, 그대는 내게 이르리라. 그대는 나의 사랑스러운 자다. **65**

모든 도리를 내버리고 오로지 나 하나에 귀의하라. 내가 너를 모든 죄에서 벗어나게 하리라. 그대여 슬퍼하지 마라(모든 도리는 지고의 행복의 방편이 되는 것이며, 이것들은 행위의 요가, 지혜의 요가, 신애의 요가의 형태들이다. 이러한 요가들을 나에 대한 숭배라 여기어 지극한 사랑으로 권한에 따라 행하며 결과와 행위와 행위자의 상태 등을 버림으로써 행위자, 숭배의 대상, 얻어야 할 것, 방편은 바로 나 하나뿐이라고 추구해야 한다. 바로 이것이 경전에 합당하게 모든 도리를 버리는 것이다). **66**

너를 위한 (가르침인) 이것을 고행이 없는 자에게, 신애하지 않는 자에게, 들으려 하지 않는 자에게, 그리고 나를 헐뜯는 자에게 그 어느 때라도 말하지 마라. **67**

지극히 비밀스러운 이것을 나를 신애하는 자들에게 말해주는 자는 나를 지극히 신애하여 의심할 바 없이 바로 내게 이르리라. **68**

사람들 가운데 내게 그보다 더 사랑스러운 일을 하는 자는 아무도 없다. 내게 그보다 더 사랑스러운 다른 자는 앞으로도 세상에 없으리라! **69**

도리가 가득한 우리 둘의 이 대화를 연구하는 자가 있다면, 그에 의해서 나는 지혜의 제사를 통해 예배 되는 것이라 생각한다. **70**

사람이 믿음을 가지고 헐뜯음이 없이 듣기라도 한다면, 그

역시 (죄들에서) 벗어나 덕행을 하는 자들의 길한 세상들을 얻으리라. **71**

쁘리타의 아들이여, 그대는 마음을 하나로 모아 이것을 들었는가? 이겨 재산을 얻은 자여, 무지로 인한 그대의 미혹은 사라졌는가? **72**

아르주나가 말했습니다.
퇴락이 없는 분이시여, 저는 당신의 은총으로 미혹이 사라지고 지각을 얻었습니다. 의심이 사라지고 결심이 섰습니다. 당신의 말씀을 따르겠습니다! **73**

싼자야가 말했습니다.

이처럼 저는 와아쑤데바와 위대한 영혼인 쁘리타의 아들의 희유(稀有)하고 환희로워 털끝이 쭈뼛 서는 이런 대화를 들었습니다. **74**

브야사의 은총에 의해서 저는 이 지극히 비밀스러운 요가를, 요가의 자재자이신 끄리스나께서 스스로 말씀하시는 것을 직접 들었습니다. **75**

왕이시여, (멋진 머리칼을 가진 끄리스나) 께샤바와 아르주나의 이 희유한 공덕의 대화를 되새기고 되새기며 저는 거듭거듭 환희로워집니다. **76**

왕이시여, (고통을 없애주고, 고통이 없는 세상으로 데려가는 존재라서 하리라고 불리는 끄리스나) 하리의 (모든 곳에 있으며 모든 것을 담고 있는) 아주 희유한 그 모습을 되새기고 되새기며 저는 몹시 경탄하고 다시 다시 환희로워집니다(하리는 '가져가다, 도달하게 하다, 없애다, 훔치다' 등을 의미하는 어근 흐리에서 파생된 낱말이다. '바람, 불, 해, 달, 빛' 등을 의미하기도 하며, 신들 가운데는 인드라, 위스누, 브라흐마, 쉬바, 야마를 의미하는 낱말이다. 그러나 주로 위스누의 명칭으로 사용된다. 여기서도 위스누의 화신인 끄리스나를 의미한다. 고통의 세계에서 우리를 데려가 영원한 세계에 도달하게 하여 우리의 모든 고통을 훔치듯이 없애주는 존재이기에 하리이다. 하리의 호격 단수형태는 하레이다. 끄리스나와 라마를 신애하는 자들이 끄리스나와 라마는 본질적으로 동일하기에 "하레 끄리스나 하레 끄리스나 끄리스나 끄리스나 하레 하레! 하레 라마 하레 라마 라마 라마 하레 하레!"라는 진언(眞言)을 염송하곤 한다). **77**

제 생각에, 요가의 자재자인 끄리스나가 있는 곳, 활을 가진 쁘리타의 아들이 있는 곳, 그곳에 영광과 승리와 번영과 흔들

　이상은 브야싸의 십만 개로 이루어진 결집서인 성스러운 마하바라타의 비스마 편에 있어서 싱스러운 바가바드기타인 우파니샤드들 가운데 브라흐만에 대한 지혜이며 요가의 경전인 성스러운 끄리스나와 아르주나의 대화에서 '해탈과 온전히 내던져 버림의 요가'라고 이름하는 열여덟 번째 장이다.